「こ、これは……！」
「黒薔薇《ローズノワール》ではありませんかっっ」
目を開けた瞬間、
黒々とした大輪の薔薇が視界に飛び込んでくる。
月のない夜の闇を溶かし込んだような、漆黒。
リリアーナはその場へ崩れ落ち
「うそ……どうして……」

ハリー
妖精の血を引く【胡蝶一族】の青年。
【毛虫の騎士】と揶揄されていたが、
騎士団を辞して
リリアーナの護衛となる。
リリアーナ
ソワレ侯爵家の次女。
十六歳の【聖女の儀】で
黒薔薇の魔女となり、
シュタッヘルの「いばらの城」に
追放されることに。

ブルームガルテン国
花の女神・ローゼリアの
守護を受ける王国。
シュタッヘル
竜の住み処である
山脈を望む、辺境の街。
ノヴァ
シュタッヘルで
出会った妖精の青年。
ハリーとは旧知の中で、
リリアーナに興味を抱く。
ノルマリス
占い師として
街から街へ旅をする、
木香薔薇の聖女。
ルアネ
医師の
資格も持つ、
カレンデュラの
聖女。
サティーナ
ソワレ侯爵家の長女で、
紫薔薇の聖女。
妹のリリアーナに
つらく当たる。

「リリアーナ」
ハリーは背を屈めると、
至近距離からリリアーナを見つめた。
深い夜色の目に、いっぱいいっぱいになっている
自分の姿が見える。
「俺のことを、
ほんのわずかでも離しがたいと
思っていると、思っていいか？」

花の聖女と胡蝶の騎士

Hana no seijo to Kochou no kishi

～ないない尽くしの令嬢ですが、実は奇跡を起こす青薔薇の聖女だったようです～

森 湖春

Illustration whimhalooo

Contents

プロローグ

決して、物音を立ててはならない。

決して、部屋から出てはならない。

それが、ソワレ侯爵家の次女であるリリアーナに課せられた決まり事だった。

「ちょっと！　いつまで部屋にいるつもり!?　今日が何の日か、わからないほどあんたは馬鹿なわけ？」

扉の向こうから聞こえてきた金切り声に、ベッドの端に腰かけていたリリアーナはビクッと体をすくませた。

「も、申し訳ございません、サティーナ様……」

姉のサティーナから声をかけられたのは、いつぶりだろう。

前回声をかけられたのは部屋の中で本を落としてしまった時で、その時は「物音を立てるな」と手の甲をきつく抓《つね》られた。

すっかり存在を忘れられているものと思っていたリリアーナは、忘れられていなかったのだと密《ひそ》かに嬉《うれ》しく思った。

「なんだ、起きているんじゃない。支度、済んでいるのでしょうね？　まさか、今の今まで寝ていたなんてこと、ないわよね」

「は、はい。支度はできています。でも、いつ出て行ったらいいのかわからなくて……」

リリアーナの部屋に、窓はない。必要最低限のものしかないので時計もなく、今がいつなのか、リリアーナ自身が知る術《すべ》はなかった。

サティーナが言う【今日】がわかるのは、食事を運んでくれたメイドが、

「明日は絶対に寝坊なんてしないでくださいよ。そんなことをしたら、私がサティーナお嬢様に叱られるんですからね」

と言っていたからだ。

リリアーナはメイドが叱られることがないように、言われた時から寝ないで待っていただけに過ぎない。

サティーナへ従順に答えてはいるものの、リリアーナは今日が何の日なのかさっぱりわからなかった。

しかし、質問すればまた手の甲をきつく抓られるに違いない。

爪を立てられた皮膚がギリギリと傷つけられていく感覚を思い出して、リリアーナは怯《おび》え、左の手の甲を守るように胸へ抱いた。

（おとなしく従っておけば放っておいてくれるのだから、そうすればいい）

リリアーナは小さく首を振りながら、質問したい気持ちをぐっと呑《の》み込《こ》んだ。

「言い訳とか、いいから。デラニー叔母様が待っているわよ。ないない尽くしの出来損ないのくせ

に、人を待たせるなんていいご身分ね」

「申し訳、ございません……」

「あんたの謝罪に、価値なんてないわ。紫薔薇《ローズヴィヨレット》の聖女の証《あかし》とされる、高貴な髪色を与えられなかった欠陥品なんだもの」

「はい、サティーナ様の、言う通りでございます……」

「まったく。来春には国王夫妻の第一子が誕生するっていうこのタイミングで儀式だなんて……あんたは私を苛《いら》つかせる天才だわ」

「……すみません」

「私は行くけど、百数えるまで出てこないでよね」

「は、はい。わかり、ました」

やがて気配が遠のくと、リリアーナはサティーナに言われた通りに数を数え始めた。

こうして数を数えるのは、リリアーナの姿をサティーナが見ないようにするためだ。

サティーナにとってリリアーナは恥ずかしい存在で、目にするだけで多大なストレスを感じ、寝込んでしまうらしい。

リリアーナは、世間では【ないない尽くしの令嬢】なんて呼ばれているそうだ。

何を隠そう言い出したのはサティーナなのだが、リリアーナは知らない。

いっそのこと家から追い出してくれてもいいのに、と思うことはある。

けれど、侯爵家としての矜持《きょうじ》がリリアーナにそれを許してくれない。

どうやったらここから逃げ出せるのだろうと考える時期は、とうに過ぎた。今はただ、与えられた二つの約束を守りながら、ひっそりと生きていくので精一杯。

リリアーナと違ってサティーナは、この家にとっても国にとっても大事な存在であるらしい。

そんな彼女の気分を害する者は、たとえ妹であっても許されることはない。

だからリリアーナは今日も、彼女に従うほかなかった。


「――九十八、九十九、百……」


数え終えたリリアーナは、音を立てないよう注意しながら、静かにベッドを下りた。

慎重に扉へ向かい、念のために耳をつけて外の音を確認したあと、ゆっくりと扉を押し開く。

分厚い扉は重く鈍い音を立てながら、少しずつ開いていった。

開いた隙間から徐々にまばゆい光が差し込み、薄暗い部屋を照らす。

リリアーナはかろうじてすり抜けられる程度まで扉を押し開くと、様子を見るためにヒョコッと顔だけを出してみた。

もうどれくらいぶりかもわからない。それでも記憶にある以上に煌《きら》びやかな廊下が、扉の向こうに広がっている。

豪華な廊下に、目がくらみそうになる。

こんなに綺麗《きれい》な廊下と自分の部屋がつながっているだなんて、何度見ても信じられなかった。

誰もいないことを確認したリリアーナは、恐る恐る廊下へ足を踏み出した。

ピカピカに磨き上げられた廊下は、歩くことさえためらわれる。

「でも、行かなくちゃ。デラニー叔母様が待っていると、サティーナ様が言っていたもの」

叔母のデラニーはおそらく、応接室かエントランスで待っているはず。

この部屋からだとエントランスの方が近かったと、リリアーナは記憶していた。

「たしか、こっちだったよね……？」

リリアーナはかすかな記憶を頼りに、自信なさげにトボトボと歩き出したのだった。

第一章　黒薔薇の聖女

見上げれば、雲ひとつない空が広がっている。

明るい未来を啓示しているかのようなさわやかな青色に、リリアーナは不器用に笑みを浮かべた。

リリアーナ・ソワレ。

代々【紫薔薇の聖女】を輩出してきたソワレ侯爵家に生まれ、歴代もっとも出来損ないだと言われている令嬢である。

紫薔薇にふさわしい美貌も、品格も、教養もない。ないない尽くしの令嬢、それがリリアーナだ。

ソワレ家にふさわしい艶《つや》やかな薄紫色の髪と気品ある顔立ち。令嬢らしい華奢《きゃしゃ》な体と、上品な立ち居振る舞い。それらすべてを持ち合わせている無敵のお姉様——といっても、不出来な妹の分際で彼女をお姉様と呼ぶことはおこがましいことであり、リリアーナはサティーナ様と呼ぶようにしつけられている——の存在もあり、生まれてこの方、記憶にある限り一度だって、リリアーナは両親に注目されたことがなかった。

それどころか、薄紫に墨を落としたような紺色の髪や、成長とともに歳《とし》不相応に育ってしまった女性らしい体つきは下品だとののしられ、「恥ずかしいから人の目に入りそうな場所へ姿を現すな」と言われている。

そのせいでリリアーナは、侯爵家の令嬢であるにもかかわらず、一度も社交界に顔を出したことがなかった。十三歳の令嬢が経験するお茶会デビューすら、していないのだ。

しかし、リリアーナは知っている。母から「救いようのない馬鹿《のんびりやさん》」と呼ばれる頭でも、自分の境遇がいかに恵まれていることなのか、わかっていた。

『目に入らないところに居さえすれば、働かなくても必要最低限のものが与えられるのだから、楽でいいわね』

『あなたのものが、サティーナに与えられるものとは比べものにならないほど粗悪なものだとしても、同じように扱ってもらえないのはすべてあなたのせいであって、あなた以外の誰も悪くないわ』

『すべてはおまえを思ってのこと。素直に受け入れられない、おまえが悪いのだ』

何度となく聞かされ続けてきた家族からの言葉が、リリアーナを締め付ける。

リリアーナには、ソワレ家にふさわしい美貌も、品格も、教養もない。ないない尽くしの令嬢だからいけないのだと、彼女は自らを罰するように手の甲へ爪を立てた。

「でも、もしかしたら。今日こそは、わたしのことを見てくださるかもしれないわ」

つい先ほど知ったのだが、今日はリリアーナの誕生日らしい。

十六歳の誕生日は、人生の中でも特に重要で、忘れてはいけない日。

今日ばかりは、リリアーナが部屋を出ても誰も咎《とが》めない。

むしろ出て来るのが遅いと、サティーナから注意されたくらいだ。

「リリアーナ。行きましょうか、神殿へ」

「はい、デラニー叔母様」

リリアーナが生まれ育ったブルームガルテン国では、十六歳になった女性は必ず神殿へおもむき、【聖女の儀】を行うことが習わしだ。

この儀式で花の女神ローゼリアから認められると、【花の祝福】という特別な力を与えられ、【花の聖女】となって人々を助ける存在になる。

リリアーナにとって、もっとも身近な花の聖女は、姉のサティーナだ。

サティーナは女神から認められ、紫薔薇の聖女になった。

紫薔薇の祝福は、王座を約束するもの。祝福を受けない者が王位につけば、国はあっという間に滅ぶと言い伝えられている。

そういった伝承を抜きにしても、安定した王権が国の安寧につながると考えられているブルームガルテン国において、王位継承権を巡る争いほど国を揺るがすものはない。

ゆえに、紫薔薇の祝福は王位継承権第一位の者にのみ使うことが許されており、無事に祝福されたとなれば、またしばらくは長閑《のど》やかな世が続くと約束されたも同然なのである。

現在懐妊中の王妃が王子を出産した場合、彼の誕生を祝福する儀式で、サティーナは花の聖女たちの先頭に立って、王子を祝福することになるだろう。大舞台に立つサティーナは、さぞ美しく、気高いに違いない。

神殿へと続く長い階段を見上げ、リリアーナはすばやく呼吸した。

緊張で、胃がフワフワと落ち着かない。

宥《なだ》めるように胸をさすると、デラニーがそっとリリアーナの背中を押してくれた。

「リリアーナならきっと、聖女になれるわ。それに……なれなかったとしても、何も変わらない」

「そうですね。きっと、大丈夫……大丈夫な、はず」

一族から聖女を輩出すれば貴族位を得られるとあって、貴族令嬢ならば聖女に選ばれることが当然であるような雰囲気が、暗黙の了解のもとにあった。

ソワレ侯爵家の令嬢であるリリアーナも当然、聖女にならなくてはならない。

とはいえ、聖女とは努力してなれるものではなく、生まれながらの資質によるものらしい。

ソワレ侯爵家から幾人もの紫薔薇の聖女が輩出されてきたのは、その資質のおかげなのである。

「歴代の紫薔薇の聖女がみんな薄紫色の髪だったからって……そうじゃなかったってだけで実の娘を蔑《ないがし》ろにするなんて、ひどすぎるわ。姉さんは何を考えているのかしら」

「でも実際、サティーナ様は紫薔薇の聖女になりました。だから、薄紫色の髪を持って生まれなかった、わたしが悪いんです。それに……最低限の生活は、できているから」

つらそうに顔を歪《ゆが》めるリリアーナ。

そんな彼女の両肩を、デラニーは優しく掴《つか》み、諭すように言った。

「リリアーナ。いつも言っているでしょう？　あなたは悪くない。なんでも自分のせいにするのはやめなさい」

「ありがとう、デラニー叔母様」

いってらっしゃいと、気合を入れるようにデラニーはリリアーナの背中を押す。

リリアーナは応えるように浅くお辞儀をして、神殿へ続く階段を上り始めた。

「――それに、聖女になったって、あなたの両親が改心するとは思えないわ。だってもう、あの家には紫薔薇の聖女がいるのだから」

かすかな希望を胸に階段を上り始めた姪《めい》の背に向かって、デラニーはささやいた。

サティーナが紫薔薇の聖女になってから、もう三年が経《た》つ。

すでにソワレ家の侯爵位が脅かされる心配はなく、リリアーナが聖女になったところでお呼びではないのだ。

通常、聖女の儀の付き添いは両親、または後見人である。

しかし、リリアーナの両親は多忙であることを理由に、正式な後見人でもない、母の妹であるデラニー・スミスに、その役目を押し付けていた。

それだけで、リリアーナがいかに蔑ろにされているのか、うかがい知れるというものだろう。

「紫薔薇は無理だとしても。他の有用な祝福を得られたら、ちょっとくらい考え直してくれるかもしれないでしょう?」

ただ前だけを見据えて、リリアーナは上り続ける。

けなげな姪にデラニーは、心の中で女神へ疑問を投げかけた。

子どもは親を選べない。

この期に及んでまだ両親に認められたがっているこの子が、どうしてあんな人たちのもとへ生まれてきてしまったのでしょうか、と。

引きつったような微笑《ほほえ》みが、痛ましい。

いつからリリアーナは、こんな風に笑うようになってしまったのだろう。

「昔はもっと……やわらかく笑う子だったのに」

ずっと前からだったような気もするし、最近のような気もする。

けれども、いつからだったかもわからないような自分には、彼女の両親を咎める資格はないのだろうなと、デラニーは苦々しくため息を吐《つ》いた。


花の女神、ローゼリアの神殿。

色とりどりの花を際立たせるためか、この神殿はまぶしいくらいに真っ白だ。

その内部にあるのは、回廊で囲われた中庭。古今東西ありとあらゆる花が集められているそこは【女神の中庭】と呼ばれ、女性のみが入ることを許された男子禁制の聖域――。

言い伝えによれば、女神ローゼリアが降臨した地なのだとか。

「リリアーナ・ソワレ。こちらへ」

数名の神官立ち会いのもと、リリアーナの【聖女の儀】がはじまる。

中庭の中央に案内されたリリアーナは、地に膝をつけて祈りのポーズを取るよう指示された。

言われるがままに従いながら、剝《む》き出《だ》しの地面を見つめる。

花が咲き乱れる中庭で、唯一ここだけ地面が剝き出しになっていた。

咲かないように手入れをしているのか、それとも何らかの事情があって咲けないのか。

理由はわからないけれど、リリアーナは断頭台の上に頭を乗せられたような恐怖を感じて、ブルブル震えていた。

自分が持っているものをすべて、明け渡さなければならない。リリアーナがそれをどんなに拒もうと、強制的に行われることが決まっている――そんな気がしてならない。

誇れるものなんて何ひとつない彼女は、隠したいものだらけだ。全部暴かれてしまったら、恥ずかしくて死んでしまうかもしれない。

（大丈夫。大丈夫よ、リリアーナ。あなたなら必ず、聖女になれるはず……）

不安しかない。

（サティーナ様の時は、それはもう堂々とした立ち居振る舞いだったと聞いたわ。こんなに不安になるわたしは、おかしいのかもしれない）

吹き抜けの空から、燦々《さんさん》と太陽の光が降り注ぐ。

夏の焦がすような日差しがジリジリとリリアーナのうなじを焼いたが、そんな暑さも感じないくらい、彼女は緊張していた。

「これより、聖女の儀を執り行います。聖女になれるかどうか、すべては女神ローゼリアの審判で決まります」

「祈りなさい。あなたができることは、それだけです」

　リリアーナの未来は、これにかかっているといっても過言ではない。

　もしかしたら少しくらいは目をかけてもらえるかもしれない未来と、永遠に無視され続ける今と変わらない未来。果たしてどちらが、リリアーナの運命なのだろうか——。

「それでは、リリアーナ。始めなさい」

　神官の言葉を合図に、リリアーナはギュッとまぶたを閉じた。

　思い浮かべるのは、今までのこと——苦しいこと、悲しいこともたくさんあったけれど、なんとかここまで生きてくることができた。これもすべて、ローゼリア様の加護のおかげである。

　これまでの感謝と、少しでも明るい未来を懇願しながら、リリアーナは祈った。流れ星へ願い事をする時のように、何度も何度も。

（どうかどうか、わたしに女神様のお手伝いをさせてください……！）

　その時、ふわりと。

　甘い香りが、匂い立つ。

（ああ、良かった。やっぱりわたしもソワレ侯爵家の娘だったのね）

　ソワレの屋敷に漂う、甘い匂い。まったく同じというわけではないけれどよく似た香りに、リリアーナはホッと、詰めていた息を吐いた——のだけれど。

「こ、これは……！」

「黒薔薇《ローズノワール》ではありませんかっっ」

安心したのもつかの間、耳を疑う神官たちの悲鳴に、リリアーナはギョッとした。

目を開けた瞬間、黒々とした大輪の薔薇《ばら》が視界に飛び込んでくる。

月のない夜の闇を溶かし込んだような、漆黒。

それを綺麗だと思ったのは一瞬で、すぐさま神官の慌てふためいた声が打ち消す。

「あぁ、花の女神ローゼリア様。どうしてこのような試練をお与えになるのですか……？　王妃懐妊の知らせがあったばかりだというのに」

「まさか黒薔薇が復活してしまうなんて……」

リリアーナはその場へ崩れ落ちた。

「うそ……どうして……」

何度見たって、変わらない。

漆黒の薔薇は艶々と、ベルベットのような滑らかな輝きを放っている。

「ないない尽くしの令嬢の分際で、聖女になりたいなどと願ったせい……？　だからこんな罰をお与えになったのですか、ローゼリア様……」

救いを求めて空を見上げても、目が痛くなるくらいの青空が広がっているだけ。そこに、女神の意志は見つからない。

絶望に打ちひしがれるリリアーナの耳に、神官たちのささやき声がやけに大きく響いた。

花の女神の名前は、ローゼリア。薔薇の名を持つ女神の力の影響なのか、花の聖女の中でも特に薔薇の聖女の力は強く出る。

赤薔薇《ローズルージュ》、紫薔薇《ローズヴィヨレット》、薄紅薔薇《ローズローズ》、橙薔薇《ローズオロンジュ》、白薔薇《ローズブロンシュ》、黄薔薇《ローズジョーヌ》。そして、黒薔薇《ローズノワール》と青薔薇《ローズブルー》。

黒薔薇は百年以上誕生しておらず、青薔薇にいたっては一人も現れたことがないと言われている。

青薔薇の花言葉は、奇跡。それゆえに長らく誕生を待ち望まれているが、黒薔薇は……。

「花言葉は、恨み、憎しみ、あなたはあくまで私のもの……」

黒薔薇の祝福は、相手を意のままに操る力。祝福と呼ぶこともおこがましい、邪悪な力だ。

だからこそ、黒薔薇だけは聖女と呼ばれない。

黒薔薇を咲かせた者は、こう呼ばれるのだ——黒薔薇の魔女、と。

歴代の黒薔薇の魔女による悪行は数知れず。そのため、聖女の儀で黒薔薇を咲かせた者は、問答無用で辺境の地にあるいばらの城へ送られることが決まりとなっていた。

「お黙りなさい！」

凛《りん》とした一喝に、動揺していた神官たちがピタリと黙る。

突如、中庭は静寂に包まれた。

こちらへ近づく足音がして、神官たちの視線が一斉に回廊へと向かう。

現れたのは、一人の女性だった。

とっさに反論しようとしていたのだろう。口を開きかけていた神官たちは、しかし彼女を見るなり口をつぐんだ。まるで、戦う前から負けることがわかっていたかのように。

女性はゆったりとした足取りで——勿体《もったい》ぶっているわけではなく、それが彼女の最速であるようだった——中庭の中央へ歩み寄ると、這《は》いつくばっていたリリアーナを立たせ、膝についた土を丁寧に払ってくれた。

「怖かったわよね。神官たちが、ごめんなさい」

先ほどの一喝とは打って変わり、優しく気遣うような声。

ショックのあまり時が止まってしまったように感じていたリリアーナは、その声にゆるゆると顔を上げた。

波打つ髪は黄緑が交じった金色、リリアーナを摑《つか》む手はこんがりと日焼けしていて、気の毒そうに見つめてくる瞳は落ち着いた緑色をしている。

年齢を重ねてなお美しいその顔は、社交界に出たことがないリリアーナでも知っていた。

ルアネ・エミール。エミール伯爵家の、カレンデュラの聖女。

聖女であることに誇りを持ち、生涯独身を公言して精力的に活動している人だ。実際、リリアーナの祖母くらいの年齢であるが、今も独身を貫いている。

カレンデュラの祝福は、対象者の健康状態を鑑定するというもの。医師でさえ見逃してしまうような小さな病も、たちどころに見つけてみせる。

聖女としてのお務めだけではまだ足りないと、医師の免状まで取得したパワフルな方だ。治療院からの帰りなのだろう。彼女が羽織る白衣からは、かすかに消毒液の匂いがした。

「おめでとう、あなたも聖女の仲間入りをしたのね。同じ聖女として、嬉しく思うわ」

「おめでとうだなんて、そんな……」

ルアネは気づいていないのだろうか。そこに咲く、花に。

リリアーナは震える手で、黒薔薇を指し示した。

「だって……だって、わたしは……聖女じゃ、ありません」

ちっともおめでたくなんてない。

だって黒薔薇の聖女は……否、黒薔薇の魔女は、誰にも望まれない存在なのだ。

(誕生すれば疎まれ、逝去すれば喜ばれる。それが、黒薔薇の魔女)

恥も外聞もなく大声で泣《な》き喚《わめ》いて、自身の不幸を嘆き悲しみたかった。

サティーナは「悲劇のヒロインぶって馬鹿みたい」と嗤《わら》うだろうが、今なら気にならないくらい、ひどく気持ちが沈んでいる。

(だって、本物の悲劇のヒロインになっちゃった……)

ルアネが去れば、神官たちはリリアーナを捕らえていばらの城へ送るのだろう。

運が良ければ、荷物を取りに帰らせてくれるかもしれないが……。

そこまで考えて、ちっとも運が良くないことにリリアーナは気がついた。

彼女が黒薔薇の魔女になったことを家族が知れば、荷物を取るためという理由があっても屋敷へ入れないはず。それどころか、侯爵位を脅かす悪魔だと後ろ指を指され、手ひどく追放されるに違いない。

（ないない尽くしの令嬢は、とうとう家族まで失うのね）

かろうじて残っていた希望が、砂のように指の間からこぼれ落ちていく。

絶望に、声も出なかった。

いらない子だとわかっていたつもりだけれど、聖女になればあるいはと、わずかな希望に期待していたぶん、なおさらに。

気を緩めれば今にも泣いてしまいそうで、リリアーナは自分の手の甲にぎゅっと爪を立てた。痛みで涙を引っ込めようとしたのだ。

リリアーナの自傷行為に気がついたルアネは「あらあら」と明るいが困ったような声を上げ、両手で彼女の手を包み込むように持った。

「こんなことをしてはいけないわ。痛いでしょう？」

悪いことをした子どもをたしなめるような、気遣いに満ちた優しい声をかけられて、リリアーナはヒュッと息を呑む。

ルアネは爪を立てるリリアーナの手をやんわりと退《ど》かすと、目にしたものに「まぁ」と驚きの声を漏らした。

リリアーナの手の甲は、傷だらけだった。

「あなた、いつもこんなことを？」

リリアーナは無言で、手を引っ込めた。

彼女の手の甲は、右も左も傷だらけだ。彼女が自分でつけたものもあるし、家族がつけたものもある。

カレンデュラの聖女たる彼女は、何もかもお見通しらしかった。

厳しい顔で「下衆《げす》が」とらしくもなくつぶやいたが、誰も反応しない。空気を読んだ神官たちが、聞こえなかったふりを決め込んだだけともいうが。

「あなた、お名前は？」

「リリアーナです。リリアーナ・ソワレ……」

「そう。では、リリアーナ様。ちょっと一緒にいらっしゃいな。ちょうど休憩をとるところだったのよ。少し、付き合ってちょうだい」

さぁ行きましょうと手を引くルアネの前に、神官が歩み出た。

「ルアネ様、しかし……」

神官の立場として、リリアーナをこのまま行かせるわけにはいかなかった。

カレンデュラの聖女には大恩があるけれど、黒薔薇の聖女の決まり事は絶対である。

誕生次第、いばらの城へ即追放。

例外はない。

「何か問題でも？　神官様」

問題しかない。

思いとどまってもらおうと口を開く神官だったが、ルアネの方が一枚も二枚も上手だった。

「馬車を用意する間くらい、良《い》いではありませんか。こんな暑い日に、日傘も差さずに聖女の儀だなんて。私の仕事を増やしたいようですわね？」

亀の甲より年の功。

物言いたげな神官たちを一瞥《いちべつ》で黙らせたルアネは、リリアーナの手を引いて歩き出した。

置いてけぼりを食う形になった神官たちは、戸惑いの表情を浮かべるも二人を見送るしかない。

すっかり二人の姿が見えなくなってようやく諦めがつくと、仕事を全うするために各々散っていったのだった。


リリアーナが連れて行かれたのは、治療院のすぐそばにあるルアネの私室のようだった。

寝泊まりはしないのか、決して広くはない。だが、素人目にも品が良いとわかる家具が、ちょうど良い塩梅《あんばい》に並べられていた。

「さぁどうぞ、座って」

ルアネに促され、リリアーナはおずおずとソファへ腰を下ろした。

白衣を脱ぎながらルアネは部屋の奥へと向かい、締め切っていた窓を開け放つ。

夏の季節特有のからっとした風が、カーテンを揺らした。

「あの……わたし、出てきちゃって大丈夫だったのでしょうか？　神官の皆様、物言いたげにこちらを見ていましたが……」

「構わないわ。私が一緒にいるのだから、文句なんて言わせませんとも」

ルアネはそう言うと、プクッと頬を膨らませた。

祖母くらいの年齢であるはずなのに、しぐさは少女のようにかわいらしい。

ついフフッと笑い声を漏らすと、張り詰めていた気持ちが少しだけやわらいだ気がした。

ようやく笑顔を見せてくれたリリアーナに、ルアネはホッと息を吐いた。

やわらかな微笑みを返しながら、袖をまくる。

「さて、お茶でも淹《い》れましょうかねぇ」

ルアネは手慣れた様子でお茶の準備を始めた。

その風景があまりにも自然で、リリアーナは手伝うことも忘れて眺めている。

やがて、コポポポとポットに湯を注ぐ音ではたと我に返ったリリアーナは、慌ててソファから腰を浮かせた。

「てっ、手伝います！」

「ありがとう。でも、お茶を淹れるのも気分転換の一環なのよ。だから、座って待っていてくれると嬉しいわ」

「そう、ですか……」

ルアネの言葉が本音なのか建前なのか、誰ともろくに会話してこなかったリリアーナには、わからなかった。

　申し訳なさが拭えず、借りてきた猫のように背中を丸めて小さく座る。

「さぁ、どうぞ。カレンデュラのハーブティーを淹れてみたの。お口に合えば良いのだけれど」

「……ありがとうございます」

　差し出されたカップをのぞき込むと、黄金色のお茶が入っていた。

　一口飲むと、ふわりと花の香りが広がる。

　感じ入るようにホウッと息を吐くと、グチャグチャになった気持ちと強張《こわば》った体が、少しだけだが解《ほぐ》れたようだった。

「おいしいです」

「そう。良かった」

　ルアネの目尻に笑い皺《じわ》が浮かぶ。

　デラニー以外に優しくされたことがなかったリリアーナは、慣れない親切に照れくさくなって、逃げるようにカップへ視線を落とした。

　カレンデュラの花は、感情を鎮静させる作用を持っている。ショックやトラウマ、怒りなどの強い感情をやわらげてくれるのだ。

　ルアネがこのお茶を出してくれたのは、単なる偶然だろうか。

　彼女はカレンデュラの聖女だから、いつものことなのかもしれないし、そうではない可能性も否定できない。

カップに口をつけながらリリアーナがこっそり彼女を盗み見ると、視線に気がついたルアネは、首をかしげながらおっとりと目尻の皺《しわ》を深くした。

「リリアーナ様」

「ひゃい！」

名前を呼ばれ、リリアーナは体を強張らせた。

（盗み見なんて令嬢がすることではないと、怒られてしまうのかしら）

家族はいつも、怒っていた。

ないない尽くしのリリアーナは、いつも誰かを不快にさせてばかり。叱られて当然の存在らしい。とはいえ、初対面の人に叱られるのは、家族から叱られるよりも怖い。だって、何をされるかわからないから。

何をされるのかわかっている分、家族からの叱責の方がマシというものだ。どうしたって痛いし、悲しい気持ちになるのだけれど。

カップを置き、身をすくめてその時が来るのを待つリリアーナ。

しかし、どれだけ待とうとルアネがしつけてくることはなかった。

「リリアーナ様、実は……いえ、ちょっと待ってくださる？」

ルアネは申し訳なさそうに何かを言い出しかけて、言葉を止めた。

それから気配を探るようにドアを――ドアを隔てた向こう側を見るように視線を向ける。

耳を澄ませて誰も来ないことを確認したあと、ルアネは秘密の話を披露するようにリリアーナを手招きし、小さな声で「実は、」と話を切り出した。

「こんな大変な時に申し訳ないのだけれど、あなたに紹介したい人がいるの」

それはまるで、メイドたちのうわさ話に出てくる典型的な【お見合いおばさん】の台詞《せりふ》のようだった。

お見合いおばさんとは、縁談をしつこく勧めてくる世話好きなおばさんを指す言葉で、若くても年配でもお見合いおばさんと呼ぶらしい。

「紹介したい人、ですか？」

まさか黒薔薇の魔女に縁談を持ち込む人がいるなんて想像だにしなかったリリアーナは、ただただ驚き、まばたきを繰り返した。

不思議そうな顔をして固まってしまった彼女に、ルアネは微苦笑を漏らす。

「そうよね。本当に、こんな時に申し訳ないのだけれど……こんな時だからこそ、紹介したいのよ」

言いながら、ルアネはクッキーを勧めてきた。

数枚のクッキーがのった小さな皿を受け取りながら、リリアーナは戸惑いを隠せない表情でルアネを見る。

「でも、誤解しないでちょうだい。見返りを求めているわけではないの」

「見返り、ですか？」

「そうよ。たとえば、黒薔薇の祝福を使ってほしい、とかね」

ルアネの言葉にリリアーナは一瞬ポカンとして、それから手で口元を覆った。

彼女に言われて初めて、リリアーナはそういうお願いもあるのだと理解したようだ。

黒薔薇の祝福を使えば、およそ大抵のことが思い通りになると言われている。死者を蘇《よみがえ》らせること以外ならなんでも——人外だって思いのままに操ることができてしまう。

真っ青な顔でぶるりと体を震わせたリリアーナに、ルアネは「考えもしなかったという顔ね」と呆《あき》れたような納得したような様子で肩をすくめた。

「あなたは……黒薔薇を与えられるにはあまりにも、純粋すぎる」

黒薔薇の魔女は、悪女の代名詞みたいなものだ。

ないない尽くしの令嬢には、不釣り合い。

そんなことは誰よりも、リリアーナ自身がよくわかっている。

喜ぶことも受け入れることもできないでいるリリアーナに、ルアネは「女神様も酷なことをなさる……」と重いため息を吐いた。

「それで、ええと……あなたのこれからについてなのだけれど。黒薔薇の聖女は、いばらの城へ送られることが決まっている。それは、知っているわね？」

知っているも何も、今まさに、いばらの城行きの馬車を待っているところである。

こうしている間にも、同行してくれたデラニーはもちろん、ソワレ侯爵邸には遣いが送られ、リリアーナが黒薔薇の魔女になったことを告げられているのだろう。

思うところは多々あるが、リリアーナはルアネの質問に頷《うなず》きを返した。

「では、一人だけ……同行者を選ぶことができることは、ご存じ？」

「同行者？　いいえ、知りませんでした」

「執事、メイド、騎士……まぁそれ以外でも良いのだけれど。とにかくたった一人だけ、いばらの城へ連れて行くことが許されているの。それは相手にどんな事情があろうと、合法的かつ強制的に」

「同行者、ですか……」

つぶやきながら、リリアーナは誰が良いだろうと考えた。

けれどどんなに考えを巡らせても、連れて行きたい人なんて思いつかない。

執事も、メイドも、騎士も。それ以外だって、誰もいない。

紫薔薇の聖女であるサティーナはもちろん、サティーナのために両親も残るだろう。デラニーには家族があるから、当然無理だ。

「王族以外であれば、誰でも指名することができるわ」

そう言われても、現状、指名したい人なんていない。

（どうしても、誰かを連れて行かなくてはならないの？）

とんでもない決まりがあるものである。

同行者と書いて生贄《いけにえ》と読んだって、不思議ではない。

どうしようと、リリアーナは困りきった顔でルアネを見た。

「指名しない、ということもできるのですか？」

「できるけれど……前例はないわね。それに私は、あなたに紹介したい人がいると言ったでしょう？」

どうやらルアネは、生贄を紹介するつもりだったようだ。

早《はや》合《が》点《てん》してしまって、リリアーナは恥ずかしく思う。

そんな中ふと見ると、ルアネは落ち着かなげに指をソワソワさせていた。

どう言えばリリアーナが断らずにいてくれるのか、考えているようにも見える。

（つまり、わたしが断るかもしれない相手ということ……？）

黒薔薇の魔女について来るような、奇特な人物。

あるいは、黒薔薇の魔女とともに追放したい人物。

（どちらにせよ、問題がありそうね）

むむ、と眉間に皺を寄せるリリアーナに「とりあえず名前だけでも」とルアネはある男の名前を告げた。

聞かされた名前に、リリアーナの目が見開かれる。

思わず尋ね返してしまったけれど、改めて聞いた名前に間違いはないようだった。

第二章　毛虫の騎士

予想通りというかなんというか。

やはりソワレ侯爵邸の門が開くことはなく、リリアーナは荷物一つ持ち出すことができないまま、馬車に揺られていた。

眠気を誘う揺れに身を委ね、思い出すのはソワレ侯爵邸で見た光景だ。

準備が整うとすぐに、リリアーナは神殿から追い出された。

もう二度と、何があっても戻らないようにという配慮なのだろう。神殿から支給された旅支度一式とともに、リリアーナは馬車へ押し込まれた。

そうしてソワレ侯爵邸へ到着してみれば、リリアーナを出迎えてくれたのは別れを惜しむ家族ではなく、かたく閉ざされた門だった。

開けてもらおうと近づいたリリアーナが目にしたのは、大きな炎。

燃え上がる赤へ投げ込まれるのは、たき木ではなくリリアーナの部屋にあった家具だったもの。

煙とともに舞い上がっていたのは、リリアーナの服の残骸だった。

黒薔薇の魔女の報復など怖くもないのか、あるいはリリアーナが報復することも思いつかないような救いようのない馬鹿《のんびりやさん》だと思っているせいなのか。

リリアーナの家族だった人たちは、彼女が屋敷にいた証をためらうことなく、燃やし尽くそうとしていた。

「やだぁ、どうしてこんなにリリアーナの物がいっぱいあるのよ！」

汚いものに触れるように、摘まんだ服を炎へ投げ入れるサティーナ。

「本当ね。いつの間にこんなに物が増えていたのかしら。どうせ二度と帰って来られないでしょうし、燃やしてしまいましょう」

「そうだぞ。黒薔薇の魔女が我が家から出たなんて、恥でしかない。ほんの少しでも痕跡が残ることのないよう、消し去らねばならん！」

父と母はリリアーナが使っていた椅子を地面へ叩《たた》きつけ、木片となったそれを炎へ投げ入れた。

炎に照らされた家族の顔は皆、ニタニタと気味が悪いくらい上機嫌で。そこには紫薔薇にふさわしい美貌も、品格も、教養も見当たらなかった。

（絵本で読んだ、悪い魔女みたいな顔をしているわ）

侯爵家に不似合いな安物とはいえ、長く使ってきたものだ。それなりに愛着もある。

お気に入りだった淡い黄色のワンピースが炎の中へ投げ込まれたのを見た瞬間、リリアーナはもういいか、と思った。

それは、諦めたということなのか。それとも、目の前にあることを受け入れ、何も感じないという意味なのか。

（勘当されることは想定内。門前払いも当然、覚悟していた。でもこれは……）

リリアーナの顔から、ストンと表情が抜け落ちる。

徐々に灰と化していくワンピースを呆然《ぼうぜん》と見ていたら、最後くらいはきちんとしようと、殊勝なことを考えていた自分が馬鹿馬鹿しく思えた。

くるりと背を向けたリリアーナは、待たせていた馬車へさっさと乗り込んだ。

御者は「もういいんですか!?」と慌てていたが、リリアーナは無言で頷いた。


「なぁ、真夏だっていうのに、どうしてたき火なんてしているんだ？」

「さあなぁ。貴族のすることなんて、オレたちにわかるわけねぇよ」

「それもそっか」

季節外れのたき火に気づいた通行人たちが、興味深そうにわらわらと集まってくる。

身動きが取れなくなるのを懸念してか、馬車はすぐに走り出した。

「わたしの居場所はもう、どこにもないのね……」

家から追い出してくれてもいいのに、と。そう願っていた時期があった。

しかし、いざ放り出されてみると、たまらなく孤独を感じる。

パチパチと爆《は》ぜる音が鬱陶しい。

リリアーナはすべてを遮断するように屋敷から目を背け、ただひたすらに外を眺め続けた。

「……はぁ」

憂鬱な回想から現実に戻ってみると、もう日が沈み始めていた。

真っ赤な夕日が、車内を照らす。

別段好きでも嫌いでもなかった夕方が、今は痛烈に嫌いだと思った。

「わたしはいらない子だったんだなぁ……」

改めて言葉にしてみるも、心はちっとも動かなかった。

疲れ切って泥のように眠った時のように、何も感じない。

「もう一生、会うことはないだろうし……別にいいか」

そう。もう、どうでもいい。何もかも。

どうせ、ないない尽くしの令嬢だったし。

黒薔薇の魔女だし。

いばらの城に幽閉されてしまう身だし。

……挙げ続けたらキリがない。

馬鹿馬鹿しくなって、リリアーナはパタンと馬車の座席へ横になった。

馬車はすでに王都を出て、街道をまっすぐいばらの城の方角へと向かっている。

いばらの城へは、ひと月ほどかかるのだそうだ。

真っ青な顔で質問に答えてくれた御者に、リリアーナはもう絶対に声をかけないでいようと決めた。また何か質問しようものなら、命乞いをされそうだったからだ。

「神殿へ行ったのは今朝のことなのに……」

まだ半日と少ししか経っていないなんて、信じられなかった。感覚的にはもっとそれ以上……ひと月とか半年とか、それくらい経っていそうなくらい疲れ切っているのに。

「いろいろありすぎて……頭がついていかない」

家どころか部屋からも出してもらえなかったのに、今は王都もはるか後方にある。

旅はまだ初日だが、ずいぶんと遠くへ来てしまったなぁとリリアーナは思った。

「ルアネ様が紹介してくれた方は、次の街にいるんだっけ……」

近衛《このえ》騎士団第二小隊副隊長、ハリー・エドランド。

鍛え抜かれた筋肉と硬質で癖のある髪のせいで、巷《ちまた》では【毛虫の騎士】なんて呼ばれている人物である。

ハリーは、美しい容姿と剣舞で有名な流浪の民【胡蝶《こちょう》一族】の美姫《びき》と、宰相であるエドランド侯爵の末息子だ。

容姿端麗な両親と見た目はちっとも似ていないが、天は二物を与えずとはよく言ったもので、彼は努力の才能に恵まれていた。

貴族男性に必須な剣や経営術はもちろんのこと、料理や掃除など家事全般、さらに女性の必須教養である刺繍《ししゅう》なども会得している。しかもわりと凝り性な性質《たち》らしく、その道の熟練者に師事して徹底的に極め、おまえは一体何になりたいのだと周囲からはドン引きされているような、風変わりな男らしい。

「メイドのうわさ話から拾った情報だから、どこまで本当なのかわからないけれど……毛虫の騎士かぁ……」

少なくとも、女性関係にだらしがないという話は聞いたことがない。

その代わり、彼の顔は人として見られるものではない、非常に個性的な顔立ちをしているのだと聞いたことがある。

現在、ハリーは近衛騎士団の強化訓練合宿に参加中らしい。

すでに早馬を飛ばし、黒薔薇の聖女に同行するよう話はついている――と、ルアネは言っていた。

「毛虫……毛虫かぁ…………大丈夫かな？」

仲良くできるだろうか？　毛虫と。

リリアーナは顔中毛むくじゃらの男性を想像して、案外ありかも……なんて思った。

馬車が次の街に着いたのは、夕飯時をやや過ぎたあたりだった。

魔法石を使用した明かり――通称【宝石街灯】が等間隔で並ぶ大通りを、馬車は今夜宿泊予定の宿へ向かって、ゆっくりと進む。

ソワレ侯爵邸をあとにした直後は、何もかもどうでもいいと投げやりな気持ちになっていたリリアーナだが、今は少しだけ持ち直して、外の景色を楽しむ余裕が出てきていた。

物音を立てても、誰にも何も言われない。

ただそれだけのことが、リリアーナの気分を高揚させる。

「はぁ……綺麗だなぁ」

リリアーナは初めて見る宝石街灯を、馬車の窓からうっとりと眺めた。

本で読んだ時に受けた印象の、何倍も美しい。

チカチカと瞬《またた》く光は、赤にも青にも、黄色にも緑にも見えて、見ていて飽きなかった。

「いばらの城にもあったら、嬉しいなぁ」

いばらの城は、どんなところだろう。

願わくは、この街のように綺麗な場所だと嬉しい。

「街灯は無理でも、ランプとか……小さく加工できれば、わたしでも使えるんじゃないかな」

その場合、誰に頼んだら用意してもらえるのだろう。

というか、頼んでも良いものなのだろうか——と、そこまで考えたところで、リリアーナは困ったように眉を寄せた。視界の隅に、妙な引っかかりを覚える何かが映り込んだからだ。

「何だろう、あれ……」

じっと見つめてみる。

薄暗くてわかりにくいが、それは座り込んだ人のようだった。

大きな背中は騎士服で覆われていて、だから気になったのかとリリアーナは合点《がてん》がいった。

現在この街にいる騎士は、近衛騎士団第二小隊だけと聞いている。

つまり、すぐそこに座り込んでいる人物は、これからお世話になるであろうハリーの関係者ということだ。

「ああ、通り過ぎちゃう。ごめんなさい、ちょっと止めてください！」

気がついた瞬間、リリアーナはとっさに声を上げていた。

（無難に見なかったふりをすれば良かったのに）

心のどこかでリリアーナを引き止める声がする。

けれど、今更どうしろというのか。

すでに御者はリリアーナの訴えで馬を止め、どうどうといなしている。なんでもないというにはあまりにも、リリアーナの声色は必死すぎた。

（ないない尽くしの令嬢、リリアーナ・ソワレ。あなたに何ができるというの？）

意地悪な心の声から目を背け、リリアーナは馬車を飛び出した。

なるようになれと、半ば自棄《やけ》な気持ちで騎士のそばへ駆け寄る。

「あ、あの！　大丈夫ですか？」

発した声は、ひどく震えていた。

自ら人に声をかけるなんて久しぶりのことで、あまりの緊張に泣き出してしまいそうになる。

「うん……？」

リリアーナに声をかけられた騎士は、ムクッと上半身を起こした。

服の上からでもわかるくらい、丸々と鍛えられた筋肉。硬質で癖のある、タワシみたいな頭。

予想していたような毛むくじゃらの顔はしていないようだけれど、条件に当てはまる人物を、リリアーナは知っていた。

「……毛虫の騎士様？」

リリアーナの言葉に、騎士の大きな背中がビクッとわななく。同時に、近づくなと言わんばかりの暴力的なオーラが、ブワッと彼から溢《あふ》れ出《だ》した。

わかりやすく拒絶されて、リリアーナはたまらず逃げたいと思った。

けれど、彼が毛虫の騎士様ならなおさら、逃げるべきではないと思い直す。

リリアーナはなけなしの勇気を振り絞って、口を開いた。

「ごめんなさい、不愉快な思いをさせてしまって。でも、どうしても放っておけなかったんです。その……よろしければ、お手伝いをさせてもらえませんか？　だってわたしたち、これから長いお付き合いになりそうですから」

リリアーナは考えながら、ひとつひとつ言葉にする。

そんな彼女を止めるでもなく、騎士は苛《いら》立《だ》たしげな空気を出したまま、黙りこくっていた。

「長い、付き合いだって？」

リリアーナがこれ以上言うことを思いつかなくて黙ると、騎士はようやく立ち上がり、彼女の方へ向き直った。

まず目に入ったのは、見事な肉体。それはおそろしく鍛えられていて、リリアーナは（むきむき……むきむきです……肉団子……いや、スライスする前のハム？）と目が釘付《くぎづ》けになった。

「こんな筋肉、見たことない……」

リリアーナは筋肉フェチというわけではない。むしろ、今の今まで興味もなかった。

しかし、それでも見入ってしまう魅力が、彼にはあるようだ。

口を半開きにしてうっとりとしているリリアーナに、男は「んんっ」と咳払《せきばら》いをする。

リリアーナは途端にハッとなって、恥じらいつつ様子をうかがいながら視線を上へ向けた。

初めて見た毛虫の騎士の顔は、少なくともリリアーナが想像していたようなものではなかった。

（左右非対称のひしゃげた顔は、一般的に綺麗と言いがたいことは理解しているわ。だけれど、醜いと言うほどかしら）

醜いというのは、炎を眺めるソワレ侯爵家の人々のような顔を指すのだと思う。

そんなことを考えていたリリアーナの近くで、ヒッと小さな悲鳴が聞こえた。

見ると、騎士の顔を見た人が、顔を真っ青にして足早に去っていくところだった。

横目で見送るリリアーナの視界に、少しでも暗い方へ顔を寄せようとしている騎士の姿が映る。

騎士の姿はまるで、今朝までの自分を見ているようで。リリアーナは苦い気持ちになりながら、少しでも彼の気持ちが安らぐように、普段めったに上げない口角を上げて微笑んだ。

「ご挨拶が遅れまして、申し訳ございません。はじめまして、リリアーナ・ソワレと申します。近衛騎士団第二小隊副隊長のハリー・エドランド様とお見受けしますが、間違いないでしょうか？」

「……ああ」

控えめに見返してきた黒の目は、宝石街灯に照らされて満天の星のようにキラキラしていた。

チカチカ、キラキラ。なんて綺麗なのだろう。

またしても見入ってしまったリリアーナに、ハリーはいぶかしげに顔をしかめた。

少し顎を引いて、まるで不可解なものを見ているかのようである。

（不躾《ぶしつけ》に見すぎてしまったかしら）

しかし、どうしても見ずにはいられなかった。彼の目が印象的すぎて、リリアーナは目を離せなかったのだ。

再び咳払いをされて、リリアーナは名残惜しさを感じながらそっと視線を外した。

「ルアネ様からあなたを頼るよう言われているのですが、ご存じですか？」

「ああ、聞いている。ちょうど、宿へ向かおうとしていたところだ。しかし……」

「何かあったのですか？」

ハリーの口がムスッとへの字を描く。余計なことを言ったと言わんばかりだ。

リリアーナが先を促すように見つめていると、彼は渋々といった様子で口を開いた。

「横道から駆け出してきた子どもにぶつかられ、倒れそうになっていたのを助けようとしたら、仮面が外れて……」

ハリーの視線が、道の端を示す。

リリアーナの目には白い小さな石がたくさん転がっているように見えるが、どうやら仮面の残骸らしい。

仮面をつけるのは、その顔を隠すためだろうか。

リリアーナは気にならないが、通行人の態度を見るに、怯えるのがふつうのようだ。

（でも、仮面をつけたら逆に目立つのでは？）

リリアーナはすごく気になったけれど、言いたくないことを無理に話しているらしいハリーを刺激してしまいそうで、質問を呑み込んだ。

「通りすがりの馬車には仮面を粉砕され、悲鳴を上げた子どもは泣きじゃくりながら暴れ、運悪くその……足が、命中してな……」

ハリーの視線が、己の下半身へと向かう。

「足が命中……」

よくわからないが、近衛騎士が地べたに這いつくばるくらいとにかく不幸な出来事が重なったことだけ、リリアーナは理解できた。そして、助けた子どもに礼を言われることなく逃げられたことも、先ほどの通行人の態度を見れば容易に想像がつく。

（せめてわたしだけでも、褒めてあげられたら良いのだけれど）

そうでなければ、目の前の騎士の優しい気持ちが報われない気がする。

「子どもは、どこへ行ったのですか？」

「ああ、母親が連れて行ったから問題ない」

思い出したのか、ホッとした表情を見せるハリー。

そんな彼のことをリリアーナは、お人好《ひとよ》しな優しい人なのだなと思った。

「そうなのですね。無事で良かった。あなたが体を張って子どもを止めてくれて、良かったです。そうでなければ、馬車に轢《ひ》かれていたのは仮面ではなく子どもだったかもしれません。子どもを助けてくださって、どうもありがとうございます」

深々と頭を下げると、動揺した空気を感じた。

あなたが頭を下げる必要なんてない、と。そんなようなことを言いながら、けれどハリーはまんざらでもない様子で照れている。

「それで、仮面のことなのですが……どうしてもないと駄目なのですか？」

「駄目というか……この顔は、気味が悪いだろう。晒《さら》して歩くと皆を怯えさせてしまうから、しないわけにはいかないのだ」

会話を続けている間も、ハリーはジリジリと暗がりへ逃げようとしていた。

「わたしには、それほど気味が悪いようには見えないのですが……でもまぁ、人それぞれ事情がありますものね。わかりました」

リリアーナはそう言うと、肩にかけていたショールを外した。

投げ縄の要領でショールを彼の頭へ被《かぶ》せると、そのまま顎の下でキュッと結ぶ。

「予備の仮面は持っていないのですか？　持っているのであれば、保管してある場所まで馬車で送ります。そうすれば、誰に見られることもないでしょう？」

近衛騎士が、頭にショールを被る。かなり不格好だけれど、ないよりはマシだろう。

結んだ部分をギュッと握っているハリーは、まるで奪われた精神安定剤——たとえばお気に入りの毛布とか——を返してもらった時の子どもみたいに、警戒するような目で見つめてきた。

「どうします？」

リリアーナが子どもに接するようにやわらかな表情を浮かべると、ハリーは「うっ」と苦悶《くもん》の表情で後退《あとずさ》った。

心配になって一歩足を踏み出すと、近づくなとばかりに片手で制される。

（ショールを奪われると思っているの？　そんなこと、しないのに）

そもそもショールは神殿からの支給品なので、リリアーナの持ち物でもない。説明しようにも近づくことさえ拒否されて、リリアーナは為《な》す術《すべ》もなく立ち尽くすしかなかった。

仲良くしたいのに、うまくいかない。これからずっと一緒に暮らすことになるというのに、今からこれでは先が思いやられる。

まさか、コテンと首をかしげた彼女があまりにもかわいらしくて、ハリーが悶絶《もんぜつ》していたとは思いも寄らない。

リリアーナは、憂いの表情で小さなため息を吐いたのだった。

近衛騎士団第二小隊が滞在している、宿舎の前。

ハリーを下ろした馬車が、ゆっくりと走り出す。

窓から顔を出した少女は「では……」と口元に控えめな笑みを浮かべて、小さく手を振った。

ハリーは初対面の人から――それも女性に！――笑顔を向けられることなんて、初めてだった。

怯え、悲鳴を上げられ、逃げられることには慣れていても、笑顔を向けられることになんて慣れていない。

少女の愛らしい笑顔に、ハリーはくすぐったい気持ちになった。

鼻の頭に蝶《ちょう》が留まったような、ホワホワと夢を見ているような心地がする。

手を振るなんて久しくしていなかったハリーは、つられるように緩く持ち上げた手で、ぎこちなく振り返した。

その時、彼の唇は、痙攣《けいれん》したようにモニョモニョ動いていた。

おそらくは、笑っていたのだ。あまりに醜くて、ふつうの人にはわからないくらいだったけれど。

リリアーナがハリーの笑顔に気がついたかはわからない。けれど、ハリーの顔を見た彼女は一瞬驚いたように目を見開いて――しかし嫌悪感は微塵《みじん》も見られなかった――それからふわりと目を細めた。

また、明日。

ハリーの意識が確かだったならば、彼女はそう言ったと思う。

「……ふぅ」

馬車が見えなくなってようやく、ハリーは息を吐いた。

知らず、息をすることさえ忘れていたらしい。

「リリアーナ・ソワレ……。彼女が、黒薔薇の聖女……」

つぶやく声は、熱を帯びていた。

興奮冷めやらぬ、とはこのことを言うのだろう。

「何が、黒薔薇の魔女だ。どんな聖女よりも聖女らしい方ではないか」

口にすれば、ますます確信が深まる。

やはり、カレンデュラの聖女から伝えられた話の方が正しかったのだ。

少しでも疑ってしまって、リリアーナには申し訳ないことをした。

神官たちは当てにならないと、ハリーは鼻筋に皺を寄せる。

神殿から「黒薔薇の魔女が誕生したので、いばらの城まで護衛するように」と連絡がきたのは、昼前のこと。

神官たちは竜の討伐を依頼する時のような仰々しい書簡で、近衛騎士団第二小隊へ一人の少女の護衛を依頼してきた。

書簡には「最高難度の仕事だから気を引き締めるように。失敗すれば黒薔薇の魔女から祝福を受けることになるぞ」と脅し文句まで書いてあったという。

家族ぐるみで親しくさせてもらっているカレンデュラの聖女――ルアネから手紙が届いたのは、神殿から来た使者を見送ったあとだ。

このたび誕生した黒薔薇の聖女には虐待されていた疑いがあり、力を悪用される恐れがある。どうやら同行させたい者もいないようなので、あなたを推薦しておきました——という内容だった。

なるほど、この任務ならば他の誰よりもハリーが適している。

彼なら騎士としても従者としても臨機応変に対応することができるし、何より王都から離れたがっていた。

ルアネからの手紙には、リリアーナのことをよく見るようにとも書かれていた。

黒薔薇の祝福へ警戒を促しているようにも取れるが、虐待の疑いがある令嬢だから気をつけて接するよう伝えているようにも取れる。

どちらにせよ、ハリーはハリーにできることを精一杯やるだけだ。

もともと王都から離れられるならば何でもやる所存であったし、どんな要求にも応えられる自信がある。

「王都から離れたいと相談していたが、まさかこんなに早く実現するとは。ルアネ様には感謝しかないな」

わずらわしい貴族同士のやりとりに、辟易《へきえき》していたところだった。もう我慢の限界だと思っていた矢先のことで、知らせを受けた時は多少の問題があっても目をつむろうと思ったほど。

ハリーが所属している近衛騎士団第二小隊は、それなりに数が多い騎士の中でも腕の立つ者が配属される、エリート集団である。

ブルームガルテン国において、花の聖女が他国へ攫《さら》われることはもっとも憂慮されることであり、実のところ、王族を守る第一小隊よりも重要視されている。

つまり、近衛騎士団第二小隊の副隊長ともなれば、エリート中のエリート。

さらに宰相閣下が目に入れても痛くないと豪語するほど溺愛している愛息子《まなむすこ》とあっては、聖女とて放っておくはずがない。

実家は侯爵家、両親も兄姉も美男美女揃《ぞろ》い。期待しない方が無理というものだ。

ハリーが近衛騎士団第二小隊へ配属された時は、当然のように護衛依頼が殺到した。

護衛の必要がない者や護衛が必要だけれどハリーの腕ではまだ持て余すような者まで、たくさんの指名をいただいた。

しかしそれは、最初の数日間だけ。

彼の顔を見たある聖女は数秒も保《も》たずに「チェンジ」と言い放ち、あっという間に【毛虫の騎士】のうわさは広まった。

思い返すだけで、苦い気持ちになる。

しかしそれでも、指名がまったくなくなったわけではなかった。

侯爵家と縁続きになろうと、頬を引きつらせながらも取り繕った顔で近づいて来る者が後を絶たなかったのだ。

幸か不幸か、ハリーは人の機微に鈍感なタイプではなかったから、そういった人たちの思惑に気がついては、傷ついた。

幼い頃から繰り返し見てきたおかげで、騎士に必要な行動予測が身についたことは幸いだが、見えない傷の対価になり得ているのかは今もって定かではない。

今日が初対面だというのに、リリアーナは怯えることも、同情して憐《あわ》れむこともなかった。

打算なくふつうの態度で接してくる彼女が新鮮で、心地よく感じる。

「もっと一緒にいたかったな」

見送ったばかりの女性にこんな思いを抱くのは、失礼なことだろうか。

何ぶん初めてのことで、よくわからない。

ハリーは戸惑い、ガシガシと髪をかき上げた。

「今からでも追いかけていって、宿泊先まで護衛するのはどうだろう？」

つぶやくと、何だか良い案のような気がしてきた。

善は急げと馬を求めて厩舎《きゅうしゃ》へ行こうとしたハリーは、振り向きざまに気配を感じて立ち止まる。

それからすぐに、馬車が去った道とは別の道から歩いてきた青年が、ハリーを見るなりギャッとつぶされたカエルの悲鳴のような声を上げた。

「おまえそれ、もしかして笑っているつもりか？」

酒気を帯びた顔をしかめているのは、近衛騎士団第二小隊の隊長、リュディガー・ハイス。

薄紅薔薇の聖女を母に持ち、その母譲りの愛らしい少女のような顔で、えげつない剣技を繰り出す騎士だ。

天使のような微笑みを浮かべた時は要注意。彼は自分の顔の良さを嫌と言うほど理解しており、うっかり見入ればグサリとやられる。それはもう、完膚なきまでに。

ハリーの素顔を見ても驚かないのは、エドランド家の面々とこの男くらいのものだ。
自身の顔がコンプレックスだからこそ、彼はハリーを見ても驚かない。
むしろ、「その隆起したすばらしい筋肉と俺の顔を交換してくれ」とぐいぐい迫ってくるほどだった。

「笑って……？　いや、そうかもしれない。そうか、俺は笑っていたのか」

外で笑うのはいつぶりだろうか。
手で顔を擦《こす》ってみても、よくわからない。けれど、悪い気はしなかった。

「自分が笑っているのかもわからないなんて……おまえ、いくら普段は仮面を被っているからって無精しすぎだぞ。表情筋もちゃんと使ってやれ。他の筋肉はバキバキのくせして、ずるいぞ」

やれやれと肩をすくめるリュディガーに、ハリーは苦い顔で「わかった」と答えた。
思いがけず素直に返されて、リュディガーは面食らう。
そしてこれは何かあったに違いないと、いたずらをたくらむ子どものようにニヤリと笑んだ。

「なぁ、ハリー。どうやら俺は、おまえから聞かなくちゃならないことがたくさんあるようだ。少し付き合え」

「いや、遠慮す――」

「――るわけないよなぁ？　ハリー。俺とおまえの仲じゃないか。ハッハッハ……上官命令な」

不穏な声で「上官命令」と言いながら、リュディガーはにっこりと天使の微笑みを向けてきた。
天使と書いて悪魔と読む微笑みだ。こうなったら、言うことを聞くしかない。

（どのみち、話すつもりだったからな）

ハリーは諦観の息を吐きながら、とぼとぼとリュディガーのあとをついていったのだった。

「たしかおまえ、黒薔薇の魔女へ挨拶をしてくるって言って外へ出たよな？　それなのにどうして、宿舎のそばでへらへら笑っていたんだ？」

部屋へ戻るなりソファへ寝転び、リュディガーは「だから一人で酒飲みに行ったんだけど」と不服そうに言った。

彼が不機嫌なのは、酒を出してもらう前か、あるいはそのあとに一悶着《ひともんちゃく》あったせいだろう。

どうしたって少女にしか見えない顔立ちは、いつだって彼を大人の男性と認識させない。

ハリーが一緒であれば近衛騎士団第二小隊の隊長だとわかってもらえるが、そうでない時は大抵、問題が起きるのだ。

（酒の臭いがするから、とりあえず提供はしてもらえたようだが。絡まれるということは、何かがあったのだろうな）

酔っ払いに子ども扱いされたか。あるいは、女性と勘違いされてナンパされたか。

どちらにせよ、リュディガーの機嫌が悪くなるのには十分な理由である。

水差しを持ってきてコップへ注《つ》いでやりながら、ハリーはリリアーナとの出会いについてかいつまんで話した。

黒薔薇の聖女の同行者に選ばれたことは、すでにリュディガーへ話してある。

いばらの城へ護送したあとはそのまま残り、近衛騎士団を辞す予定だ。

前々から王都を離れたいと言っていたこともあって、リュディガーは驚きもせず納得してくれた。

「なるほど、そんなことがあったのか」

水を飲んで幾分酔いが覚めたのか、とろんとしていたリュディガーの目に正気が戻ってくる。

座り直して足を組んだ彼は、何かを思い起こすように顎をさすった。

「リリアーナ・ソワレ。紫薔薇の聖女を輩出するソワレ侯爵家の令嬢で、紫薔薇の聖女であるサティーナ嬢の妹……か」

リュディガーのつぶやきに、ハリーは瞠目《どうもく》した。

「紫薔薇の聖女の、妹だって？」

「そうだよ。おまえのことを毛虫の騎士と呼び始めた、クソ聖女さ」

「……リュディガー、クソはよせ」

「なんだよ。おまえだって、同じこと思ってるだろ」

「思っているが、口に出したりはしない」

高慢な性格が顔にも表れている、鼻持ちならない聖女サティーナ・ソワレ。

彼女には、初めて護衛としてそばについた時以来、露骨に嫌みを言われるほど嫌われている。

『あまりにも醜くて不快だわ。仮面を被った方がよろしくてよ』

『エドランド家は皆様容姿端麗なのに、あなただけが醜い。養子なのではなくって？』

『お母様は胡蝶一族の姫なのでしょう？　それなら、あなたは毛虫の騎士と名乗るといいわ』

『あなたって、私の妹みたい。憐れだわ』


それらの言葉は、サティーナにかけられた言葉のほんの一部でしかない。

思い出すだに気分が悪くなるが、同時に納得する部分もあった。

だから、ハリーは仮面を被っている。それで花の聖女たちの心が安まるならば、と。

「その様子じゃあ、気づいてなかったみたいだな」

「ああ、まったく。これっぽっちも」

ハリーが抱く、聖女の幻想を具現化したような聖女リリアーナ・ソワレ。

名乗られていたにもかかわらず、ハリーはリリアーナとサティーナが姉妹であることに思い至っていなかった。

二人が結びつかないくらい似ていないせいもあるだろうが、無意識に結びつけることを拒否していたのかもしれない。

「リュディガー。おまえはリリアーナ嬢のことを、知っているのか？」

「知っているも何も、有名じゃないか。彼女のことは、誰も何も知らない。生まれてこの方、一度だって屋敷を出たことがないと、まことしやかにうわさされる筋金入りの深窓の令嬢《ひきこもり》……。といっても、さすがに聖女の儀は執り行われたようだけれどな」

「一度もって……そんな、大袈裟《おおげさ》な」

「大袈裟なものか。健康に問題がない十六歳の侯爵令嬢が、茶会も舞踏会も、街にも出たことがないだなんて、ふつうならあり得ない」

そうだろうとも。だからこそ、ハリーは信じられなかった。

十六歳の、それも侯爵令嬢ともなれば、茶会に舞踏会にショッピングにと、外出する理由はごまんとある。花の聖女たちを守る騎士であるハリーは、よく知っていた。

「人は、隠されれば隠されるほど暴きたくなるものだ。どこぞの貴族の坊ちゃんが調べたが、とうとう外出する彼女を見ることはなかった」

そのどこぞの貴族の坊ちゃんとやらは、リュディガーなのではないだろうか。

彼の表情は、自分の悩みを相談する際に「友人の話なんだけど」と言っている時と似ている。

思うところはあったが、ハリーはスルーすることにした。今はそんなことよりも、リリアーナのことを知りたい。

「たまたまでは……？」

「サティーナ嬢曰《いわ》く、リリアーナ嬢はないない尽くしの妹なのだとか。侯爵家にふさわしい美貌も品格も教養も、誇れるものは何ひとつ持っていない。恥ずかしすぎて外へ出せないし、本人もそれを自覚しているから出てくることはないのだと、サティーナ嬢だけでなくソワレ侯爵夫妻も言っていたぞ」

思い返せば、つい先ほど見送ったばかりのリリアーナは、令嬢というより町娘と言われた方がしっくりくる質素な身なりをしていた。

見かけるたびに王宮の舞踏会へ行くような煌びやかな格好をしているサティーナとは、雲泥の差である。

（なんて愚鈍なのだ、俺は！）

気づかなかった自分に、腹が立つ。

リリアーナは今まで、どんな扱いを受けてきたのだろう。

屋敷の中に閉じ込められ、着飾ることも外出する楽しみも知らず。

ふつうの令嬢なら誰もが与えられるものを、彼女は知らないのだ。話を聞くに、両親から愛情を注がれたことさえないのではないだろうか。

ハリーはリリアーナの令嬢らしからぬ気安さに好感を抱いていたが、おそらくは令嬢としての作法を一切知らないせいだろう。まともな令嬢ならば、ハリーを前にしてああはならない。

虐待の疑いがあるというルアネの言葉を甘く考えていたと、ハリーは自身を恥じた。

「下衆が」

ハリーから発せられた怒気に、リュディガーの背がわななく。一瞬剣を構えそうになったものの、そこは隊長らしく弁《わきま》えた。

「ハァ……俺は聞いたことをそのまま言っただけだ。殺気立った目でにらむんじゃない。俺じゃなかったら失神しているところだぞ」

「すまない」

ぶっきらぼうに謝るハリーに、リュディガーは呆れ顔だ。やれやれと肩をすくめながら、足を組み直す。

「いいけどさ。しかしおまえ、チョロすぎやしないか？　初めて怖がられなかったからって、気を許しすぎ。いや、懐きすぎと言うべきか？」

自覚がないわけでもなかったから、ハリーは黙るしかなかった。

久しぶりに本気で怒ったせいか、どっと疲れを感じる。ハリーは、リュディガーの向かいにあるソファへ、身を投げるようにドサッと腰かけた。

「相手は黒薔薇の魔女なんだぞ？　祝福の効果、知らないわけじゃないだろう」

「もちろん、知っている。しかしだな……」

ハリーは憮然《ぶぜん》たる表情で引き下がった。

「だめだめ、絶対わかってないだろ」

「わかっている」

「わかってないね。だって今のおまえ、双子の兄弟が、初めて見分けてくれた女の子にうっかり恋しちゃったみたいな顔をしているし」

言い得て妙なたとえだ。

当たらずとも遠からず、限りなく近い気持ちをハリーは抱いている。

息苦しさを覚えて、水差しへ手を伸ばした。コップはないから、じかに口をつける。

しかし、飲んだ水はぬるく、ハリーの心を落ち着けるには至らない。観念したように前屈《まえかが》みになって膝の上で両手を組むと、手の甲へ顎を乗せた。

推理小説で言えば、探偵が推理を語るような厳かな雰囲気が場に漂う。

「恋ではないと思う。まだ」

「まだって保険をかけているあたり、確実にあやしい」

「しかし、俺は黒薔薇の聖女の同行者だ。彼女を好きになり、仕えることに喜びを感じることは、悪いことではない。はず」

自らへ言い聞かせるように「はず」と言うハリーに、リュディガーは距離を取るように身を引いた。その顔は、ウゲッとしかめられている。

「はずって……隠す気あるの？　おまえ」

「わからない。こんなことは初めてだからな」

よく知っていると思っていた部下の、思いもよらなかった面を垣間見《かいまみ》て、リュディガーの唇の端が引きつる。

今ならまだ矯正可能だろうか？

こういう話は苦手だろうと思って避けてきた、その弊害が今、リュディガーの前に立ちふさがっている。

「俺は怖いよ、ハリー。おまえの煩悩が爆発して彼女を襲う可能性も捨てきれないし」

「そんなことには絶対にならない。だが、万が一の場合は、黒薔薇の力で祝福してもらえば大丈夫だと思う」

「祝福を万能薬みたいに言うんじゃねぇ！」

厳粛に言い放った部下の頭を、リュディガーは容赦なく蹴った。

ハリーは椅子から吹っ飛んだが、これでも足りないくらいだ。

「大丈夫じゃねぇ。ちっとも、大丈夫じゃねぇ！　ああ嫌だ。一目惚れ拗《こじ》らせ男がここに爆誕しやがった！　たった数時間でうちの副隊長をおかしくさせるなんて、リリアーナ嬢はとんでもない悪女だな」

「悪女じゃない。聖女様だ」

ハリーが、ムクリと起き上がってくる。

その目はどこからどう見ても恋する男そのもので、リュディガーはまだ見ぬ黒薔薇の魔女に同情を禁じ得なかった。

「ハリー、元気でな～！」

「副隊長のメシ、食えなくなるの寂しいっす！」

「副隊長、今までありがとうございました！」

近衛騎士団第二小隊の隊長を筆頭に、合宿に参加していたすべての騎士が勢揃いしていた。

黒薔薇の魔女の同行者に任命され騎士団を去ることになったハリーへ、彼らは次々に別れの言葉をかける。

「ああ。俺の方こそ、今までありがとう」

ルアネの頼みとはいえ、慕われているハリーを彼らから引き離すことになって、リリアーナは心苦しかった。

申し訳なさそうにうつむく彼女を乗せた馬車は、ハリーを含む五人の騎士に守られながら、出発したのだった。


それから、どれくらい経っただろうか。

やがて馬車は街を抜け、ゴトゴトとかすかに揺れながら街道を走り始める。

揺れる音に混じって聞こえてきたコツコツと窓を叩く音に、リリアーナは顔を上げた。

窓を開けたリリアーナの視界へ真っ先に入ってきたのは、仮面だ。

馬車の隣を、馬に乗ったハリーが並走していた。

他の騎士たちはどこだろうと見回すと、馬車を守るように前後を並走している。

今日のハリーは、口から上を覆い隠す半顔の仮面を被っていた。

茶色の毛が生えた仮面は、丸い耳付き。テディベアのような愛らしいものではなく、本物の熊の頭を仮面に写し取ったかのようなデザインだ。

今にも襲いかかってきそうな怖い顔をした仮面は、直視しづらい。だけれど、ハリーの太い首と立派な体格にはよく似合っていた。

「申し訳ございません、黒薔薇の聖女様。もしや、お休みになっていましたか？　朝から騒がしく挨拶もできなかったので、今のうちに話を、と思ったのですが」

昨夜会った時はこんな話し方をする人ではなかったのに、今日はどうしてしまったのだろう。

急に態度を改められて、リリアーナは困惑する。

（仮面といい話し方といい、昨日とは別人みたい。いいえ、もしかしたら本当に別人なのかも。わたしに同行したくなくて、代わりを立てたって不思議じゃないもの）

ハリーの父は宰相だ。宰相ともなれば法の抜け道を知っていてもおかしくはない。

うわさに聞く宰相は、それはもう過剰なまでにハリーのことを溺愛しているようだから、合法的かつ強制的な同行もなかったことにしてしまえるのではないだろうか。

（違う人なら違う人で、構わないのだけれど）

たとえ彼がハリーでなかったとしても、リリアーナに責める気持ちなんて毛頭ない。逃げたいなら逃げていいし、行く場所がないなら見つかるまでいればいいと思っている。

けれど、もし。もしも目の前にいる人が本物《ハリー》なのだとしたら。

どうか昨日のように接してほしいと、リリアーナは思うのだ。

「いいえ、大丈夫です」

「そうですか。では、少々付き合っていただいても構いませんか？」

リリアーナがコクリと頷くと、ハリーの唇がニッと笑みを刻んだ。

彼が昨夜のハリーなのだとしたら、仮面の向こうはクシャッとなっているのだろう。

帰り際に見せてくれた不器用な笑みを思い出して、リリアーナは惜しい気持ちになった。

(目の前にいる彼が、ハリー・エドランド様なのだとしたら……わたしの前では、気兼ねすることなく素顔を見せてほしいな)

隠し続けるのは、大変だろう。

他の騎士はどう思うのかわからないが、護衛対象であるリリアーナが平気なのだから、仮面なんていらないと思う。

(それに……どうやら彼は、わたしのことが気に入らないようだったし)

昨夜のハリーは、帰り際を除けば終始不機嫌で。だからこそ、今の彼の礼儀正しさが大人の対応のように思えてならない。

(昨夜、手を振りかえしてくれた時は驚いたわ。たぶん、基本は優しい人なのね。わたしみたいな者も、放っておけない方なのだわ)

気に入らない相手に対して、わざわざ気を遣う必要もないだろう。

そう思うとなおのこと、リリアーナは仮面の必要性を感じない。

世間では【毛虫の騎士】なんて呼ばれているハリーだが、リリアーナの目には優秀ですてきな騎士にしか見えない。

(それに……)

宝石街灯に照らされた黒の目は星が瞬く夜空のように綺麗だったし、こうして日の光のもとで改めて見ても、誠実そうに凛としていた。

（私情はどうあれ、護衛の任はしっかりと果たしてくれているもの）

もっと堂々としていればいい。

黒薔薇の魔女であるリリアーナと違い、彼は立派な騎士なのだから。

容姿ですべてが決まる世界なら、ハリーはまだ全然だ。おぞましい笑顔でリリアーナの私物を燃やしていた人たちこそ、貶《おとし》められるべきだと思う。

（そんなことを思ってしまうのは、わたしがないない尽くしの令嬢だからなのかしら）

醜い顔には、仮面をつける。

由緒正しい侯爵令息であるハリーからしてみれば、常識的な行動なのだろう。なにせ貴族には、地位に見合ったふさわしい美貌と、品格と、教養が必要らしいから。

「改めて……ハリー・エドランドと申します。エドランド侯爵家の三男で、近衛騎士団第二小隊の副隊長を務めております。じきに退職してあなた様の護衛兼従者になりますが……どうぞ、よろしくお願いします」

退職。

短いが、重みのある言葉がリリアーナの肩にずんとのしかかる。

（第二小隊の副隊長という肩書きは、簡単に手にできるものではないわ。それなのに、わたしのせいで彼は……）

ルアネの紹介だとわかっているが、断れなかったリリアーナの方がもっとひどいと思う。

なんでも自分のせいのように思って抱え込んでしまうのは、リリアーナの悪い癖だ。
デラニーから何度も注意されているのに、直るどころか年々悪化してきている。
苦い気持ちを隠すように、リリアーナは笑みを浮かべて言った。

「こちらこそ。どうぞよろしくお願いします、エドランド様」

リリアーナが控えめに挨拶を返すと、ハリーは表情を曇らせた。

（何か失礼なことをしてしまったのかしら）

否定されることに慣れきっているリリアーナは、自らに非があるとしか思えない。
何を言われるのだろうと息を潜めて待っていたら、ハリーがポツンとつぶやいた。

「エドランド、か……」

寂しそうな声色に、胸がきゅっと締め付けられる。
事情はわからないけれど、どうやら彼はエドランドと呼んでほしくないようだ。

（無理もないわ。エドランド家は代々宰相を務める家だもの。わたしなんかが気軽に呼べるようなお名前ではないのよ）

では、どう呼べばいいのだろうか。
エドランドが駄目ならハリー様、あるいは副隊長様？

（わたしは言葉の裏を読むことが苦手なのに）

頭の中が、不安でいっぱいになる。それでも早く答えなくてはと焦った結果、リリアーナは勢い任せに答えてしまった。

「……ハリー、副隊長様？」

「ああ、いや、その……そうでは、なくて……」

ハリーの視線が泳ぐ。

歯切れの悪い台詞をぶつぶつとつぶやいているが、不快とも違う様子にリリアーナは戸惑う。

よくわからないまま、リリアーナは困った顔で首をかしげた。

どこからともなく「プッ」と吹き出すような声が聞こえたけれど、きっと気のせいだろう。任務中の騎士たちが笑うなんて、警戒を怠っているような行為をするわけがない。

「くそっ……かわいいな……んんっ」

リリアーナの意識が逸《そ》れたのと、ハリーがつぶやいたのは同じタイミングだった。

無意識に発せられたのだろう。つぶやかれた独り言は、判然としない。

誤魔化すために咳払いをするハリーは、風邪を引いているようにも見えて、リリアーナは心配になってきてしまった。

（大丈夫なのかな……？）

だって、今日も外はこんなに暑い。仮面なんてつけていたら、倒れてしまうかもしれない。

（やっぱり仮面を外してもらおう。倒れてしまったら、元も子もないもの）

そう思ってリリアーナが口を開いたのと同じタイミングで、ハリーが「あの！」と声を発した。

切羽詰まった、懇願するような声音に、言おうとしていた言葉がヒュッと喉の奥へ消えていく。

「家族は俺のことを、ハリーと呼びます。長い付き合いになるのですから、あなたもそう呼んでください」

ハリーは早口で、ボソボソと言った。

恥ずかしがっているようにも、あるいは突き放そうとしているようにも聞こえるぶっきらぼうな物言いは、昨夜の彼に通じるものがある。

気取った喋《しゃべ》り方《かた》よりこちらのほうがずっと好ましい。

無意識のうちにパッと表情を明るくさせたリリアーナは、確かめるように名前を呼んだ。

「ハリー様？」

「ああ、それがいい」

少し歪《いびつ》な形をした唇が、やわらかく笑みをつくる。

それがいいと言う声は甘く、どこか誇らしげに感じたのはリリアーナの気のせいだろうか。

「では、ハリー様。わたしのことはどうか、リリアーナとお呼びください。敬語も不要です。昨日と同じように話してくれた方が、わたしは嬉しい、です」

「じゃあ、お言葉に甘えてそうさせてもらおう。それで、今後の予定なのだが――」

こうして、リリアーナの旅は始まった。

街道の最終地であり、いばらの城があるシュタッヘルまで約ひと月。

騎士たちが護衛してくれるのはそこまでで、そこから先はリリアーナとハリーの二人で行動することになっている。

それが、黒薔薇の魔女にまつわる決まりだから。

（仕方ない、仕方ない、のだけれど）

　リリアーナにはひとつだけ、心配な事がある。

　いばらの城がある場所の目と鼻の先に、竜たちが暮らす山があるのだ。時折、民家の屋根で飛行訓練中の幼竜が羽を休めることもあるという。

　黒薔薇の魔女たちは花の祝福で竜たちを巧みに御していたそうだが、果たしてリリアーナにできるのかどうか。

　不安がるリリアーナの心配をよそに、旅は順調に進んでいったのだった。


　少し目を休めるつもりでまぶたを閉じたつもりが、すっかり寝入ってしまっていたらしい。

　ふと目を覚ましたら馬車が停車していて、リリアーナは驚く。

「え……？」

　いつから停《と》まっていたのだろう。

　周囲を見回しても、近くに人の気配はない。

「みんな、どこへ行っちゃったの？」

　外では小鳥が楽しそうにさえずっているが、それが逆に車内の静けさを際立たせる。

　リリアーナは急に不安になって、キョロキョロと視線を泳がせた。

「まさか、置いていかれたわけではないよね……？」

嫌な想像に、ゾクッと背中がわなないた——と、その時だった。

パサリと音を立てて、リリアーナの足元に何かが落ちる。

「これは……」

拾い上げたものは、金ボタンが縫い付けられた上着だった。

棘《とげ》のある蔓《つる》が描かれた金ボタンは、近衛騎士団第二小隊の騎士だけに許された特別なものだ。さらに薔薇の花も描かれているのは、隊長と副隊長だけに許された意匠である。

「……ということは、これはハリー様の上着？」

広げてみると、かなり大きい。出来心で少し羽織ってみたけれど、腕を通したところでやめた。

（だって、もしも羽織っているところを誰かに見られでもしたら……恥ずかしいし、なんだかいろいろ誤解されそうだもの）

上着を丁寧に畳むと、リリアーナは立ち上がった。

慣れない手つきで馬車の扉を開けると、夏の暑さを吹き飛ばすような、さわやかな風がリリアーナの髪を揺らしていく。

そう遠くない場所からサラサラと水が流れる音が聞こえてきて、騎士たちが談笑する声も聞こえてきた。

「なんだ、休憩中だったのね」

休憩時間は、日に何度かある。

今回はリリアーナが眠っていたために、声をかけられなかったのだろう。

置いていかれたかもしれないという恐怖から解放されたリリアーナは、その場でヘタリと座り込んだ。が、図らずもハリーの上着に顔を埋めることになって、慌てて顔を上げる。

抱えていた上着を遠ざけた瞬間、ふわりといい匂いが彼女の鼻をかすめた。

「ラベンダー、かしら」

男性がまとう匂いとしては、珍しいのではないだろうか。

といっても、リリアーナが知る男性なんて父と使用人くらいなものなのだけれど。

「それにしても、なんて落ち着く香りなのかしら」

きっと、この匂いのおかげで安眠できていたのだろう。

眠りが浅いリリアーナが、馬車が停まっても起きなかったなんて初めてのことだ。

「返しに行くべきなのだろうけれど……」

もう少し。もう少しだけ、貸しておいてほしい。

不思議と安心する匂いがどうにも手放しがたくて、リリアーナは難しい顔をして考え込む。

それに、ハリーと騎士たちの貴重な休憩時間を邪魔したくもなかった。

旅路は半分ほど過ぎたが未《いま》だに騎士たちから距離を取られていて、リリアーナの相手をするのはハリーしかいなかったから。

シュタッヘルへ着けば、ハリーはリリアーナと二人きりにならざるを得ない。一人は寂しいけれど、せめて今だけは、仲間たちと過ごさせてあげるべきだと思うのだ。

「邪魔したら悪いもの……」

「何が邪魔なんだ？」

不意に上から声が降ってきて、リリアーナは驚く。

反射的に顔を上げると、いつの間にここまで来たのか、遠くにいたはずのハリーが立っていた。

「ハリー様」

顔を上げたリリアーナの胸元で、自分の上着が抱きしめられている。

目を留めたハリーは一瞬驚いたように唇を緩ませて、じわじわと湧き上がってくる喜びを隠すように口元を手のひらで覆った。

「ハリー様？」

自分の胸元にある上着にチラチラと視線が注がれていることに気がついたリリアーナは、上着を抱きしめていることに気づいた。

離したくないと、無言で訴えているように見えたかもしれない。

そう思うと恥ずかしく、カァッと頬が熱くなった。

「あ、えっと、これは、その……お返しするつもりで持っていただけで、いい匂いだなぁって嗅いでいたわけじゃな……あっ」

弁解するつもりがポロリと本音がこぼれて、リリアーナは焦った。

真っ赤になった顔でそろりと目線だけを上げると、目尻がほんのり赤らんだハリーと目が合う。

潤んだ黒の目はすごく色っぽくて、だからリリアーナはこれ以上ないくらい焦ってしまって、ギュッと目をつぶった。

「おっ、おかげさまでゆっくり休めました。上着、どうもありがとうございました！」

リリアーナは一息に捲《まく》し立《た》てるように言うと、手を伸ばしてハリーへ上着を押しつけた。

（すごい……けっこう強く押しつけているのに、全然動かないわ）

ハリーの体は、リリアーナがどんなに押したってよろけない。むしろリリアーナの方が押し返されているくらいだ。

上着をようやく受け取ってもらうと、リリアーナは安堵《あんど》の息を吐いた。

「よく眠れたのなら、良かった。いい匂いはおそらく、これだろう」

ハリーはそう言うと、上着のポケットから小さな袋を取り出した。

リリアーナの髪色によく似た紺色の糸で刺された、薔薇模様が美しい香り袋《サシェ》。

遠慮がちに鼻を寄せて匂いを嗅いでみると、ラベンダーの香りがした。

「そうです、この匂いです」

何度嗅いでも落ち着く、いい匂いだ。

思わずホワッと表情をやわらげるリリアーナに、ハリーは香り袋を差し出した。

「気に入ったのなら、持っているといい」

「え、でも……」

「遠慮しなくていい。また作ればいいだけだから」

「作れば……？　これ、ハリー様の手作りなんですか？」

「ああ。今は移動中だからこれくらいしかできないが」

刺繍の腕は職人並みだと話には聞いていたが、実は普段着ている服も自作なのだと聞いて、リリアーナは心底驚いた。

熊のように立派な体格をした男性が、小さな針を器用に使って服を作る——童話のような風景を思い描いて、リリアーナはフフッと口元を綻ばせた。

見ている者を幸せにするような笑顔に、ハリーも明るい気持ちになる。

「リリアーナ。いばらの城へ着いたら、一緒にしたいことがたくさんあるんだ」

「え、でも……」

楽しげに語るハリーに、リリアーナはどうしたら良いのかわからない。

（さすがにそれは、どうなのかしら）

リリアーナは、自分なんかのために彼の時間を使わせることが申し訳なく思えた。

言《い》い淀《よど》むリリアーナに、ハリーは微苦笑を浮かべ、持っていた香り袋を握らせる。

それはまるで壊れ物を扱うかのようなそろりとしたしぐさで、触れることでリリアーナがどんな反応をするのか、恐る恐る確かめているようでもあった。

「俺はこんな見た目だから、一人でいることが多い。だが本当は、誰かと一緒にいることが好きなんだ。リリアーナは、俺の見た目が気にならないのだろう？」

香り袋を握るリリアーナの手に添えられた、ハリーの手。

確かめるようにこちらを見ていたのは、リリアーナが彼を拒否するかもしれないと思っていたからだ。

そのことに気がついた瞬間、リリアーナは前のめりになって答えていた。

「気にならないです」

それだけは、迷いなく言える。

まっすぐに目を見て答えれば、仮面の奥の目が泣きそうにすがめられた。

「それと。俺は、甘えられることも好きなんだ。だからリリアーナ、甘えることを覚えてくれ。いつまでも遠慮されていては、寂しいからな」

すがるように見つめられて、言葉に詰まる。

（これは、夢なのでしょうか。わたしにばかり、都合が良い……）

リリアーナの目には、どうしてかハリーがリリアーナのことを構いたがっているように見える。

（もちろん、そんなわけはないでしょうが……）

しかし、熱を帯びて潤んだ目は、リリアーナが好きな宝石街灯のように煌めいている。

（ハリー様がしたいのなら……させてあげたい、かも）

視線の熱量に気圧《けお》されたリリアーナは、ついに根負けして頷いてしまった。

「そうか！　ありがとう、リリアーナ」

素直に喜びを表すハリーに、リリアーナは悪い気がしてならない。

お礼を言うべきはこちらなのにハリーの方が喜んでいて、どう反応したら良いものかと悩む。

（宰相も王様を支えるお仕事だもの。エドランド家はきっと、世話好きな一族なのね）

いばらの城への同行は半ば強制に近かったというのに。

（断っても良いのですよ……？）

リリアーナは弱気に彼を見つめたが、ハリーにそんな気持ちはひとかけらもないのだった。

第三章　聖女の祝福

順調だった旅に暗雲が垂れ込めたのは、シュタッヘルまであと少しというところだった。

いばらの城へ向かう、暑い夏の旅。

初めて旅をするリリアーナに負担がかからないように、のんびりとした日程で旅の予定は組まれていた。

野宿はなし。しっかり休憩をとりつつ余力を残して街で宿泊。

シュタッヘルへ着けば一生をそこで暮らすことになるリリアーナ。

王都にいた頃は屋敷から出たこともなかったと聞いていたハリーは、最初で最後になる旅をすてきな思い出でいっぱいにしてあげたいと思っていた。

「次の街は、絹織物《きぬおりもの》が有名なのだそうだ。好きな布があったら教えてほしい」

「それって、すごく高いやつですよね!?　結構です、間に合っています、わたしにはもったいないです」

「遠慮することはない」

「遠慮というか……そっ、そうだ、本！　わたし、移動中に読む本がほしいです」

リリアーナから許可を得てから、ハリーの甘やかしはますます顕著になった。

街を通過するたびにたくさんの贈り物を購入してくるものだから、他の騎士たちは「もう魔女の奴隷にされているのか!?」と明日は我が身とばかりに怯えている。

ハリー自身は張り切って護衛を務めているのだが、この暑さの中、仮面を被ったまま一日過ごすなど正気の沙汰ではない。

リリアーナは何度も「気にしないから仮面を外してほしい」とお願いしたのに、ハリーが仮面を外すことはついぞなかった。

そうして根性で我慢すること、数週間。

明日にはシュタッヘルへ到着するというところで、ハリーは倒れた。

彼は、素人目にも発熱していることがわかる真っ赤な顔で「少し休めば大丈夫だ」と言ったけれど、リリアーナは心配でたまらなかった。

不安そうなリリアーナをそのままにすることは心苦しく、ハリーは彼女を安心させるために近くの病院へかかった——のだが。

医師の診察を受けて気が緩んだのか、熱以外にも手足にしびれなどが出てきて、とてもではないが旅を続けさせられないと、入院を余儀なくされた。

あてがわれた病室は個室だけれど広くなく、騎士たちも入室すると圧迫感がある。

リリアーナと一緒にいたくないのか、あるいは彼女がハリーの面倒を見るのは当然だと思っているのか、騎士たちはリリアーナがハリーの看病をするつもりだと察すると、一言も発することなく、速やかに病室を出て行った。

「すまない……」

「だから仮面を外してくださいと、あれほど……」

上掛けを被り、広い肩を申し訳なさそうにすくめるハリーは、みの虫みたいだった。

(毛虫の騎士がみの虫の騎士に……なんて、今は笑えない冗談ね)

タオルを濡《ぬ》らし、ひんやりとしたそれで彼の火照った顔を拭う。

気持ち良さそうに目を細めるハリーは警戒心のかけらもなく、普段の彼がどれほど気を張っているのか、リリアーナはわかってしまった。

(家にこもっていた時の、わたしみたい)

舞踏会が開かれる夜だけが、リリアーナの心が安らぐ時間だった。

家族が出払っている夜だけは、気を張ることなくゆっくり眠れたのだ。

わかってしまえばもうそれ以上小言を言う気になれず、リリアーナは感情を持て余したまま椅子へ腰かけるしかなかった。

「申し訳ない」

「謝ってほしいわけでは……いえ、今はとにかく、休んでください」

枕元に置いてあった仮面を、引き出しにしまう。

そうでもしないと、誰かが来る度に彼は仮面をつけようとしてしまうからだ。

「リリアーナ」

返してほしいと困った顔で見つめたって、リリアーナはもう見逃してやらない。

「これでもう、ハリー様は仮面をつけられません。ここにはわたししかいませんし、仮面をつける必要はないでしょう？」

　優しく、言い聞かせるようにリリアーナは言った。

　また謝罪されそうになって、リリアーナはメッ！　と怒った顔をつくってハリーをにらむ。

（今の表情……黒薔薇の魔女っぽかったのでは？）

　もともと気の弱そうな顔立ちをしているリリアーナが怖い顔をしたって、まったく迫力がない。

　やってやったわ！　と満足げなリリアーナを見て、ハリーは緩みそうになる顔を上掛けで覆い隠した。

「どうしてそんなに優しくしてくれるんだ？　他の聖女は、俺のことを毛虫の騎士と呼んで避けるのに」

「その……気になっていたのですが、一体誰が、そんなひどい呼び名をつけたのですか？　毛虫の騎士だなんて……ハリー様は立派な騎士なのに」

「それは……」

　リリアーナの質問に、ハリーは悲しそうに目を伏せた。

　誰であろうと、悪口は言わない。高潔な騎士らしい、彼らしい判断だと思う。

　しかしリリアーナはそれを、寂しいと思ってしまった。

（そこまでの仲ではない、と一線を引かれているみたい）

　何とも言えない、ぎこちない空気が二人の間に流れる。

　耐えられなくなったリリアーナは、誤魔化すようにハリーの額をタオルで拭った。

「毛虫の騎士だなんて聞いていたから、わたし……顔中毛むくじゃらの男性を想像していたんですよ？」

冗談めかして言うと、ハリーはクスッと笑ってくれた。

「そうか。それはご希望に沿えず、申し訳ないことをしたな」

ハリーの芝居がかった言い方に、リリアーナも笑顔を返す。

しばらく二人で笑い合ったあと、眠くなってきたのか、ハリーがとろりとした声でつぶやいた。

「……リリアーナは変わっているな」

「ないない尽くしの令嬢と呼ばれていることは知っています」

「そうだろうか……俺は、そうは思わないが……」

ハリーの声が、だんだんと不明瞭になっていく。

「じゃあ、変わっているって、褒め言葉のつもりだったのですか？」

「ああ」

「わたしは、ハリー様の方が変わっていると思います。だって、わたしに対してふつうに接してくれますし」

「ん……うちのが、すまないな」

最後の方は寝言を言っているように判然としなくなって、やがてすぅすぅと規則正しい寝息が聞こえてくる。

静かになった病室でリリアーナは一人、ぽつりとつぶやいた。

「うちのが、ね……」

うちとは、近衛騎士団第二小隊のメンバーのことだろう。

ハリー以外の騎士たちとは、とうとう仲良くなれずじまいだった。

「ひと月弱の付き合いで仲良くなれるとは思っていなかったけれど、まさか会話することすらないなんて」

ハリーのおかげで寂しくはなかったけれど、ひと月もあったのに一言も交わさなかったなんて驚きだ。それほどまでに、黒薔薇の魔女が嫌われているということなのだろうが。

「そう考えると……ハリー様って不思議な方ね」

しばらくハリーの寝顔を見守っていたリリアーナだが、控えめに扉を叩く音を聞いて、立ち上がった。

「さて。ハリー様には悪いけれど、どうにかしなくっちゃ」

ハリーが倒れて、リリアーナは決心した。

正確に言えば、倒れた時点ではまだ悩んでいたけれど、彼が無防備な表情を見せるほど弱っていることを知って、決心がついた。

ハリーのため、ひいてはリリアーナのため、これは必要なこと。今がやるべき時なのだと、リリアーナは自身に発破をかける。

（黒薔薇の魔女は嫌だと、泣き言を言っている場合じゃないわ）

問題はたくさんあるが、どうにかなるはずだ。

それに、リリアーナは魔法の言葉を持っている。「黒薔薇の魔女に逆らうのですか？」だ。

(わたしに怯えているあの方たちなら、必ず効果があるはず)

扉の前で一度深呼吸をしたあと、リリアーナはグッと引き戸に手をかけた。

清潔そうな真っ白な扉を開けると、病院の廊下に騎士たちが並んで立っている。

皆一様に真っ青な顔をして、うつむいていた。

(まるで、処刑されるのを待っている罪人みたい)

話に聞く黒薔薇の魔女たちは、それはもうやりたい放題だったそうだから、仕方がないのかもしれない。

もっとも古い文献にある黒薔薇の魔女の口癖は「首を刎《は》ねよ」だったと言われているし、言うことを聞かない子どもに「黒薔薇の魔女が来るよ」と声をかけるのはよくあることだ。

(ハリー様がふつうに接してくれるから忘れそうになるけど……黒薔薇の魔女に対する態度としては、きっと怯える《これ》のがふつうなのよね)

顔を見れば誰もが怯える毛虫の騎士と、存在そのものに怯えられる黒薔薇の魔女。

(なんだ。意外と似合っているじゃない)

お似合いだと思うと、少しだけ勇気が湧いてきた。

騎士たちは旅の間中ずっとこの調子だったから、慣れはしないけれど驚きはしない。

嫌われるのは、家族で慣れっこだ。そう、思いたい。

(騎士の皆さんはハリー様に付き添いたい気持ちでしょうが、それではゆっくり休んでもらえないから……）

うつむきたくなる弱い気持ちを我慢して、ちらりとハリーが眠るベッドを見る。

彼がちゃんと眠っていることを確認したリリアーナは、再び騎士たちへ視線を戻した。

「皆さんに、お話があります」

言葉を発しただけで、飛び上がらんばかりの怯えよう。強者揃いの近衛騎士が、だ。

ついて来るようリリアーナが言うと、騎士たちは絶望の表情を浮かべて後ろに続いたのだった。

ハリーは倒れた理由を言わなかったが、騎士たちの目は雄弁に語っていた。

人の感情の機微に疎いリリアーナにさえわかるほどの動揺ぶりで、彼らは軽く問い詰めただけであっさりと白状した。

どうやら、騎士の一人として同行していた女性が、ハリーの素顔に免疫がなかったらしい。

リリアーナの身の回りの世話をさせるという名目で同行していた彼女は、入隊したての新人で、ハリーの事情をよくわかっていなかった。

そのため、この旅が始まってすぐにハリーの素顔を見てしまった彼女は即失神。

以降、騎士たちはこの件についてひた隠しにしてきたそうだ。リリアーナに心配をかけまいとした、ハリーの命令で。

「申し訳ございません……」

一斉に頭を下げる騎士に、ため息しか出ない。

「いえ、責めるつもりはありません。でも、でも……」

上官命令に従っただけの彼らを責めたって、意味はない。

しかしそれでも、どうして従ったのだと責めたくなるのはリリアーナの勝手だろうか。

（わたし、ハリー様を悪く思いたくないんだわ）

それにしても、この騎士たちを選んだ人は考えなかったのだろうか？

失敗したら黒薔薇の魔女に祝福されると、危惧しなかったのだろうか。

新人騎士ならば、失っても大した痛手にならないと踏んだのか。それとも、ハリーがいるからカバーできると思ったのか。

（どちらにしたって、ハリー様が耐えればいいという話ではないでしょう）

わなわなと、リリアーナの胸に怒りが湧いてくる。

騎士たちだけでなく、ハリーにも腹が立った。

（少しはご自分のことも考えてもらいたいものだわ！）

ハリーときたら、いつだって他の人のことばかりで自分のことは後回し。

リリアーナができる精一杯の気遣いも無駄にして、結局倒れた。

（ハリー様が勝手をするなら……わたしも勝手にさせていただきます！）

リリアーナが願うのは、ハリーの安眠。つまるところ、言い方は悪いが新人騎士の排除である。

自分勝手だということも、やりすぎだということも、わかった上でのこと。

それに、今更騎士たちに嫌われたところで、何だというのか。

ひと月も一緒にいて一言も交わさなかったような相手なのだから、やりたいようにやればいい。

リリアーナは潔く割り切ると、無表情で目をすうっと細めた。イメージするのは、リリアーナを叱る時の母やサティーナだ。

「わたしにお世話係なんて、不要だったのよ」

リリアーナから冷ややかににらまれた騎士たちは、ギクリと肩をすくませた。

「えっ！」

うつむいていた新人騎士が、リリアーナの低い声にガバッと顔を上げる。

そんな彼女にリリアーナは、冷笑を浮かべて問いかけた。

「だって実際、お世話されたことなんてなかったでしょう？」

リリアーナの言葉に、騎士たちが「どうなんだ？」と新人騎士の返事をせっつく。

新人騎士はおどおどと、落ち着かなげに体を揺らしながら答えた。

「確かに、お世話を求められたことは一度もありませんでした。でも一応、近くで待機はしていました！」

初めての朝、いざ行ってみたら支度が終わっていたから。

道中、ハリーが積極的にリリアーナと関わっていたから。

だから彼女は、リリアーナが黒薔薇の祝福を使ってハリーに身の回りの世話をさせていると思っていたらしい。

(いくらなんでも、夫でもない男性に着替えの手伝いなんてさせられないわ)

たとえばリリアーナが紫薔薇の聖女だったならば、彼女は率先して声をかけてくれたのだろう。

あれこれ心配して、快適に過ごせるように手配してくれたはずだ。

でも、リリアーナは黒薔薇の魔女だから。

彼女なりに考慮した結果、声をかけられるまで待つ、という行動を選択したのだろう。

(よくすれ違うと思っていたけれど……あれはたまたまではなくて、待機してくれていたのね)

言ってくれたら良かったのに、と思っても後の祭りだ。

リリアーナも彼女も、圧倒的にコミュニケーション不足だった。

新人騎士は助けを求めるように騎士たちを見回す。

何で言わなかったのだ、とか。ちゃんと報告しろって言っただろ、とか。リリアーナがいる手前、言わないけれど言いたそうな顔をして、騎士たちは新人騎士をにらんだ。

新人騎士の行動はわからないでもない。

初めての任務なのに、着任早々に失敗して。自信喪失している中、さらに問題を起こしたとあっては、任務から外されても文句は言えない。

萎縮し、報告できなくなる気持ちはよくわかる。

とはいえ、騎士たちの胸中を思うと、呆れたくもなる。

リリアーナもその通りだと思うけれど、言ったらますます萎縮させてしまいそうだから、言えない。ため息を吐きそうになる唇を、キュッと噛《か》み締《し》めた。

リリアーナは侯爵家の令嬢だが、サティーナとは違い、侍女がいなくても自分の世話くらい自分でできる。

一般女性のように食べるものを用意したり、服を繕ったりはできないが、自分の身支度くらいは一人でできるのだ。

そもそもの話、彼女が持っているのは質素なワンピースだけで、着替えに手伝いが要るようなものではない。

（ハリー様が構ってくれるのが嬉しくて、つい……言いそびれていたわ）

否、言いそびれていたなんて、ただの言い訳だ。

言うタイミングなんていくらでもあったけれど、リリアーナはあえて言おうとしなかった。

（だって、大丈夫だって言ったら、甘えられなくなってしまうかもしれないもの）

甘えてほしいと言われた手前、何とかしなくちゃと考えて、そうして思いついたのができないふりをすることだった。

いろいろな要因が重なって、今回のことが起きてしまったのだ。

リリアーナがちゃんとしてさえいれば、未然に防げたことだった。

（ないない尽くしの令嬢だからと、言い訳している場合ではないわ。今からでも、直さなくちゃいけない）

思っていることを話すのは、黙っているより難しい。

いつかちゃんとできるようになりたいと思うが、それは今ではない。

とにかく今は新人騎士を帰すことに注力しなくてはと、リリアーナは奮い立った。

「わたしにお世話係はいらない。それは、わかりましたね？」

「……はい」

「そして、ハリー様には休養が必要です。幸い、シュタッヘルまであと少しというところまで来ましたし、ここでお別れしましょう」

「お別れって……しかし、魔女様！」

母やサティーナを思い起こしてまねをしているが、リリアーナは彼らが頻繁にこんな態度を取れていたことが不思議でならなかった。

（いつも苛々《いらいら》していて……疲れなかったのでしょうか？）

すでにリリアーナは疲労困憊《ひろうこんぱい》だ。

ハリーの安眠のためとはいえ、怒りを持続させるのは大変である。

「彼女がいたら、ハリー様は仮面を外せません。それでは、治るものも治らない」

「それは、そう……ですけど」

リリアーナの言う通りで、騎士たちは押し黙った。

では一人で帰しますとならないのは、新人騎士が女性だからだろう。

彼女一人を帰して何かあった場合、騎士の名折れだし、ここぞとばかりに黒薔薇の魔女のせいだとうわさされてしまうかもしれない。

だからリリアーナは、騎士全員とお別れしようと決めたのだ。

ハリーを守るためなら、悪者になったって構わない――そう、思って。

「だから、ここでお別れしましょう。騎士とはいえ新人の、それも女性を、一人で帰すことはできません。かといって、二手に分かれるのも面倒です。ハリー様を残して、あなたたちだけで帰りなさい。そして隊長に、任務は無事に遂行されたと伝えるのよ」

「しかし、」

案の定食い下がってきた騎士たちを、リリアーナはキッとにらみつけた。

「黒薔薇の魔女に逆らうのですか？」

リリアーナの冷ややかな一瞥に、騎士たちは震え上がった。

黒薔薇の魔女に逆らうことは、時に死を意味する。

リリアーナ渾身《こんしん》の必殺技に、騎士たちが白旗を振ったのは言うまでもない。

彼らはすぐに荷物をまとめると、挨拶もそこそこに逃げるように帰っていったのだった。


騎士たちが帰ってから、七日が経った。

ハリーの体調は、回復するどころか悪化する一方だ。

医師の見立てでは長くても数日で退院する予定だったのに、退院はおろか嫌な空気が流れ始めている。

入院して数日のうちは、すぐに眠ってしまうけれど、声をかければ起きてくれた。

しかしだんだんと、眠ったまま起きてくれなくなっていって――。

医師からはとうとう、

「聖女様を呼んでも間に合うかどうか……。このままだと数日以内には……」

と、言われてしまった。

このまま悪化し続けると、ハリーは目覚めなくなるらしい。

（そうなったら、この病院ではどうすることもできない）

砂時計の砂が落ちていくのを眺めるがごとく、眠ったままのハリーの時間が止まるのを見ていることしかできなくなる。

（黒薔薇の祝福を使ったら、助けられるかしら……）

ぐぬぬ、と眉間に皺が寄る。

考え過ぎて、皺がくっきりと刻まれてしまいそうだ。

黒薔薇の祝福は、相手を意のままに操る力だ。使い方によっては、ハリーの病状を操れるかもしれない――そんな可能性が脳裏をよぎったけれど、自信がないリリアーナはとうとう自分が黒薔薇の魔女だと言い出せなかった。

聖女派遣依頼を出しに医師が退室した時なんて、つい安堵の息を吐いてしまったほどだ。

「わたしはなんて薄情なのかしら。ああ、花の女神ローゼリア様……どうか、どうかお力をお貸しください。ハリー様を……ハリー様を助ける力が、わたしはほしい」

すでに力を授かっておきながら、なんて図々《ずうずう》しいのだろう。

そう思うけれど、二人きりになった病室で、リリアーナはハリーの手を握りながら祈ることしかできない。

黒薔薇の魔女と恐れられても、結局リリアーナ自身は何もできやしないのだと、歯痒《はがゆ》く、悲しくなった。

「……ハリー、さま……」

慣れない看病生活に、疲れがたまってきていたのだろう。ついうとうとと、意識が揺らぐ。

その時、リリアーナは夢を見た。ハリーを看病する夢だ。

つかの間の夢の中でまで看病していた自分に半笑いしながら、リリアーナは眠気を払うように首を横に振った。そして、いつものようにハリーの様子を見て――。

「ハリー様！」

彼の顔を見た一瞬で、わかった。わかってしまった。

ハリーはもうすぐ、死ぬ。

今を逃したらもうあとはないと、本能が警鐘を鳴らす。

（死んじゃう。このままだとハリー様が死んじゃう！）

「起きて、ハリー様。お願いだから、起きて！」

リリアーナは必死に呼びかけるけれど、ハリーはピクリとも動かない。

焦るリリアーナを嘲笑《あざわら》うように、ハリーと出会った時のことが脳裏に浮かぶ。

これではまるで、物語の終わりのようではないか。

「そんなのじゃない。ちがう、違うの！」

リリアーナは、否定する。

否定しながら床へ膝をつき、自分ができる唯一のこと——祈りを捧《ささ》げた。

「花の女神、ローゼリア様。どうか、ハリー様を助けてください！」

ぎゅうぎゅうと爪が食い込むほどに強く手を組みながら、リリアーナは祈る。

祈りながらリリアーナは、わたしのせいだ、思った。

リリアーナがいつまでも怖《お》じ気《け》づいて黒薔薇の祝福を使わなかったから、ハリーが代わりに罰を受けることになってしまったのだ。きっと、そうに違いない。

「お願いです。ハリー様を連れて行かないで。彼、いばらの城へ着いたら、わたしと一緒にしたいことがたくさんあるって言っていたんです」

そんなことを言ってくれたのは、ハリーが初めてだった。だから——。

リリアーナは持っているものをすべて賭けるつもりで、強く、深く祈った。

あとになって思えば、不思議だ。

病室で叫んでいる人がいるのに、誰も来ないのだから。

それでも、必死になっているリリアーナは気がつかなかった。

しんと静まりかえった病室に、夜風が吹き込む。

なじみ深い甘い香りが鼻をくすぐって、リリアーナは目を開いた。

「あっ」

ハラハラ、と。

リリアーナの気を引くかのように、一片の花びらが目の前を舞い落ちていくのが見えた。

「これは……」

拾い上げたそれは、甘い香りを漂わせている。

ベルベットを思わせるしっとりとした触り心地は、間違いなく薔薇の花びらだ。

「どこから飛んできたのかしら……？」

室内は暗く、花びらの色まではわからない。

拾った花びらを指先でいじっていると、リリアーナは不意に何かに呼ばれたような気がして、窓の外へ視線を向けた。

「なに、これ」

リリアーナの視界に映ったのは、満月を背景に舞う大量の花びら。

まるで雪が降っているかのように、空から花びらが降り注いでいる。

「どうなっているの……？」

こんな現象は、本でも読んだことがなかった。

もっとよく見ようと、リリアーナは窓を開け放つ。

身を乗り出して、空を見上げた。

「きれい……」

リリアーナは、こんなにも美しい景色を見たことがなかった。


ひらり、ひらり。ふわり、ひらり。


花びらは淡く発光し、その様はまるで夜光蝶が飛び回っているよう。

夢見るような気持ちでうっとりと見入っていた時、リリアーナの唇へ花びらが落ちてきた。フウッと息を吹きかけると、花びらは再び空へ舞い上がり……。

「えっ？」

目にした花びらの色に、リリアーナは驚きの声を上げた。

花びらの色は、奇跡を起こすと言われている薔薇の色——晴天の澄んだ空のような鮮やかな青色をしていた。

「あっ」

とっさに手を伸ばすも、花びらはリリアーナを挑発するみたいにするりと逃げてしまう。

「本物の蝶みたい……まさか、女神様が？」

蝶のように舞う青薔薇の花びらに、夜空を彩る花の嵐。

こんな奇跡を起こせるのは、女神くらいしか思いつかない。ハリーを助けたいという、リリアーナの切なる願いを叶《かな》えるため、女神が奇跡を起こしたのだろうか。

「もしそうなのだとしたら……」

青薔薇の花びらを見たせいだろうか。

今なら大丈夫。絶対にうまくいく、と。

何の根拠もないのに、揺るぎない自信がリリアーナを満たしていく。

「……どうか、ハリー様を助けてください」

再び膝をついたリリアーナは、手を組んで祈りを捧げる。

すると青薔薇の花びらは、まるで「わかった」と返事をするようにクルンと宙返りをすると、ベッドに横たわるハリーの元へと飛んでいった。

ハリーの額に花びらの蝶が留まった瞬間、水面に花びらが落ちるかのように波紋が広がる。

くわんくわんと、どこからか鐘の音のような波紋音も聞こえてきた。

浮き世離れした幻想的な光景に、リリアーナは言葉もない。

目の前で起きていることを、じっと静かに、受け入れる。誰に言われるでもなく、それが正しいことだとリリアーナは理解していた。

一重、二重、と波紋は広がり、次第にハリーの体を包み込んでいった。

最後はとぷんと、不可思議な水の膜がハリーを覆う。

水の膜に覆われたハリーは、羽化を待つ蛹《さなぎ》のようにも見えた。

穏やかな寝顔は、生《う》まれ出《い》ずる時を楽しみにしている赤ちゃんのよう。

『目覚めなさい』

波紋音に混じって、誰とも知れないささやきが聞こえる。

それはまるで蝶の羽ばたきのような、小さな小さな声だった。


波紋音の余韻が完全に消えると、リリアーナの集中はプツリと切れた。

すべての力を使い切ったような、不思議な達成感が彼女を満たしていた。

まぶたがだんだんと、重たくなっていく。

ぼんやりとした意識の中、リリアーナが見たのは、ベッドの上で身を起こす彼の姿だ。

冴《さ》え冴《ざ》えとした月の夜に似合いの、艶のある黒髪。光加減で青にも緑にも黒にも見える不思議な目はそのままに、やわらかな印象がありつつもどこか浮き世離れして見える顔立ち。月明かりに照らされたはかなげな姿は、烏揚《からすあげ》羽《は》蝶《ちょう》を想起させる。

うつむいた彼は、不思議そうに自分の手を眺めていた。

握って、開いて。手のひらを眺めて、ひっくり返して手の甲を見て。腕をさすりながら太さを確認して、肩と首へ手を滑らせていく。そして、最後は顔と頭へ。

小さく引き締まった顔に、絶妙な配置でパーツが整頓されている。長いまつ毛、通った鼻筋、形の良い唇。どれもがあまりにできすぎていて、つくりものめいている。

すっきりと伸びた首の下は極限まで無駄を省いた筋肉質な細身で、見慣れた野性味溢れる筋肉《ムキムキ》は跡形もなく消え去っている。

美男美女だという両親のいいところばかりを集めた稀代《きたい》の美貌。夜を支配する美しき月の精霊だと自己紹介されても容易に信じ込んでしまいそうな神秘的な美形が、そこにいた。

「リリアーナ、これはいったい、どういうことだろうか……？」

振り向いた美貌の青年が、不安そうにリリアーナを見つめる。

（彼の質問に答えなくては）

しかしリリアーナは、それ以上意識を保っていることができなかった。

世界には、妖精のいたずら【取り換え子《チェンジリング》】によって生まれた、人ならざるものの血が混ざった者たちが存在している。

【胡蝶一族】や【青蜂《せいぼう》一族】など、ブルームガルテン国の歴史にも、しばしば出てくる。

胡蝶一族は、見目美しい妖精と、醜い巨人の血が混ざる一族だ。妖精からは容姿を、巨人からは強靭《きょうじん》な体を継承している。

とはいえ、全員が正しく継承するわけではない。かなり低い確率ではあるが、妖精の血を打ち消してしまうくらい巨人の血が色濃く出てしまう者もいる――らしい。

「まさにそれが、君……ハリー・エドランド君だったわけだね」

目を背けたくなるような醜い顔立ちも、必要以上についてしまう筋肉も、理由があったのだ。

異国の言葉で書かれた古めかしい医学書をパタンと閉じて、老医師フィガロは皺が目立つ柔和な顔に、穏やかながらも苦い笑みを刻んだ。

ハリーが入院している病院の、隣にある病院長の屋敷。その客間にて、ハリーはフィガロから話を聞いていた。

動揺したハリーが、倒れたリリアーナを抱えて病院に隣接する医師の家へ助けを求めたのは昨夜のこと。

まだ夜も明け切らない時間帯だったにもかかわらず、病院長の父だというフィガロは、二人を快く招き入れてくれた。

フィガロは数年前に医師を引退していたが、今も地方神殿の治療院でボランティア活動をしているらしい。リリアーナのことも、彼はすぐに診てくれた。

今、リリアーナはベッドで眠っている。

力を使い果たした聖女はしばしば、このような状態になるのだそうだ。

わかっているのかいないのか、フィガロはリリアーナが何の花の聖女か問うことはしなかった。花びらが降りしきる中、助けを求めてきた二人を招き入れた彼が、見なかったはずはないのに。

おそらく、わかっていながら聞かないでいてくれるのだろう。

そんなフィガロのことを、ハリーは信頼できると思った。

リリアーナは、しばらく寝ていれば治るそうだ。

それでも、彼女が倒れた瞬間を目の当たりにしたハリーは心配で、不安が拭えない。

「もうしわけ、ございません……サティーナ、さま……」

「リリアーナ……」

眠るリリアーナのまなじりから、涙がこぼれ落ちる。

ハリーはそれを指先で拭い、つらそうに唇を引き結んだ。

「もう絶対に……しま……せんから」

謝罪の言葉を紡ぐリリアーナは、とても苦しそうだった。

揺り動かしても起きる気配はなく、ハリーはただそばにいることしかできない。

彼ができることといったら、ベッドの横へ寄せた椅子に腰かけ、リリアーナがいつ起きてもすぐ動けるように待機していることくらいだった。

病院の入院着を着ているハリーに、フィガロは何度も病室へ戻るよう注意したが、彼は頑として言うことを聞かなかった。

それならばとフィガロが診察をしたところ、病室へ戻すための理由を見つけるつもりが、担当医である息子の診断が誤診であったことを突き止めてしまった――そして、今に至るのである。

「巨人の血は強すぎて、人の身では耐えきれない。それゆえに、もう一方の血……妖精の血は、生き延びるためにある現象を引き起こす。胡蝶一族はそれを、【変身《メタモルフォーゼ》】と呼んでいるようだ。変身とはつまり……生物学でいう変態の意だね」

胡蝶一族に稀《まれ》に生まれるという醜い者は、【蛹化《ようか》】をし、そして【羽化】を経ることで、妖精の血を活性化し、巨人の血の割合を正し、本来あるべき美しい容姿と強靭な体を手に入れると伝えられている。

発熱などの症状は、【蛹化】の初期症状だと医学書には記載されていた。

容姿の美しさと蝶が舞うような剣技から胡蝶一族という名がついたのかと思いきや、どうやらこの蛹化と羽化に命名の起源があったようだ。

納得するとともに、おそらく知っていながら教えてくれなかった親族たちに、ハリーは苛立ちを覚えた。

「まさか蛹化だったとは思いもしなかった。きちんと生まれを確認しなかったこちらの不手際だ。申し訳ない」

深々と頭を下げたフィガロへ、ハリーは首を振ってすまなそうに眉を下げた。

「原因がわかっただけでも良かった。まさか自分にそんな事実があったとは、俺自身も知りませんでしたから……。わからなかったとしても、仕方のないことだと思います」

どうして両親は教えてくれなかったのだろう。知っていれば、もっと早く何か対処できたかもしれないのに。

苛立ちをにじませているハリーに、フィガロは苦々しく答えた。

「この本によれば、運よく蛹化できたとしても、羽化まで辿《たど》り着《つ》ける可能性はなきに等しい、奇跡の確率なのだそうです。ほとんどが蛹化中に、眠るように命を落としてしまうと書いてある。だから君はね、とても運が良かったのですよ、ハリー君」

「……」

「話さなかったのではなく、話せなかった。きっと、苦渋の決断だったのだと思いますよ」

ハリーはフィガロの言葉を遠くに聞きながら、考えていた。

奇跡。

その言葉を聞いた瞬間、秘密を言い当てられた時のようにドキリとしたからだ。

どうしてそのように思うのかはわからない。

けれど、フィガロの話を聞いてとっさにリリアーナから目を逸らしたのは、何かを悟られたくなかったからだと思う。

（俺は一体、何を隠そうとしているのだ）

自分でも理解できない不可思議な感情に、ハリーは決まり悪そうに顔をしかめたのだった。


（これは一体、どういうことだ？）

今、ハリーの目の前では、三日ぶりに目を覚ましたリリアーナが、ベッドの上で深々と頭を下げている。

目を開けてハリーを確認した瞬間、「あっ」と庇護欲《ひごよく》をそそる可憐《かれん》な声を漏らしたかと思えば、これだ。

「リリアーナ、どうして頭を下げているんだ？」

椅子から立ち上がったハリーは、花の周りを飛び回る蜂のようによろよろと、リリアーナのそばへ歩み寄った。

垂れ下がった長い髪が邪魔をして、彼女の表情は見えない。しかし、シーツを握り、小刻みに震えているのは見えた。

「どうしてって、そんなの決まっているじゃありませんか……！」

気持ちが昂《たかぶ》っているのか、声が震えている。

ハリーの質問に、弾《はじ》かれたように勢いよく顔を上げたリリアーナの目尻には、涙が光っていた。

まさか泣いているとは思わず、ハリーはギクリと足を止める。

「え、な、泣いて……」

あわあわと意味もなく手を彷徨《さまよ》わせるハリー。慌て過ぎて、スマートにハンカチを取り出すこともできない。

もたついている間に今にもリリアーナの涙がこぼれてしまいそうで、ますます焦りが募る。

「わた、わたしのせいで、ハリー様が……ごめ、なさ……」

ひっく、とリリアーナがしゃくり上げる。

ハリーはようやくの思いで取り出したハンカチを、リリアーナのまなじりへ押し当てた。

「俺が、どうした？」

ハリーがやさしく問いかけると、リリアーナは小さく息を呑んだ。

一瞬だけ引っ込んだ涙が、再び溢れてくる。

「わたしが女神様に助けを求めたばっかりに、ハリー様が、ハリー様が……！　申し訳ございません！」

リリアーナは、今にも過呼吸を起こしてしまいそうだった。

抱きしめて落ち着かせられたら、どんなにいいだろう。

ハリーの妄想の中のリリアーナは、泣き濡れた顔をグシグシと彼に押し当てる。乱れた前髪を整えてやると、彼女はぽけっとした顔でハリーを見上げ、それから安心したようにヘラリと淡く笑む。

（あー……絶対かわいい）

そんな場合ではないのにニヤけそうになって、ハリーは自重するように頬の内側を噛んだ。

醜い顔にも臆することなく、それだけでも一目置く存在だったというのに、命を助けられてはもう、心を傾けずにはいられない。

気持ちに歯止めをかけていた醜い容姿ではなくなった今、リリアーナへ抱く気持ちは深くなる一方だ。

「リリアーナ。まずは落ち着いて、深呼吸をしよう」

冷静そうに見えても、心の中は気持ちに忠実で「リリアーナがかわいい」でいっぱいだ。

そうと知らないリリアーナは、ハリーの提案にコクリと頷き、素直に深呼吸を始めた。

何度か繰り返していると、少しずつ呼吸が落ち着いてくる。涙もすっかり消えたところで、リリアーナは恥ずかしそうに謝罪の言葉を口にした。

「……なんというか、お見苦しいものを見せてしまいましたね」

伏せたまつ毛が微かに震えている。

ゾクッとした色香のようなものを感じて、ハリーは口ごもった。

「い、いや……」

見苦しいどころか、かわいらしくて困っていたぐらいだ。

あと少しで抱きしめてしまうところだったと、ハリーは自身の忍耐力に拍手を送る。

「それよりも、何か言いたいことがあったのではないか？」

「え？　ああ、そうです。わたし、ハリー様に謝らなくちゃいけなくて」

「謝る？　一体、何に対して？」

「何にって……ご自分の姿を見ていないのですか？　ずいぶん、変わってしまったでしょう？」

「ああ、なるほど」

ハリーはようやく、リリアーナが何を思って謝ろうとしているのかを理解した。

おそらくリリアーナは、黒薔薇の祝福によってハリーが姿を変えられてしまったと認識しているのだろう。

当事者であるハリーでさえ知らなかった胡蝶一族の事情を、彼女が知り得るはずがない。

とはいえ、黒薔薇の祝福が使われたことは間違いない。リリアーナは祝福を使ったことで、倒れたのだから。

黒薔薇の祝福は、相手を意のままに操る力。しかしそれは、使い手次第でどうとでもなる。時には奇跡と呼べることだって、起こしてみせるのだろう。

（誰がなんと言おうと、リリアーナは聖女だ）

ハリーはひざまずくと、恭しくリリアーナの手を取った。

「黒薔薇の聖女、リリアーナ」

「いいえ。わたしは聖女じゃない。聖女じゃないんです」

怯えた表情で、リリアーナは首を振った。

自らを傷つけるように否定する彼女に、ハリーの胸が痛む。

「大丈夫。あなたは、黒薔薇の魔女ではない。聖女だ」

「だから、違うと言って……っ」

「間違いなく、聖女なのだ。あなたが祝福してくれたから、俺は生き残ることができた。あなたの祝福がなければ、俺は死んでしまっていたかもしれない」

俺を見て、とハリーはリリアーナを見つめる。

やがて形の良い唇がリリアーナの手の甲へ押し当てられて――。

リリアーナは魅入られたように、ハリーを見ていた。

第四章　黒薔薇の街、シュタッヘル

街道の最終地であるシュタッヘル。

竜の住《す》み処《か》があるフランツェ山脈を望み、隣国エッシェと国境を接する街である。

街の中心を南から北に流れるカスターニエ川を境に、東側を新市街、西側を旧市街と呼んでいる。

新市街は、街の機能のほとんどが集中しているためか、竜の襲撃に備えた城塞と見紛《みまが》うばかりの堅牢《けんろう》な建物が立ち並んでいた。

質実剛健。

この言葉がぴったりな雰囲気だ。

「花が飾られていない街は、初めて見ます」

硬質な印象を受ける殺風景な新市街を、リリアーナは不思議そうに見回した。

ブルームガルテンは、花の国。

だから、今まで通ってきたどの街でも、そこかしこに色鮮やかな花が飾られていたのだが、シュタッヘルはまったくなかった。

「竜の住み処が近いからな」

遠くに見えるフランツェ山脈を見上げながら、ハリーは言った。

竜は、色鮮やかなものを見るとほしくなってしまう性質を持っているらしい。

ほしいと思ったら一直線に地上へ降りてくるから、竜にその気はなくても建物が倒壊したり、死傷者が出たりする。そのため、予防する必要があるのだとか。

「だから竜が地上へ降りてこないように、人々は限られた色の中で生活している。白、黒、茶色、それに灰色。この四色が基本だな」

そう言うハリーは、白のブラウスに黒のパンツを合わせたシンプルな格好をしている。

あの夜を境に体格は大きく変わってしまい、今着ているものは持っていたものを適当に詰めた急《きゅう》拵《ごしら》えのものだ。それでも上品に着こなしてしまうのだから、美人は得である。

リリアーナはといえば、今日も今日とて黒のワンピース。

一切の私物を失った彼女は、神殿から支給された同じデザインのワンピース数着を着回している。ハリーからは「シュタッヘルに着いたら絶対にそんな格好はさせない」と宣言されているので、そのうちにハリーお手製の服を着ることになるのだろう。

楽しみのような、着こなせるか不安のような。複雑な気持ちのリリアーナである。

「ということは、リンゴなどの色鮮やかな食べ物は、ここでは手に入らない……？」

「いや、それはない。竜に見られなければ襲われることもないから、建物の中ではふつうに売っている。だが、外を歩く時はしっかり隠さないといけない。竜に見られたら、自分だけでなく周囲の人にも被害が及ぶからな」

「そうなのですね。わかりました、気をつけます」

ああ良かったと胸を撫《な》で下《お》ろすリリアーナは、もしかしなくてもリンゴが好きなのだろう。

市場へ着いたら絶対にリンゴだけは買い忘れないようにしようと、ハリーは心のメモ帳に書き記した。

パイにケーキにベイクドアップル。ジャムにバターにコンポート。甘いお菓子も良いが、豚肉と合わせるのも捨てがたい。

綺麗に盛り付けてもガツガツ食べるしか脳のない部下たちと違って、リリアーナならきっと喜んでくれるはずだ。

何の気はなしに極めてきた技術が、ようやく日の目を見るとあって、ハリーの機嫌はうなぎ上りだった。


ハリーとリリアーナを乗せた馬車は、その後も順調に進んでいった。

ロルベーア小橋とヴァルヌス橋、いずれかの橋で旧市街へ渡った先にあるのがビルケ広場。そこから南へ続く道を進むといばらの城が、北へ進むといばらの城と同時期に建てられた歴史ある建物が並んでいる。

「古き良き旧市街に住み続けている人たちは、かつて先祖たちが黒薔薇の聖女にお世話になった歴史もあって、世界中のどこよりも黒薔薇の聖女に対して好意的だと言われている」

「先代の黒薔薇の聖女様がいたのは、もう百年以上も前ですよね？」

「ああ、そうだ」

百年以上も前のことなど、今となっては昔話の世界だ。

当時は今ほど道が整備されておらず、何代も前の黒薔薇の魔女が王都近郊で犯したという悪行の数々は、シュタッヘルまで届かなかった。

近年ようやく王都の様子を耳にするようになってきたものの、シュタッヘルへ流れ着く頃には立派な尾ひれがついているものだから、話半分に聞いておくのが暗黙の了解になっている。

「――と、そのような事情もあり、今もシュタッヘルの人々は黒薔薇の聖女に好意的だ」

むしろ、シュタッヘルに伝わる黒薔薇の聖女の話と王都に残る黒薔薇の魔女の話に乖離《かいり》がありすぎて、神殿に対して懐疑的な思いを抱く一派もいるらしい。

何を隠そう、ハリーもその一員なのだが。

今、二人が乗っているのは、シュタッヘルへ入る前に乗り換えた、シュタッヘル仕様の馬車だ。

多少の衝撃には耐えられるようなつくりで、窓には竜の興味を引かないようぴっちりとカーテンが引かれている。

カーテンには細工がされているそうで、外から中は見えないが中から外を見ることができる仕様になっていた。

車体についた黒薔薇のエンブレムは、黒薔薇の聖女の馬車であることを示している。

ハリーが言っていた通り、人々は黒薔薇の聖女へ好意的だった。

黒薔薇の聖女の訪れに気がついた人々は、思い思いに歓迎の意を表してくれる。

ある人は、笑顔で手を振り。

ある人は、緊張に頬を赤らめながら用意していたプラカードを掲げ。

ある人は気前よく食べ物を詰めたカゴを御者へ手渡していた。

「大歓迎だな」

「ええ、本当に。夢みたいです」

花の聖女を迎えるような、華やかさはない。

しかし馬車へ――黒薔薇の聖女へ向けられる視線はどれもあたたかく、リリアーナにとって何物にも代えがたい時間となった。

「きっと一生、忘れません」

神殿での出来事。ソワレ侯爵邸で見たこと。遠ざかっていく、見覚えのない王都の風景。

王都を出たあの日、リリアーナはこれ以上ないくらい冷たい仕打ちを受けた。

だからこそ、シュタッヘルの人々のあたたかさが身にしみる。

あまりの嬉しさに、リリアーナは涙ぐんだ。

「使ってくれ」

「ありがとうございます」

差し出されたハンカチを受け取り、リリアーナはそっと目に押し当てた。

ふわりと香るのは、リリアーナが安心すると言ったラベンダー。

「ふふ。いい、匂い」

泣きながら笑うリリアーナの頭を、ハリーの大きな手がクシャリと撫でる。

やわらかなスキンシップはこそばゆく、ドキドキと落ち着かない気持ちにさせられる。

今の姿になってからの彼は、前より距離が近いというか、殻を脱ぎ捨てたみたいに積極的に触れてくるようになった。

戸惑うことは多いが、なんとなく二人の間にあった垣根が取り払われたようで嬉しい。

（仮面がなくなって、見やすくなったせいかしら）

嫌じゃないけれど、頭が鳥の巣になるまで遠慮なく撫で回されるのは困る。

けれど、乱れた髪を直すハリーはとても楽しそうで、リリアーナはまた注意できなかったと密かに反省するのだった。


いばらの城は、街のほとんどどこからでも見えるところに建っていた。

かつて黒薔薇の聖女が竜からシュタッヘルを守るために建設した、防衛施設。

黒薔薇の聖女が不在の間に幾度も竜の攻撃に備えて強化されたという城は、一見すると監獄のようにも見える。

街を一周し、いばらの城へ到着する頃には夕方になっていた。

いばらの城は、カスターニエ川を見下ろす大きな城塞で、城壁には十五本の塔が連なっている。

厳かで重々しい雰囲気はいかにも要塞といった雰囲気だが、生活する場所ではないらしい。

リリアーナたちに与えられているのは、城壁の内側にある、小規模ながらも美しい家と礼拝堂であった。

「ここが、黒薔薇の館」

監獄というにはあまりにも優美な建物だ。

こぢんまりとした一軒家。

例えるならば、片田舎にある小綺麗《こぎれい》なおばあちゃんの終《つい》の棲家《すみか》。暖炉やロッキングチェアが似合う、あたたかみのある雰囲気を持つ家である。

白と灰色が混じった外壁には薔薇の蔓が這い、かたい蕾《つぼみ》がそこかしこについている。

夏が終わって秋になれば、黒い薔薇が咲くのだろう。何せここは、黒薔薇の館なのだから。

御者とハリーが手際よく荷下ろしをする中、リリアーナは所在なさそうに立っていた。

「リリアーナ」

ハリーに呼ばれ、リリアーナはパタパタと駆け寄る。

「はい、なんでしょう？　ハリー様」

「先に行って、中で待っていてくれないか？」

「わかりました。あの、でも鍵は？　もう開いているのですか？」

「行けばわかる」

ハリーの台詞に引っかかりを覚えながらも、リリアーナは素直に黒薔薇の館へ近づいていった。

「これは……」

館へ近づいてみると、玄関扉は薔薇の蔓《つる》で覆われていた。

その様はまるで、侵入者を拒む門番のよう。

「どうしよう……これじゃあ、入れないわ」

ハリーは行けばわかると言っていたが、リリアーナには何もわからない。

困惑しながら周囲を見回すと、薔薇の蔓の合間に白いものを見つけた。

「なんだろう？」

差し込まれていたのは真っ白な封筒で、『黒薔薇の聖女様へ』と書いてある。

気付けばリリアーナは、吸い寄せられるように封筒を手にしていた。

差出人の名前はなく、封もされていない。いいのかしらと思いつつも好奇心が抑えきれず、リリアーナは封筒を開けてみた。

中に入っていたのは上質なカードで、ブルーブラックのインクで丁寧に字が綴《つづ》られている。

「黒薔薇の聖女の証《あかし》を示せ。証が示せない者に黒薔薇の館を使う資格はない……？」

英雄譚《えいゆうたん》にありそうな一節だ。剣を抜いた者が勇者になるとか、合言葉を言わないと先へ進めないとか。

「証を示したら、扉を開けてくれるのかな」

ここは、先代の黒薔薇の魔女が住んでいた館だ。

扉を覆う薔薇の蔓が、侵入者を拒むために使われた黒薔薇の祝福によるものだとしたら、解けるのは同じ祝福を使えるリリアーナしかいない。

「つまり、わたしが黒薔薇を咲かせなければ、入ることができない……？」

リリアーナは悩んだ。

正直なところ、リリアーナは花を咲かせたくなかった。

だって、黒薔薇の魔女が咲かせる花なんて、恐ろしい。たまたまハリーには感謝されたが、リリアーナはまだ、この祝福《ちから》を受け入れがたく思っている。

「黒薔薇の祝福を使う以外に、入る方法はないのかしら」

淡い期待をこめてチラリと振り返ると、ハリーはせっせと荷物を下ろしていた。

袖をまくった腕にある太い血管に、吸い寄せられるように視線が向かう。

少しの間見惚《みと》れるように見入って、御者の怯えるような視線にリリアーナは我に返った。

（不躾《ぶしつけ》に見るのはよくないわ、うん）

言い聞かせるように頷きながら、リリアーナはもう一度、カードを確認してみた。

「うーん……」

本を読むリリアーナが好みそうな、英雄譚になぞらえた文面。

おそらく、ハリーが用意したものだろう。リリアーナが躊躇《ためら》うことを見越して、少しでも抵抗なく祝福が使えるように、と。

「わたしの、ため……」

リリアーナは覚悟を決めると、キュッと唇を引き結んだ。

「ハリー様は、わたしとやりたいことがいっぱいあるって言っていたわ」

そのためにはまず、住む場所がないと始まらない。

リリアーナは腕まくりをすると、スカートの汚れを払い、準備万端で手を組んだ。

鼻から息を吸い込み、口から吐き出す。「大丈夫、大丈夫」と成功するように自分を励ましながら、リリアーナは女神に祈った。

やがて、扉を覆っている薔薇の蔓についていた蕾が、ふっくらとし始める。外側の花弁が弾けるように外へ開き、内側の花弁が外へ向かって膨らんだかと思えば、一気に花が開いた。

「……！」

ざわりと何かが這うような音を聞いて、リリアーナはゆっくりとまぶたを上げた。

扉を覆っていた蔓が、消えている。恐る恐るドアノブに手をかけると、キィっと音がして難なく開いた。

「……黒薔薇の祝福って、なんでもありなのね」

感心しながら、リリアーナはおずおずと館の中へ足を踏み入れた。

中へ入ってみると、室内は長年放置されていたとは思えないくらい綺麗に整えられている。

オールドローズの壁紙に、経年でこっくりとした飴色《あめいろ》に染まった床。敷いてある絨毯《じゅうたん》や置いてある家具にも薔薇模様が入っていて、さすが黒薔薇の館といった風である。

歴代の黒薔薇の聖女たちは、センスが良い人たちだったらしい。

少なくとも、リリアーナとは趣味が合っているようだ。まるで昔から知っていた場所であるかのように、リリアーナの緊張が解《ほど》けていく。

「すてきなおうち。本当に、わたしなんかが住んでいいのかな？　出ていけと言われても、行くあてなんてないのだけれど」

いばらの城のそびえ立つ塔を見上げた時は、冷たくて息が詰まりそうな場所だと思った。

黒薔薇の聖女である自分はいい。だけれど、こんな場所へハリーを縛り付けることになるのだと思うと、申し訳なさしかなかった。

いつかハリー様を逃がしてあげよう。戻りさえしなければ、気づかれることもないもの——と、この館を見るまでは、そんなことを思っていたくらいだったのに。

「こんなにすてきなところで生活できるなんて、夢みたい」

頰をそっと抓ると、当たり前だけれど痛い。

夢ではない。それが妙におかしくって、リリアーナはクスクスと笑った。


リリアーナは初めて、黒薔薇の聖女になれて良かったと思った。

王都のみんなは、黒薔薇の魔女を追放して安心できる。

リリアーナは、すてきなおうちで穏やかな生活ができる。

双方にとって、これ以上ないくらいの良い結末《ハッピーエンド》ではないだろうか。

「黒薔薇の祝福を積極的に使う気にはなれないけれど、ずっとここにいられるのなら……」

その日、リリアーナは少しだけ、ほんの少しだけではあるけれど、黒薔薇の聖女としての自分を受け入れたのだった。


リリアーナとハリーがいばらの城へ来てから、早くもひと月が経とうとしていた。

秋間近の、夏の終わり。

リリアーナは黒薔薇の館で、快適な引きこもり生活を送っている。

といっても、ソワレ侯爵邸で暮らしていた時のような息苦しさはない。生活範囲は自室のみから館全体へ大幅に拡大されたし、何より、おはようからおやすみまで、絶世の美形に甲斐甲斐《かいがい》しく世話を焼かれる生活なのである。

王族もびっくりの、高待遇だ。

その上、ハリーの料理は見た目も味もパーフェクト。デザートまで抜かりない。

（お昼ごはんも、最高でした……！）

胃袋をすっかり掌握されたリリアーナは、今が午後のお茶の時間だということもあって、リンゴがごろごろ入ったアップルパイを頬張っている。

幾重にも重なったパイの層はサクサクで、ごろごろリンゴはくたくたに煮込んだものではなくて、噛むと少しシャクッとするくらいの食感が、実にリリアーナ好みだ。

テーブルマナーもろくに習ってこなかったリリアーナは、少しでも綺麗に食べようと一気に口へ詰め込む癖がある。

そんな彼女にハリーは一瞬もの言いたげな苦しそうな顔をするけれど、すぐに笑顔を張り付ける。

そして、励ますように言うのだ。落ち着いたら礼儀作法の練習もしておこう、と。

「今日のパイは、どうだ？　ちょうど良いか？」

心配することなんかないのに、ハリーはいつも不安そうに聞いてくる。

そんな時、リリアーナは緩んだ笑顔で「ん！」と答えるのだった。

口いっぱいにアップルパイを詰め込んでモグモグしている姿は、食いしん坊なリスみたいだ。

令嬢としては落第点だけれど、ハリーはむしろ嬉しそうに、リリアーナの唇を拭っている。

（は、恥ずかしい……）

「あ……リリアーナ、ちょっと止まってくれないか」

「え？」

顔を背けたリリアーナを追いかけてきたハリーの指が、唇の端についていたパイのかけらを取っていく。

ためらいもなく唇に触れてくるハリーは、きっとリリアーナのことを妹か何かだと思っているに違いない。

（そうでなければ、不用意に触れたりしないはずだもの）

ハリーは真面目で誠実な人だ。

そしてリリアーナは彼よりも年下で、妹として見られてもおかしくない年齢。

まさか彼が下心ありきで世話を焼いていて、本当はパイのかけらなんてなかったのにあったように振る舞っているなんて思いもしないリリアーナは、意識しそうになる自分を戒めるように、自嘲のため息を吐いた。

あまりに自然に世話を焼いてくるものだから、親族や近所に弟か妹に近い存在が――ハリーには姉と兄しかいないから――いるのだろうなと思いきや、聞いてみたらいなかった。

ふわりとはにかみながら、

「ずっと、構われる立場だった。騎士になってから気がついたのだが、俺は世話焼きな性質《たち》らしい。今が、とても充実しているんだ。だから……ありがとう、リリアーナ。構わせてくれて」

と言われて、断れる人がいるだろうか。

(少なくとも、わたしは無理)

そもそもリリアーナは断ることが苦手だし、何なら必要とされることが予想外に嬉しすぎた。

(今まで放置されてきた弊害が、ここに出ているような気がする)

両親はサティーナばかり、サティーナは自分のことばかりだった。

だから少し、身を委ねすぎているかもなぁという自覚はある。

ハリーを逃がしてあげようと思っていたあの日の自分は、どこへ消えてしまったのか。

危機感を覚えて遠ざけようとしたこともあったけれど、なんだかんだ言いくるめられたり、宥められたり、それもダメだとわかると捨て犬のような情けない顔をして「やりたいんです、やらせてください」と視線で訴えてくるので、そうなるとリリアーナは罪悪感でいっぱいになって、結局は受け入れるしかなくなっていた。

（ある意味、幸せな悩みよね）

両親やサティーナも、まさかリリアーナがこんな生活を送っているとは、夢にも思っていないだろう。

冷たい要塞で惨めに生きながらえているリリアーナを想像して、「いい気味だわ！」と嘲笑っているに違いない。

（追放された身の上で、こんなに恵まれた生活を送れているなんて……女神様に感謝しかないわ）

今のハリーは目に痛いほど美しく、以前の彼だったらもう少し一緒に居やすかったのにと思わなくもない。

そういう時、リリアーナは一人になりたくなったが、彼との同居生活はおおむねうまくいっていると思う。たぶん。

「リリアーナ」

「はい、なんでしょう？」

ティーカップ片手に最近のことを思い返していたリリアーナは、不意に名前を呼ばれ、キョトンとした顔でハリーを見上げた。

午後のお茶のあとは、ハリーに教わりながら刺繍かレース編みをしている。

名前を呼ばれたのも、その件についてだろうと彼女は思っていた。

日に何度か、このようにハリーから何かを教わる時間があって、リリアーナはその時間をとても楽しみにしている。

両親や姉の手によって、やる前から「できるわけがない」と取り上げられていたものたち。令嬢なら誰もが当たり前に教わるものを、リリアーナは今、取り戻しているところなのだ。

（昨日はリボンを編んだから、今日は刺繍かしら）

ないない尽くしの令嬢と呼ばれていたリリアーナが、悲観することなく、むしろ楽しく取り組めているのは、ハリーのおかげだろう。

きっと彼は、リリアーナに素養があったからだと言うだろうけれど、教えてくれる人がハリーではなかったら、ないない尽くしの令嬢だからできなくたって仕方がないと、とっくに逃げていたと思う。

（ハリー様の言葉の端々から、彼が努力してきたことが伝わるから……だからわたしは、精一杯頑張ろうと思うのかもしれない）

しかし、声をかけてきたハリーの手に、裁縫道具はなかった。

心なしか緊張した様子で、手を後ろで組んでいる。

（何か問題が起きたのかしら？）

真っ先に思いつくのは竜の襲撃だが、耳を澄ませても平和な音しか聞こえてこない。

ハリーが緊張することなんて、他に何があるだろう。

ちっともわからなくて首をかしげていたら、ハリーが咳払いをした。

「その……俺はこれから街へ行くのだが、一緒に行かないか？」

予想外の提案に、リリアーナは目を見開く。

もともと丸い目が、さらにクリクリッと丸くなった。

「え……でも、黒薔薇の聖女はいばらの城から出ちゃいけないのでは」

「確認してみたが、シュタッヘルから出なければ問題はないそうだ」

シュタッヘルから、フランツェ山脈まで。その中でなら、自由にして良いらしい。

考えてみれば、黒薔薇の聖女たちは竜から街を守っていたので、ある程度の自由は目をつむるということなのだろう。

ハリーの申し出に、リリアーナは戸惑った。

いばらの城へ入ったら最後、もう出ることは叶わないと思っていただけに、心が揺れる。

「城から出ても、大丈夫なのですか？」

念押しするように確認すると、ハリーは大きく頷いた。

「今回は初めてだから、変装して行ってみないか？　一応、それらしい服を用意してみたのだが」

どこから取り出したのやら。彼の手にはいつのまにか、シュタッヘルの女性が着ているようなワンピースがあった。

無地の生地でつくったワンピースは、襟と袖と裾に精緻な薔薇の刺繍が刺してある。

見覚えのあるデザインに、リリアーナはフフッと笑った。

（この刺繍はあの時の……）

もしかして、刺繍を教えている時から考えてくれていたのだろうか。

いつかリリアーナにこの服を着せて、一緒にシュタッヘルを歩いてみたいと。

（そうだったら、嬉しいな）

手渡された服を当ててみると、これ以上ないくらい甘く微笑まれた。

「すてき……ハリー様が縫ったのですか？」

「ああ」

「すごく、かわいいです。これを着て街へ行けるなんて、夢みたい」

「喜んでもらえて良かった。では早速、準備をしよう」

「はい！」

差し出された手に、手を乗せる。

やわらかく握り込まれた手に一瞬胸がドキッとしたけれど、意気揚々と部屋へ連れて行かれて、このまま着替えさせられるのではと、リリアーナは慌てふためくのだった。


それから一時間後。

リリアーナとハリーは、シュタッヘルにある中で一番大きな市場《マーケット》へ来ていた。

新市街にあるそこは、王都にある神殿のように大きな建物の中にある。

床には一定の間隔でラインが引かれていて、それぞれ借りたスペースに荷馬車ごと搬入して商売をする形態のようだ。

例えるなら、室内版・蚤《のみ》の市《いち》といったところだろうか。

並んでいるものは古物ではないけれど、ガヤガヤとしたにぎやかさとか雑多な雰囲気は、近いものがある。

(ずっと昔に、デラニー叔母様と行ったことがあったっけ)

サティーナがお茶会デビューをするまでは、リリアーナも少しの外出が許されていた。

それはデラニーの同伴なしでは許されないものだったけれど、それでもあの頃はまだ楽しいことがあって、上手に笑えていたような気がする。

デラニーの特技はレース編みで、編んだレースと花を合わせてコサージュを作っていた。

彼女はそれを、蚤の市で販売していたのだ。

『いらっしゃいませ！　どれも手作りの一点ものなんですよ。ぜひ、見ていってくださいね！』

ほんの短い時間ではあったけれど、店番はとても楽しくて。

リリアーナはまた誘ってほしいとデラニーに頼んだけれど、両親が世間体にこだわったために、以降連れて行ってもらうことはなかった。

(それをきっかけに、外出禁止令を出されたんだっけ……)

ハリーからレース編みを習おうと思ったのも、その経験があったからこそだったのだろう。

思いがけず昔の楽しい記憶を呼び起こして、リリアーナの顔に笑みが浮かぶ。

「では行こうか」

ハリーの手が、リリアーナの手を握る。ごく自然に手を取られ、リリアーナは誘導されるまま歩き出した。

パステルカラーの荷馬車は、かわいい菓子屋。

乾燥したハーブを束ねたスワッグを吊《つ》り下《さ》げた素朴な荷馬車は、香辛料屋。

その他にも服だったり食器だったり、子ども向けのおもちゃだったり本だったり、さまざまな店が並んでいる。

荷馬車の前に引かれた道を歩くだけでも、十分すぎるくらい楽しい。

リリアーナがこうして夢中になって荷馬車を見て回れるのは、ハリーがしっかりとエスコートしてくれるからだ。

もしもハリーが彼女の手を取っていなければ、リリアーナは今頃、市場の入り口で立ち尽くしているか、人混みに紛れて迷子になって、誰かに迷惑をかけていたかもしれない。

いわば命綱とも言えるハリーの手を見つめていたら、リリアーナはどうしても今、ありがとうと言いたくてたまらなくなった。

「ハリー様」

遠慮がちに名前を呼ぶと、ハリーはすぐに振り返ってくれた。

雑踏の中にあっても、ハリーは彼女の声を聞き漏らさない。

「すまない。歩くのが速かっただろうか？　それとも、気になったものがあったか？」

言いながらくしゃりと笑う彼は、今日もまぶしい。

一瞬怯《ひる》みそうになったリリアーナだが、それ以上にお礼を言いたい気持ちが勝った。

「いえ、そうではなく」

「遠慮しなくていい。リリアーナのお金も、ちゃんと持ってきている」

「それは、ありがとうございます。でも、そういうことじゃなくって……」

言葉にするのは、むずかしい。静かにしろと言われ続けていたから、なおさらに。

それでも、伝えたいことがあるなら言わなくちゃ伝わらない。

ワンピースを手繰るようにキュッと握りながら、リリアーナは全身で緊張しつつ口を開いた。

「えっと、その……ありがとうございます、誘ってくれて。おかげで今、すごく楽しいです」

へへへとはにかむように笑ったリリアーナに、ハリーはパチリとまばたきを一つして。頬が少し赤くなったかと思ったら、空いていた方の手でリリアーナの頭をクシャクシャと撫で回してきた。

乱れた前髪の間からそっと視線を上げると、驚くほどやわらかい微笑みを浮かべたハリーと目が合う。

「今日はリリアーナがしたいこと、何でもやろう」

（何でも、だなんて。ハリー様は甘すぎる）

いつか、取り返しがつかないくらいわがままな子になってしまったらどうしよう。

まさかそれがハリーの狙いだとは、思いもしないリリアーナだった。

「お嬢さん。こちらをいただきたいのだが、いくらだろうか？」

ハリーに微笑まれた八百屋の女主人が、ふっくらとした頬を朱に染める。

しなしなと手を振りながら、まんざらでもない様子だ。

「嫌だよぉ、お嬢さんなんて。くすぐったいじゃないか。こんな美形にお嬢さんなんて言われちゃあ、おまけしないわけにはいかないね」

「いつもありがとう」

女主人は嬉しそうにトマトを袋詰めしながら、ハリーへ「最近、聖女様はどうなんだい？」なんて聞いている。

どうやら彼女は、ハリーが黒薔薇の聖女に同行してきた騎士だと知っているようだ。

まさか黒薔薇の聖女の話題が出されるとは思っていなかったリリアーナは、大袈裟に驚いてしまった。

「あっ」

体勢を崩しそうになったリリアーナを、ハリーがさりげないしぐさで引き寄せる。

こっそりとつないでいた手を握り返すと、大丈夫だと言うようにハリーの親指がリリアーナの指を撫でた。

くすぐったくてピクッと震えると、クスッと笑われる。

余裕のある笑みはいかにも大人の男性といった風で。

子ども扱いされているなぁと、リリアーナは嬉しいけれど悔しい、複雑な気持ちになった。

「聖女様はいつも通り、お元気だ」

ハリーはリリアーナをちらりと見て、フッと笑いながら答えた。

その目はまるで、かわいいと言っているようで。リリアーナは恥ずかしくなって、うつむいた。

「そうかい、それは良かった。ここは、黒薔薇の聖女様の街だからね。穏やかに過ごしてもらえているようで、嬉しいよ。あんたもしっかり、聖女様を守っておくれ」

「ああ、わかっている」

八百屋の女主人に別れを告げ、二人は次の店へと向かって歩く。

「あら、ハリー様。今日はナツメグが安いわよ。買っていかない？」

「ああ、そうさせてもらおう」

「こんにちは、ハリー様。今日はピーカンナッツが入荷しているのだけれど、どう？」

「ピーカンナッツか。タルトにちょうど良さそうだ」

「あら、ハリー様じゃない。この前は、酒樽《さかだる》を運んでくれてどうもありがとう。とっても助かったわ。今度ぜひ、お礼をさせてちょうだい」

「いや。大したことではないから、気にしないでくれ」

少し歩くだけで、あちらこちらから声がかかる。

ハリーはとても人気があるようだ。

（特に、女性に）

リリアーナは最初、ハリーが声をかけられる度に「すごいなぁ」「さすがだなぁ」と尊敬のまなざしを向けていた。

長い引きこもり生活をしていたリリアーナと、毛虫の騎士と呼ばれていたハリーは、きっと同じくらいコミュニケーションを取ることが不得手だったはずなのに、今のハリーは隠れることもなく、言い淀むこともなく、とてもスムーズに人々と交流している。

いつか自分も、ハリーのようになれるだろうか。

友人に囲まれる自分を想像して、リリアーナは憧れの視線を彼へ向けた——のだが。

一人、二人と話していくうちに、ハリーへ話しかけてくるのは女性ばかりだということに気がついた。

彼女たちは一様に、まるでハリーしか見えないかのように話しかけてくる。それでいて、ハリーと手をつないでいるリリアーナのことをちらちら見てくるのだ。

ひやりとした視線は、サティーナがリリアーナへ気配を殺すよう叱りつける時とよく似ていて、おそらくリリアーナのことが邪魔だと言いたいのだろう。

察したリリアーナが身を引くと、察せていないハリーが話の腰を折ってまでリリアーナを引き寄せるものだから、女性たちの視線はますます攻撃的になった。

（怖い。今すぐに、逃げ出してしまいたい）

青ざめるリリアーナに気がついたハリーは、話し込んでいた女性からあっさりと視線を外すと、リリアーナを見た。

「すまない、無理をさせてしまったか？」

「いえ、大丈夫です。どうぞ、ごゆっくり」

わたしのことは気にしないでください。

しかめ面でぎこちなく笑うリリアーナの気持ちは、残念ながらハリーには伝わらない。

「すぐに済ませる」

甘やかすように頬を撫でられて、くすぐったい。

慣らされつつあるリリアーナが条件反射で目を細めると、ハリーは甘く微笑んだ。

その途端、周囲から黄色い悲鳴が沸き起こる。

（キラキラで、目に痛い……。そして、ギラギラで恐怖倍増……）

ハリーのことも、ハリーに話しかけてきた女性たちのことも、直視できない。

リリアーナは、プルプル震えながらうつむいた。

今のハリーは、美しすぎる。美醜に頓着しないリリアーナですら、赤面してしまうほどに。

だからこそ、リリアーナは思うのだ。

（毛虫の騎士の姿のままで、良かったのに）

もしも彼が毛虫の騎士のままだったら、市場で声をかけられることなどなかっただろう。

初めて会ったあの日みたいに、みんなから遠巻きにされて――。

（黒薔薇の祝福のせいなのに、わたしはなんてことを考えているの）

邪《よこしま》な考えを振り払うように、リリアーナは首を振った。

そもそもハリーは、今の姿が本来のものなのだ。むしろ毛虫の騎士だった頃が呪いにかけられた状態であり、黒薔薇の祝福によって解呪された――に等しい状況らしい。

「毛虫の騎士だったら、話しかけもしないくせに」

無意識に出たつぶやきは驚くほど冷ややかで、リリアーナはハッと我に返った。

幸い、話し中のハリーには聞こえていなかったようだ。ホッと息を吐くものの、今度は自己嫌悪で泣きたくなってくる。

（ハリー様はコンプレックスから解放されて喜んでいるのに、わたしときたら……）

喜ぶどころか前の方が良かったと思うなんて、人の不幸を喜ぶ人みたいだ。ソワレ家の血の影響を少なからず受けているようで、ますます気が滅《め》入《い》る。

リリアーナが自己嫌悪している間にも、ハリーを取り囲む女性の数は増えていった。

ハリーが市場へ来たと、伝え聞いた女性たちが続々と集まってきたらしい。

みんなキャアキャアと騒ぎながら、頬を赤らめている。夢見るようにうっとりとした視線で、感嘆の息を吐きながらハリーを見つめていた。

「ハリー様ぁ」

「ハリー様！」

「ハリー様っ」

市場中の若い女性が集結しているのではないだろうか。

既婚者らしい女性たちも、遠巻きながらうきうきとハリーを見ている。

通路のど真ん中でなかったことだけが、幸いだ。そうでなければ、商売の邪魔になってしまったはず。

（ど、どうしよう——！）

あれよあれよという間に取り囲まれて、気づけばリリアーナの手はハリーの手から離れ、宙ぶらりんになっていた。

人垣の隙間から、困惑するハリーの姿が見える。

しかしリリアーナに、声をかける勇気はなかった。

（ハリー様の知り合いだとバレて、またにらまれたら……）

そう思うとリリアーナの喉は張り付き、声を出すことを拒否するかのように萎縮してしまう。

ハリーには悪いが、今は距離を置きたい。

図らずもハリーと引き離されてしまったリリアーナは、真面目な彼が職務放棄だと気に病むことがないように安全な場所で待っていようと、もみくちゃにされながらなんとか囲みから抜け出した——と、その時だった。

うわさの美男子を一目見ようと飛び跳ねていた女性とぶつかり、弾かれる。

あっと声を上げた時にはもう、リリアーナの体は傾《かし》いでいた。

転ぶ！

痛みを覚悟して、リリアーナは目を閉じた。

「おっと」

ガシッとおなかに手を回されて、軽やかに抱き上げられた。そしてそのままふわりと、地面へ下ろされる。

地面に両足が着くのと、彼を目にするのは、同時だった。

「大丈夫？　けがはない？」

のぞき込んでくる瞳は、深い森を思わせる暗い緑色。リリアーナを気遣う声は、寡黙そうな低音でありながら、落ち着く響きをしている。うつむく額へはらりと落ちた前髪は、白ウサギのように真っ白だ。

「え、ええ。おかげさまで、けがもなく……」

ハリーと同じか、それ以上ありそうなくらい背が高い。とっさにリリアーナを抱えてくれた腕は、しっかりとしていてたくましかった。

(前のハリー様ほどではないけれど、今のハリー様より体に厚みがあるわ)

帯剣しているところや制服っぽい服を着ているところを見るに、市場の警備をしている衛兵だろうか。

(これだけの騒ぎだもの。そういう人がやってくるのも、当然な気がする)

もみくちゃにされて乱れた服を整えながら、リリアーナは改めて恩人を見た。

白髪のインパクトが強くて印象がやや薄れるが、青年は整った顔立ちをしている。鍛えられた体

は目の色と日焼けした肌の色も相まって、地に根を張る大木のような安心感があった。

目が合うと、彼はリリアーナの不躾な視線に気分を害するでもなく、朗らかに笑った。

「それは良かった。君も、うわさの美男子を見に？」

真夏の太陽みたいに明るい笑顔だ。神秘的な月夜を思わせるハリーとは、対極である。

リリアーナはつられるように、けれど同じにはいかなくて、不器用に笑った。

ヒクつく唇の端は、見逃してもらえるとありがたい。

「いえ、わたしは……」

見にくるどころか、つい先ほどまで一緒にいました——なんて言えるわけがない。ハリーを目当てに集まってきた女性たちはすぐそこにいて、迂闊《うかつ》なことを言えば何をされるかわかったものではないからだ。

（シュタッヘルでの歓迎ぶりを見るに、黒薔薇の聖女だとわかれば見逃してもらえそうだけど……）

でも、まだ。今はまだ、自ら黒薔薇の聖女だと名乗れるほど、リリアーナは立場を受け入れられていない。

さまざまな葛藤の末、リリアーナは困ったような半笑いを浮かべ、曖昧に誤魔化した。

「ふぅん」

青年は、珍しいものを見るような目でリリアーナを見つめてきた。

興味津々といった様子でしげしげと眺められて、リリアーナは落ち着かない。

何か理由をつけて離れよう。

そう決めて唇を開きかけた時、青年がニッと笑った。

人懐こい笑みに、決心が鈍る。リリアーナは罪悪感にうっと怯んだ。

「君、見かけない顔だけど……シュタッヘルには旅行で来たの？」

「いえ、引っ越してきました」

「一人で？」

「いえ、二人で、です」

「そっかそっか、なるほどね」

意味深に頷く青年に、リリアーナははたと思い当たる。

もしや青年は、世間話と見せかけて、リリアーナが不審者かどうか確認していたのだろうか。

「えっと、それが何か……？」

不信感をあらわにするリリアーナに、青年は「疑っているわけじゃないよ」と微苦笑を返した。

「いやなに、こんな辺境に君みたいなかわいい子が引っ越してきてくれたことが嬉しくてね。こうして出会えたのも何かの縁。市場を案内してあげるよ」

かわいい、なんて。

ますます怪しく見えて、リリアーナは警戒を強くした。

「いえ、結構です」

「まぁ、そう言わずに。ああ、そういえばまだ名乗っていなかったな。俺の名前は、ノヴァ・オープスト。すぐそこの……ほら、あの店。果物屋オープストの看板息子なんだ」

なんてマイペースな人なのだろう。

リリアーナの気持ちなんてお構いなしにグイグイやってくる。

（でも、嫌じゃ……ないのよね）

青年――ノヴァが持つ雰囲気が人懐っこいせいか、どうにも拒否しづらい。

仲良くなりたいという気持ちがひしひしと感じられるだけに、なおさら突き放せなくなる。

リリアーナは、求められたら断れないタイプなのだ。

悩ましげにムムムと顔をしかめるリリアーナへ、ノヴァは愛想良く自己紹介し続けた。

「といっても、果物屋にいることはめったにないんだけどな。普段はフランツェ山脈を経由して隣国へ向かう人を相手に、案内係兼護衛をやっているんだ」

だから案内は得意なのだと、ノヴァは言った。

「遠慮しないで。うわさの美男子、ハリー様を拝めるとっておきの場所も教えてあげるよ？」

取り囲まれたハリーと合流できる気がしないリリアーナにとって、それは心惹《こころひ》かれる誘いだ。

「それなら……」

あっさりと警戒を緩め始めるリリアーナに、ノヴァは苦笑を深める。

なんだか小馬鹿にされているような空気を感じ取って、リリアーナはジトリとノヴァを見た。

「その場所って、ここから遠いんですか？」

「いや、すぐそこだよ」

クイッと指し示された場所は、本当にすぐそこだった。

おそらくその場所ならば、今は身動きがとれないハリーでもリリアーナを見つけることができるだろう。

「お願い、できますか？」

「ああ。任せて、お姫様。しっかり、エスコートしてあげるよ」

案内を頼むと、宣言通りにエスコートするつもりなのか、腕を差し出される。

令嬢扱いされることに不慣れなリリアーナは、これで合っているのだろうかと不安になりながら、ノヴァの腕に手を添えた。

「はい。ここがその、とっておきの場所だよ」

ノヴァが案内してくれたのは、本当に目と鼻の先の距離だった。

緑色に塗られた荷馬車の周りには、ニワトコでできた木箱がたくさん並んでいる。

箱いっぱいに積まれているのは、甘い香りを放つ梨に、熟れたベリー。みずみずしそうな桃に、色鮮やかなオレンジ。その他にもさまざまな果物が取り揃えられている。

この店は、果物を売るだけでなく、ジューススタンドも兼ねているようだ。荷馬車の近くには、少しの間腰かけるのにちょうど良さそうな丸椅子が置かれている。

ノヴァが看板息子をしているという、果物屋オープスト。

ハリーは市場へ来ると必ずこの店へ足を運び、毎回リンゴを買うらしい。

（なるほど。ハリー様が作ってくれるお菓子に使われているリンゴは、ここのだったのね）

店の女主人である彼の母親は、ハリーとリリアーナが連れ立って歩いているところから見ていたそうだ。

リリアーナが集団に呑み込まれて心配していたので、見かねたノヴァが様子を見に来てくれたらしい。

ノヴァがリリアーナを連れて店へ戻ると、彼の母親は「たまには役に立つじゃないか」と息子の背を豪快に叩きながら、休憩スペースらしい荷馬車の裏へ招き入れてくれた。

「ノヴァ。あんたはいつも山ばかりにいてちっとも役に立たないんだから、看板息子を名乗るなら、そのお嬢さんをきちんともてなすんだよ。わかったかい？」

「ああ、わかってるよ。そういうわけだからお姫様、そこの木箱に座って待っていてくれる？」

「えっ、はい、わかりました」

椅子代わりに木箱を勧められ、腰を下ろす。

ひとところに落ち着くと、どっと疲れを感じた。

「……ふぅ」

「大きなため息。災難だったね、大丈夫？」

少し遅れて荷馬車の裏へ来たノヴァは、カップを二つ持っていた。

店の一番人気だというレモネードが入ったカップをリリアーナへ渡しながら、斜めに向かい合うように座る。

「ありがとうございます。えっと、おいくらですか？」

言ってから、リリアーナはしまったと思った。

だって、リリアーナのお金はハリーが持っているからだ。

ソワソワしているリリアーナをちらりと見遣《みや》ったノヴァは、持っているカップへ早速口をつけながら、こう言った。

「んー？　大丈夫、ハリーに奢《おご》らせるから。どのみち、君の財布はハリーが持っているんだろ？」

見てきたかのように語るノヴァに、リリアーナは驚いた顔で彼をじっと見つめた。

つい先ほどまで「ハリー様」と言っていたのに、今は「ハリー」と呼んでいる。それに、ハリーについて話す彼の表情は、親しい者をからかう時のような気安さがにじんでいた。

「ハリー様とお知り合いなのですか？」

「まぁ、それなりに」

「……それなりに？」

ノヴァはそれ以上言うつもりはないようだ。

何もかもわかっているような顔をして、フッと笑う。

そして首をかしげるリリアーナの髪を掬《すく》い、そっと耳へかけた。

「!?!?」

突然の接近に顔を真っ赤に染めたリリアーナは、ガタガタと音を立てながら慌てて距離を取った。

彼女の慌てぶりに一瞬キョトンとしたノヴァは、弾かれたようにクスクスと笑い出す。

「ごめん、ごめん。髪がカップに入りそうになっていたから。うちのレモネード、蜂蜜がたっぷり入っているから、ベタベタになるんだよ」

「そっ、そうでしたか。こちらこそ、過剰に反応しちゃってすみません……」

親切にしてくれただけなのに、大騒ぎしてしまって申し訳ない気持ちになる。

眉を下げ、困り顔のリリアーナに、ノヴァは「気にしなくていい」と言ってくれた。

（ノヴァ様って、良い人だなぁ）

ハリーと同じくらい、リリアーナに優しい。

そう思ったら、リリアーナはなんだか急に、寂しくなってしまった。

今日はもう、城へ帰りたい。買い物なんてもういいから、ハリーと一緒にお茶をしたり、レースを編んだりして、ゆっくりと過ごしたい。

「ハリー様はまだかしら」

首を伸ばして、ハリーを探してみる。

ハリーは市場の雑踏の中にあっても抜きん出て背が高く、おかげでリリアーナはすぐに彼を見つけることができた。

ノヴァも難なく見つけられたようだ。ハリーの姿を見て、気まずそうにリリアーナへ視線を移す。

「もう少し、時間がかかりそうだね」

「……そのようですね」

ハリーを囲む女性の数は、ますます増えている。

しおれた花のようにしゅんと背中を丸めるリリアーナに、ノヴァはやるせない表情で彼女を見つめた。

「二番人気はミックスベリーミルクなんだけど……飲む？」

「いただきます」

空になったカップを回収して、ノヴァはジューススタンドへ歩いて行った。

それを見送りながら、リリアーナはついでにハリーをもう一度見る。

彼は女性たちに囲まれて、愛想良く微笑んでいた。

「わたしだけじゃ、ないんだ……」

思い返すと、彼はリリアーナと出会う前から、そうだった。

みんなから遠巻きにされてもなお、手を差し伸べる優しい人――。

リリアーナは危うく、勘違いをするところだった。

ハリーの優しさは、自分だけに向けられるものなのだと――、

「勘違いを、するところだった……」

いばらの城で、二人きり。比較対象がないために、錯覚してしまった。

外へ出てようやく、リリアーナは気がついた。

リリアーナを特別に思うことは、ハリーにとって当たり前のことなのだ。だってそれが、彼の仕事なのだから。

「他の女性《ひと》とわたしは、違う」

リリアーナは、特別の意味をはき違えるところだった。

「城でばかり過ごしていたから。だから、そんな風に思ってしまったのだわ」

膝の上で小さく拳を握り、リリアーナは自嘲の笑みを浮かべた。

「だめね、わたしは。もう外へ出られるとわかったのだし、今後は外の世界を知っていかないといけないわ」

リリアーナはもっと、視野を広げるべきなのだ。

本で得た知識だけで満足しているようでは、いけない。

目で見て、感じることで得られるものは多い。

名案を思いついたように、リリアーナはすっくと立ち上がった。

良いタイミングで戻ってきたノヴァに、リリアーナの目がキランと光る。

「ノヴァ様！」

「うん？」

「ご相談があります。ノヴァ様は案内が得意なのですよね？　わたし、シュタッヘルへ来てからまだ日が浅いので、慣れるまで街を案内していただけないでしょうか」

突然の申し出にノヴァは目を丸くしたけれど、訳知り顔でちらりと遠くを見て、「これはハリーが悪いよな」とつぶやいた。

お願い、と。手を組んで見上げてくるリリアーナの目は、必死だった。

必死すぎてうるうるしていて――誰が断ることなどできようか。

その瞬間、ノヴァは頽《くずお》れるハリーを見た。

ハリーの目には、リリアーナがノヴァに詰め寄っているように見えたのだろう。それに気を取られて、女性たちの勢いに負けたようだった。

とはいえ、ハリーが悪い。絶対的に、彼が悪い。リリアーナを優先しなかった、ヤツが悪い。

（いくら彼女のためとはいえ、黒薔薇の聖女様を放置するとかあり得ないからな）

ノヴァはハリーを焚きつけるかのように彼の視界からリリアーナを隠しながら、「喜んで」と微笑んだ。


ハリーがリリアーナを迎えに来たのは、かなり経ってからのことだった。

頽れたハリーに体調不良を疑った女性たちが休ませると言って聞かず、どうにかこうにかまいて、ようやくの思いで辿り着いたらしい。

波瀾《はらん》万丈な時を過ごしたのだろう。彼の格好は、ヨレヨレだった。

「おい、ノヴァ。おまえ……」

ハリーはズンズンズンと威圧感たっぷりにノヴァの元へ歩いて来ると、開口一番にそう言った。

真っ先にリリアーナの元へ行かなかったのは、彼女が果物屋の手伝いをしていたからだ。

いらっしゃいませと笑顔を振りまく彼女は大変に愛らしく、とてもではないが邪魔できる雰囲気ではなかった。

そして何より、今の情けない格好を見られたくなかった。

「だからといって、何も真っ先に俺のところへ来なくても」

ノヴァがとぼけた顔で「俺って愛されているなぁ」とうそぶくと、ハリーの機嫌はますます降下したようだった。

周囲の気温が、グッと落ち込む。

今にも胸ぐらに掴みかかりそうな不穏さを目に宿しながら、ハリーはノヴァをにらんだ。

「一体、どういうことだ？」

「どういうことも何も、全部聞こえていた通りだが」

「なぜおまえが、リリアーナとともにいる」

「むしろおまえは、俺に感謝すべきだ。俺じゃなかったら、彼女はとっくに不埒者《ふらちもの》にナンパされるか、そうでなければ誘拐されていたと思うぞ」

「……ぐぬぅ」

ノヴァの言うことは至極もっともで、ハリーはうなることしかできなかった。

この件については、ハリーが悪い。護衛でありながら女性たちの気迫に圧《お》されて、護衛対象であるリリアーナを守るどころか見失ってしまったのだ。

幸い、ノヴァが保護してくれたのでことなきを得たが、そうでなかった場合は何が起こっても不思議ではなかった。

だからハリーは、ノヴァに感謝こそすれ責めるなど言語道断なのだ。

それでもこんな態度を取ってしまったのは、ノヴァがハリーと旧知の間柄《なかよし》だからに他ならない。要は、甘えである。

ハリーとノヴァの付き合いは、ほどほどに長い。

実は、幼い頃——おそらく五歳前後だったと思う——にノヴァがエドランド一家の前へ姿を現して以来、交流を続けてきた。

ノヴァ・オープストは、妖精のいたずら【取り換え子《チェンジリング》】によって人の世界へ送り出された妖精であり、妖精の血を引く胡蝶一族とは遠い親戚と言えなくもない関係だ。

たった一人で人間界に放り出された孤独な妖精ノヴァは、早くから自身が妖精であることを自覚しており、どこでも好きなところへ行ける【妖精の小径《フェアリーパス》】が使えるようになったのを機に、仲間を探した。

その結果出会ったのが、エドランド一家であり、ハリーだったのだ。

ノヴァは妖精だから、ハリーの姿が変わっても本質を理解できるし、リリアーナを花の聖女だと見抜くこともできる。

それゆえに、ハリーの姿が変わっていても驚かないし、リリアーナを助けることができた。

「それについては、礼を言おう。しかしノヴァ、どうしておまえはここにいる？」

「ハリーが黒薔薇の聖女の同行者になったって聞いてさ。面白そうだから見に来たんだ」

耳を疑いたくなるような理由に、ハリーは呆れた顔でノヴァを見た。

「……わざわざ伯爵家の三男という立場を捨てて？」

「んー……まぁ、いろいろあるんだよ」

　このたびノヴァは、ハリーが黒薔薇の聖女の同行者になったことを知り、面白半分でシュタッヘルへやってきた――というわけではなく。もともと彼は人間の祖母が語っていた黒薔薇の聖女に興味を抱いており、実の父親である森神レーシーのすすめもあって、数年前からノヴァ・オープストとしてシュタッヘルで生活していたらしい。

　ちなみに以前の彼は隣国エッシェの貴族、オデュッセイア伯爵家の三男だったが、オープスト家の息子と自身を取り換えたのだそうだ。

　見た目はそのまま、関係したすべての者の記憶と認識を塗り替える。

　貴族令息から果物屋の息子へ。とんでもない転身である。

　ちなみに、取り換えられたオープスト家の息子は、オデュッセイア伯爵家に問題なく溶け込んでいるらしい。今では後継のいない男爵家の令嬢と婚姻を結び、男爵となっているのだとか。

「数年前からだって……？　ここへ来てから何度も市場へ来ているが、一度も会わなかったじゃないか」

「俺、普段は山にいるから」

　ノヴァはリリアーナに興味を抱いていたものの、どうやったら警戒されずに近づけるか考えていたそうだ。

　今日は珍しくリリアーナの気配が城から動いたので、チャンスかもしれないと思って市場へ来たらしい。

ケロリと答えるノヴァに、毒気も抜ける。

眉間に皺を寄せ、頭が痛いと言わんばかりの顔をするハリーに、ノヴァはケラケラと笑った。

「そういうわけで、リリアーナとは是非ともお近づきになりたいと思っている」

「お断りだ」

とりつく島もなく拒否するハリーに、ノヴァはやれやれと肩をすくめた。

しかし、これくらいで諦めるほど黒薔薇の聖女に対する興味は薄くない。ノヴァは邪悪な笑みを作ると、ここぞとばかりにハリーを責めた。

「でもさ。おまえはリリアーナの護衛のくせに、彼女を守り切れていなかったじゃないか。かわいそうに、転んでけがをするところだったのを俺が颯爽《さっそう》と駆けつけて助けたんだぜ？　そのあともさ、女に囲まれるハリーを寂しそうな顔で見ていて……見ているこっちがつらくなったわ」

何をやっているんだよと小突かれ、ハリーは言葉もない。

シオシオと情けない顔をするハリーに、ノヴァは畳みかけるように言った。

「リリアーナのためを思うならさ。おまえにできること、他にあるんじゃないか？　このままじゃ、おまえ……俺に役目を奪われたって文句は言えないからな」

ノヴァの言葉に、ハリーはしばらく悩ましい日々を送ることとなったのだった。

ノヴァと出会ってから、ひと月が経った。

秋の気配が、じわじわと迫ってきている。

あれから、リリアーナは何度もノヴァと街を巡った。

心配してついてきてくれたハリーは、毎回のように女性たちに集まられ、どこかへと連れ去られていく。

今日のお迎えは、珍しくも女性が一人。

普段ハリーを取り囲んでいる華やかな女性たちとは少し、毛色が違う。

家庭的というか、基本を忠実に守って焼いたシンプルなクッキーを思わせる、素朴な女性だ。

「ハリー様、お待ちしておりました」

丁寧なお辞儀に、やさしい声色。少し荒れた手先は、働き者の証のようで好ましい。

こんな風に出迎えられたら、誰でも嬉しくなってしまうだろう。

ハッとなってハリーを見ると、女性に囲まれた時にはいつも浮かべている苦笑いがなかった。

（この人は、今までの人たちとは違う）

そう思った瞬間、リリアーナは急激に、胸の中に漠然とした不安が広がるのを感じた。

「ハリー様、この方と待ち合わせしていたんですか？」

普段なら絶対にこんなことを聞いたりしないのに、不安からか、つい口を突いて出る。

リリアーナの珍しい反応に、ノヴァは猫のように目を輝かせ、ハリーはといえば、リリアーナの気持ちを知ってか知らずか、にこりと微笑んだ。

「ああ。シュタッヘルの家庭料理を教えてもらう約束をしている」

そう言ってリリアーナへ向ける笑みは、相変わらず甘い。

そして、どことなく誇らしげな様子だ。

「けなげだねぇ」

「茶化すな、ノヴァ」

ノヴァの言った台詞が、リリアーナの頭の中でぐるぐる回る。

（素直に会いたいと言えないから、料理を教えてもらうという口実を作ったってこと？）

それは確かに、けなげだ。でも同時に、このままハリーを取られたらどうしようという、浅ましい考えがリリアーナを苛《さいな》む。

（取られたら、なんて。ハリー様はわたしのものじゃないのよ？）

リリアーナは考え直し、そして、決めた。

（そうよ。応援、してあげなくちゃ）

ハリーの役に立ちたい。

リリアーナはその一心で、両手を握りしめて応援のジェスチャーをつくりながら、言った。

「ハリー様、がんばってくださいね」

自分で決めたことなのに、ひどく胸が痛む。

うまく笑えているだろうか。痛みに、顔をしかめていないといいのだけれど。

「ああ、楽しみにしていてくれ」

リリアーナの応援を受け、嬉しそうに頷くハリー。

彼の笑顔に、きっと上手に笑えていたはずだと、リリアーナは重苦しい胸の内で、そっと安堵の息を吐いた。

「ハリー様、そろそろ行きませんと」

「ああ、そうだな。じゃあノヴァ、リリアーナのことを頼んだぞ」

「言われなくても、俺たちは俺たちで仲良くやってるよ。ねぇ、リリアーナ？」

馴《な》れ馴《な》れしくリリアーナの肩を抱くノヴァに、ハリーの眉間に皺が寄る。

「えっ？　ええ、ノヴァ様にはいつもよくしていただいています」

素朴な女性が気になって仕方がなかったリリアーナは、ノヴァの質問に心ここにあらずの様子で答えた。

「そういうわけだから、ごゆっくり～」

「……くっ」

勝ち誇った顔で手を振るノヴァに、ハリーは悔しそうだ。

ハリーはもの言いたげにしていたが、それ以上言うのはおとなげないと思ったのか、気を取り直すように息を吐き、女性とともに去って行った。

ノヴァと二人、手を振って見送る。

たったそれだけのことなのに、どうしてこんなに苦しいのか。

リリアーナは、今にも泣きそうな目にグッと力を込めた。

「それじゃ、俺たちも行こうか」

「ええ、はい……」

相づちを打ちながら、リリアーナは胸の内ではまったく別のことを考えていた。

ニコニコと嬉しそうにエスコートの手を差し出してくるノヴァに、リリアーナは言いようのないモヤモヤを抱えたまま、ハリーたちから目を逸らすように、手を伸ばした。


得意と言うだけあって、ノヴァの案内はとてもわかりやすい。

おかげで旧市街・新市街とも観光案内できそうなくらいくわしくなれたけれど、女性に囲まれるハリーにモヤモヤとした気持ちを抱くことだけは、慣れないままだ。

むしろ日を増すごとに、胸のモヤモヤは大きくなっていくばかり。

その上、ハリーを囲む女性たちの中に、先日会った素朴な女性を探している自分がいることにも気がついてしまって、リリアーナの悩みは尽きない。

応援すると決めたのはリリアーナなのに、早くも撤回したくて仕方がなかった。

意志薄弱な自分に、嫌気がさす。

（ハリー様があの女の人に夢中になって、帰ってこなくなってしまったらどうしよう……）

そう思うとますます気分が落ち込んで、ここ数日のリリアーナはすっかり憔悴《しょうすい》しきっていた。

何をやろうにもやる気が出ず、ソファへ腰かけてぼんやりしている時間が増えていく。

その日も、リリアーナはソファへ腰かけてぼんやりとしていた。

膝の上には、編みかけのレース。何度も気を散らしているせいで、編み図のどこまで進めたのかわからなくなっている。

「リリアーナ」

「あ……ハリー様」

「すまない。疲れているところ悪いのだが、少し付き合ってくれないだろうか？」

申し訳なさそうに頼まれて、リリアーナが断ることなどできるはずもない。

リリアーナがコクリと頷くと、ハリーはパッと表情を明るくした。けれどリリアーナの顔色があまりにも悪すぎたのか、愁然として、不器用に笑った。

その顔は、初めて会ったあの日を思い起こさせる。

リリアーナはなぜだかぎゅっと胸が苦しくなって、泣きそうになってしまった。

とっさにうつむいたから、ハリーは気づかなかっただろう。

差し出された手を取りながら、リリアーナはどうか気づかないでと願った。

ハリーのエスコートで向かった先は、リリアーナが思いもしない場所だった。

黒薔薇の館の、キッチン。

館内でハリーを探すとなったら、真っ先に行く場所だ。おそらく、私室よりも滞在時間が長い。

年代物《アンティーク》のオーブンを中心にノスタルジックな空気が流れていて、絵本に描かれていた田舎のおばあちゃんの家のような懐かしさを感じる。

作業台の前へ椅子を持ってきたハリーは、リリアーナにそこへ座るよう促して、エプロンを腰に巻いた。

「まずは、これを」

出されたのは、ナズナが描かれたティーカップだった。

小さなハートがかわいらしい、リリアーナが好きな絵柄である。

（絵柄に、意味はあるのかしら）

花と見ると意味を求めたくなってしまうのは、ブルームガルテン国民の性《さが》とも言える。

ナズナの花言葉は『あなたに私のすべてを捧げる』だが、今のリリアーナには重たい言葉だ。

リリアーナの目の前で、ハリーは手早くお茶の用意を始めた。

彼のお茶の淹れ方は、無駄がなく丁寧で、優雅なパフォーマンスを見ているよう。ポットから注がれる茶は、幸せそうにキラキラと輝いている。

そっとカップに顔を近づけると、かすかにリンゴの香りがした。

リリアーナ好みの、匂いだ。

「ジャーマンカモミールのお茶だ。甘みがあって、リラックス効果が高い」

ハリーの言葉に、リリアーナは微苦笑を浮かべた。

「……わたしがあまり眠れていないこと、気がつかれていたんですね」

ハリーは答えなかったけれど、リリアーナを見る目はその通りだと言っているも同然だった。

彼は黙秘を誤魔化すように、「冷める前に、どうぞ」と勧めてくる。

「……いただきます」

コクリと一口飲むと、花の香りが鼻を抜けていく。

冷えていた体がポワッと温まったと思ったら、毒を吐き出すかのように長い息が漏れた。

お茶を飲んだだけ。たったそれだけなのに、胸のつかえが下りたようにスッキリする。

しかし本当の理由は、お茶だけではないのだろう。

ハリーのぶっきらぼうな話し方は、リリアーナに気を許しているかのようだった。

護衛でも従者でもなく、ただのハリーとしてリリアーナを心配しているような——そんな感じがする。

「……ほぅ」

お茶のあたたかさが、胸にしみる。

そう、お茶のあたたかさだ。誰がなんと言おうと、お茶なのだ。

まるで、子どものような独占欲だ。ハリーは父でも母でも、ましてや兄でもないのに。

（ハリー様を独り占めできて嬉しい、なんて）

（こんなことじゃいけないわ。もっと、大人にならないと）

ハリーを囲んでいた、魅力的な女性たちの姿が脳裏をよぎる。

どんな人になりたいのか。どんな風に成長したいのか。

まだ何も見えてこないけれど、たまには思いつきで踏み切ってみるのも悪くはないと、リリアーナは思った。

「少し、顔色が良くなったな」

ハリーの手が伸びてきて、リリアーナの頬を確かめるように撫でていく。

ホッとしたように目元を緩めるハリーに、（心配をかけてしまったんだわ）とリリアーナは申し訳なく思った。

「とっておきの？」

「リリアーナが元気になれるように……今日の夕食はとっておきの料理を披露しようと思う」

「ああ。どうしようもなく沈んだ時に作ってもらえる、特別なごちそうだ」

調理に取りかかりながら、ハリーはぽつぽつと話してくれた。

実のところハリーは、ここ最近、リリアーナのためを思ってやっていることすべてが裏目に出ている気がして、何をしたら良いのかわからなくなっていたそうだ。

何をすればリリアーナが喜んでくれるのか。

喜んでくれなくても、せめて笑顔だけは取り戻したい。

悩んで悩んで、悩み抜いて。何度も思いついては消してを繰り返して最後に残ったのは、自分が作った料理で頬を緩ませるリリアーナの姿だった——らしい。

「そう、だったのですか……」

「ノヴァのように、リリアーナが困っていることを察せたら良かったのだが……」

ハリーはそう言って、困ったように頬を掻《か》いた。

「すまない、気が利かない男で。俺は、こんな時にどうするべきかもわからない。だがそれでも、俺ができることで、リリアーナが幸せな気分になれればと……」

リリアーナがハリーに対する独占欲に振り回されていた間、彼もまた、リリアーナのことを考えてくれていた。

それがどうしようもないくらい、嬉しくて。

彼を困らせているのは自分だというのに、リリアーナは湧き上がる喜びに微笑みそうになって、誤魔化すようにカップへ口をつけた。

「今のリリアーナと同じ歳の頃だっただろうか。俺には、何もできないと諦めていた時期があった」

「ハリー様にも、そんな時期が……？」

「ああ、あった。どんなに努力しても醜いというだけで評価されず、やっと認めてもらえたと思ったら、同情だ、親の権力だと言われ――そんな時にきっかけを与えてくれたのが、料理下手な母が唯一作ることができる料理……じゃがいものグラタンだった」

用意するのは、じゃがいもにバター、塩胡椒と生クリームだ。

ハリーの母のレシピでは数種類の香辛料とニンニクやチーズも使うのだが、今回はリリアーナのための特別なレシピ。シュタッヘルの女性たちから教わったことを参考に、リリアーナ好みの味付けにする。

グラタン皿にバターを擦り付けたら、薄くスライスしたじゃがいもを重ねていく。

生クリームに塩胡椒を入れて沸騰直前まで加熱したら、じゃがいもの上に流す。

中火に熱したオーブンでじっくり焼いたら、完成だ。

ポイントは、じゃがいもを水に晒《さら》さないこと。

じゃがいものでんぷんと生クリームがソースに濃度をつけるのだ。

「よし、完成だ」

リリアーナがゆっくりとお茶を楽しんでいる間に、ハリーはてきぱきとじゃがいものグラタンを焼き上げた。

作業台の上にランチョンマットを並べて、グラタンを置く。

ふつふつとした白いソースのグラタンに、リリアーナの目が輝いた。

「これが、じゃがいものグラタン……見ているだけで、幸せになれそうですね」

「見ているだけでは困る。さぁ、食事を楽しんで」

「ふふ。はい！」

スプーンで掬った熱々のグラタンを、ハフハフと頬張る。

「ん〜〜〜！　とってもおいしいです！　これがハリー様の、お母様の味なのですね」

「口に合って良かった」

感じ入るように声を漏らすリリアーナは、幸せそうに頬を緩ませていて。

この笑顔が少しでも長く続きますようにと、ハリーは願わずにいられなかった。

第五章　木香薔薇の聖女

「なぁ、リリアーナ。俺、しばらく会いに来られないかもしれない」

夏が終わり、日増しに秋の色が濃くなってきた。

いばらの城に植えられたクヌギの木には、青々とした実がなっている。

クヌギの花言葉は、母なる木。どっしりとした佇《たたず》まいには包容力が宿っていて、子だくさんな肝っ玉母ちゃんといった風である。

もっと寒くなったら木の実は茶色に染まって、ポトリと地面へ落ちるのだろう。

丸々としたドングリは、拾って瓶に詰めたらかわいいだろうなぁと、ティーカップを片手に立派な幹を見上げていたリリアーナは、ノヴァの突然の宣言に目を丸くした。

「え、どうしました？　突然」

ノヴァとは、街巡りが一段落したあとも頻繁に会っていた。

初対面での応答で、ノヴァは早々にリリアーナが黒薔薇の聖女だと見抜いていたらしい。

それでも彼は、かしこまったり謙《へりくだ》ったりせず、気安く接してくれる。

時折、虫博士が虫を観察するかのような熱心なまなざしを向けてくることを除けば、ノヴァはとても親切な男だった。

ハリーが不在の際には、リリアーナの元へ遊びにきたという体で、護衛も引き受けてくれているようだ。

（ハリー様もノヴァ様も言わないけれど。二人の視線のやりとりとか、そんな風に見えるのよね）

　過保護だなと思わなくもないけれど、ルアネが言っていたように、黒薔薇の祝福は悪用される可能性が大いにあるので、致し方ないことなのだろう。

（それを置いても、ノヴァ様との時間は楽しいわ）

　だからこそ、ノヴァの言葉は寝耳に水だった。

　知らない間に不快な思いをさせてしまったのだろうか。

　おろおろと視線を泳がせるリリアーナの前で、ノヴァはため息を吐きながら頬づえをついた。

「いや、な。実は、仕事が忙しくなりそうで」

「お仕事、ですか」

　ノヴァの仕事は、フランツェ山脈を経由して隣国とシュタッヘルを行き交う人を、安心安全に案内・護衛するものである。

　独自のルートを辿ると竜と接触することなく行き来できるということで、同業者からも一目置かれている――と、リリアーナは聞いていた。

　忙しくなりそうというのは、依頼が増えそうだということなのか。それとも、彼独自のルートに問題でも発生したのか。

「もしかして、竜が関係していたり……するのですか？」

「そうだな」

リリアーナがシュタッヘルへ来てから、竜の襲撃はまだ一度も起きていない。

それはシュタッヘルの人々が事前に防いでいるからというのもあるが、目撃情報すらないというのは異例のことだった。

黒薔薇の聖女誕生の一報から目撃情報は徐々に減り、リリアーナがシュタッヘルへ来るのと同時にピタッとなくなったらしい。

とはいえ、竜がいなくなったわけではなく、フランツェ山脈には今もたくさんの竜が棲《す》んでいる。

目撃しなくなった理由を、シュタッヘルの人々は二つ、挙げていた。

一つ、竜が黒薔薇の聖女を恐れて避けているから。

二つ、求愛の準備で忙しくしているから。

「秋はな、竜たちにとって恋の季節なんだ」

「恋の季節……」

リリアーナの脳裏に、首にリボンを結んで花束を持ち、雌竜を待ち構える雄竜の姿が思い浮かぶ。

ソワソワと意中の相手を待つ竜は、恐ろしいけれどなんだか童話《メルヘン》的である。

「竜は色によって求愛方法が変わるが、中でも黒の竜は……」

「黒の竜は？」

「巣を作って、愛の大きさを表現するんだ。たった一晩で城のように大きな巣を築くこともあるから、一夜城とも呼ばれている。山の中で、いつ、どこに巣が作られるかわからない。安全だと思っていたルートが、一夜にして安全ではなくなる可能性が大いにあるんだ」

同業者から一目置かれる存在であるノヴァでさえ、この時期は神経を使うらしい。

とはいえ、生活するためには隣国と行き来しないと成り立たないものもあり、もっとも危険な秋の間だけ完全に休業するというわけにもいかない。

リリアーナと過ごす時間を楽しみにしてくれているのか、ノヴァは残念そうに憂いのため息を吐いた。

ノヴァには悪いが、リリアーナは残念がる彼を少しだけ、嬉しく思った。だってそれだけ、仲良くなれた気がして。

「それに……ああ、いや。この話はまた今度にしよう」

続く言葉は愚痴だろうか。

ノヴァは優しいから、リリアーナに聞かせたくないと思ったのかもしれない。

（こういうところ、ハリー様と似ているのよね。いつもお世話になりっぱなしだもの。愚痴くらい、聞くのに）

リリアーナは頼りない。それは、わかっている。

しかし話を聞くことくらいは、できるはずだ。

「それに？　勿体ぶらずに教えてください」

「勿体ぶったわけじゃないんだけど……でもまぁ、リリアーナがそう言うのなら」

ノヴァはそう言うと、なんとも言えない苦い顔をして教えてくれた。

黒の竜は巣を作る際、変わったものをワンポイントにつけたがるのだそうだ。

ある竜は礼拝堂の鐘を持ち去り、またある竜は風《かざ》見《み》鶏《どり》を持ち去り……。

ここ数年は目ぼしいものがないせいか、街の上空を複数の竜が旋回していたこともあるのだとか。

「だからな、きっと言われると思うんだ」

何を、なんて言われなくてもわかった。言いづらそうに頬を掻くノヴァの目は、申し訳なさでいっぱいだったから。

シュタッヘルの人々はきっと、黒薔薇の聖女に祝福を使って竜を退けてほしいと言うだろう。

だってここは、黒薔薇の聖女の祝福によって守られてきた土地だから。

「そんな顔をしないで、リリアーナ」

慰めるように、ノヴァの手がリリアーナの頬を撫でる。

「無理に使わなくていい。言い伝えによれば、黒薔薇の祝福は聖女が心から願わなければ叶わないそうだから」

ノヴァは聡《さと》いから、リリアーナがどんな気持ちで黒薔薇の聖女でいるのか察しているのだろう。

無理しないで良いという言葉に、リリアーナはひどく安心する自分に気がついてしまった。

これではいけないと、わかっているのに甘えたい。流されたい。

「リリアーナ。俺がいない間はできる限り、ハリーと一緒に行動してくれ。な？」

「ええ、わかったわ」

まるで、子どもへ言い聞かせるような台詞だ。

リリアーナは困ったように眉を下げ、苦く笑んだのだった。

ノヴァの心配が現実のものになったのは、それからすぐのことだった。


旧市街にある手芸店でレース糸を購入した、帰り道。

ハリーは例によって市場での買い出しの最中に連れ去られ、ノヴァは仕事で不在。リリアーナは久しぶりに一人で過ごしていた。

「こうして一人で不自由なく歩けるのも、ノヴァ様のおかげね」

人混みが苦手なリリアーナのために、安全で人通りが少ない道やいばらの城へ最短で行ける道など、さまざまなルートをノヴァは教えてくれた。

そのおかげでリリアーナは、シュタッヘルへ来て初めての一人歩きとなるが、楽しい時間を過ごせている。

「どんなモチーフを編もうかしら。花？　葉？　蝶も捨てがたいわ」

紙袋に入れてもらったやわらかな色合いの糸を思い返して、リリアーナは目を細めた——その時だった。

「お嬢さん。そんなところを歩いていたら危ないわ」

「えっ？」

伸びてきた手に、腕を摑まれる。

あっという間にリリアーナは、建物の中へ引き込まれた。

「何を……」

戸惑いながら周囲を見回すと、道を歩いていた人たちが次々と建物の中へ入ってくるのが見えた。

みんな緊張した面持ちで、母親らしき人は子どもを抱いて部屋の奥へ身を寄せ、ある人は窓から空を見上げ、またある人は祈るように手を組んでいる。

異様な光景に、リリアーナは両手を握り合わせた。

室内の空気は、感じたことがないくらいピリピリと張り詰めている。

「ごめんなさい、急に引っ張ったりして。腕を痛めたりしていない？」

リリアーナの腕を引いて連れてきてくれた人だろうか。

すぐそばにいた女性が、心配そうに声をかけてきた。

「いえ、大丈夫で、す……」

ぎこちない笑みを張り付けた顔で振り返った瞬間、リリアーナは固まった。

一重の切れ長な目を持つ独特な雰囲気の美しい女性が、リリアーナを見ていたからだ。

（異国の女神様みたい……！）

室内の殺伐とした空気が一瞬にして吹っ飛ぶくらいの、衝撃。

「ひぇ」

エキゾチックないい匂いがして、思わずリリアーナの口から奇声が漏れた。

ハリーやノヴァも美しい顔をしているが、彼女はなんというか、ジャンルが違う。

はるか東の国で信仰されているという女神を思わせる、ミステリアスな空気をまとう美女は、呆《ほう》けた顔をするリリアーナにクスッと微笑んだ。

「そう。無事に保護できて、良かったわ」

すっかり美女に目が釘付けになっていたリリアーナは、彼女が言うならそうなのだろうと、流れるように頷いた。

「ええ、良かったです。……って、どういうことですか？」

「空を見上げてごらんなさい。巣の材料を求めて、竜たちが山を下りてきているから」

「え……」

近くの窓から空を見上げたリリアーナは、腰を抜かすかと思った。

シュタッヘルの上空に、竜と思しき影が舞っている。

それははるか上空で揺蕩《たゆた》うようにいたけれど、それでも強烈な存在感を放っていた。

鎌首をもたげる蛇のように首を巡らせ、獲物を物色しているように見える。

「あっ。何か見つけたみたいだよ！」

誰かの一言に、視線が集まる。

一頭の竜が急降下し始め、あっという間に建物の間へ姿を消した――その、刹那。

ドォォォォォンッッ!!

轟音《ごうおん》とともに、土煙が上がる。

何が起こっているのだろうと人々が目を凝らす中、竜は再び飛んだ。

その手にあるのは、広場のベンチ。二人がけのコンパクトなタイプではあるが、大きな竜が持っているとおもちゃのようである。

竜はそれをギュッと胸に抱きしめ——その姿は子どもがぬいぐるみを大事そうに抱きかかえているかのようだった——意気揚々とフランツェ山脈へ向かって飛んでいった。

あっという間すぎて、祈る時間さえない。

初めて見た竜の衝撃に、リリアーナは言葉もなく立ち尽くした。

「竜を見たのは、初めて？」

いつの間に背後へ来ていたのだろう。耳元でささやくように声を出されて、リリアーナはハッとなる。

「えっ、ええ……初めてです」

「そう」

アンニュイな笑みを浮かべ、美女は空を見上げた。

空にはまだ、数頭の竜が旋回している。

「すごいわよねぇ。これが毎年なのだもの」

ふぅ、と悩ましげな息を吐く美女。

それに気がついた数人の青年が、いそいそと近づいてきた。

おそらく、ずいぶん前から話しかけようとしていたのだろう。彼らは一様に、ソワソワと落ち着きがなかった。

「そうなんですよ、シュタッヘルではこれがふつうっていうか」

「そうそう、恒例行事？　みたいな」

「でもよ、今年は黒薔薇の聖女様が来たわけだろ？　祝福でババーンと撃退してくれないものかね」

「だよなぁ。いくら慣れてるって言っても、被害がないわけじゃないし」

青年たちの台詞を聞いている間、リリアーナはいたたまれない気持ちでいっぱいだった。

彼らは、悪くない。何一つ、悪くない。

シュタッヘルに住む人の多くが、今この瞬間に、同じことを思っているだろう。

リリアーナは、黒薔薇の聖女。竜からシュタッヘルを守るために、ここにいる。

（わたしは、追放されただけ。そんな義務、ないわ）

（みんな、わたしに良くしてくれた。だから、やらなくちゃ。黒薔薇の、祝福を……）

相反する気持ちが、リリアーナの中で渦巻いていた。

祈ろうと、手を上げる。

リリアーナはそのつもりで体を動かしたのに、指先一つピクリともしなかった。それどころかリリアーナの命令を拒否するかのように、ブルブルと震えて手さえ握れない。

（黒薔薇の祝福を使って……それで竜を追い払って……）

たった一度しか使えていない祝福を、使いこなすことなどできるのだろうか。

だってリリアーナはないない尽くしの令嬢で、持っているのは祝福と呼ぶこともおこがましい邪悪な力なのに。

(怖い。無理。できない)

どうやっても、黒薔薇の祝福は使えそうになかった。

できないと決めてかかっているから、諦めるのも早い。

ハリーの時はどうやったのか、今となっては夢だったのではないかと疑うほどだ。

『ないない尽くしの出来損ないのくせに、人を待たせるなんていいご身分ね』

いつぞや聞いたサティーナの言葉が、頭にこだまする。

幻聴だとわかっていても、今のリリアーナには振り払うことさえできなかった。

「黒薔薇の祝福があれば、竜が飛来する前に言うこと聞かせて山に帰すこともできるわけじゃん」

「遠慮しないでバンバン使ってくれって感じだよな」

わかっている。

青年たちの言葉がナイフのように胸を抉《えぐ》るのは、リリアーナが花の聖女としての責務から目を背けているからだ。

花の聖女は、祝福を使って人々を助ける存在。

いくら王都では忌み嫌われている力だとしても、必要としている人がいるのならば、使わなくてはならない。

(この街で、使うべきなのに)

黒薔薇《きらわれもの》の聖女を優しく迎え入れてくれたシュタッヘルの人たちの顔が、気遣ってくれたノヴァの顔が、見守ってくれるハリーの顔が、浮かんでは黒く塗りつぶされていく。

（塗りつぶしているのは、わたし。彼らの好意を踏みにじっているのは、わたし）

ドロリとして粘着質でおぞましいものが、頭の中を支配していく。

恐怖から自分を守るように、リリアーナはギリ、と手の甲に爪を立てた。

こうして自らを傷つけるのは、久しぶりのことだった。

（わたしが悪い。全部、わたしが悪いの）

良くしてもらっておいて、お返しもできない。ないない尽くしの自分に、嫌気がさす。

プツ、と爪が皮膚を破る感触がする。

それでもリリアーナは、力を緩めることはできなかった。

自分を罰せずには、いられなかった。

「あの」

青年たちにとっては当たり前の主張を遮ったのは、美女だった。

春風を思わせる、あたたかいけれど少し強引な声で、彼女は言った。

「ちょっとよろしいでしょうか」

ニッコリと妖艶な、しかし有無を言わせない迫力のある笑みを浮かべる美女に、青年たちは顔を真っ赤にして首を縦に振る。

「わたくしの名前は、ノルマリス・ルテア。こう見えて、木香薔薇《もっこうばら》の聖女ですの」

言いながら、美女――ノルマリスは、青年たちとリリアーナを引き離すように間へ立った。

後ろ手に伸ばした手でリリアーナの手首を掴みながら、青年たちへは笑顔を向ける。

「聖女様でしたか！　なるほど、どうりでお美しいはずだ」

「ふふ、ありがとうございます」

リリアーナがどんなに腕をよじっても、ノルマリスは手を離してくれなかった。

それどころかますます強い力で、リリアーナの腕を握ってくる。

（痛い……もしかしてわたし、怒られている？　さっさと祝福を使えって、言われているのかしら）

ノルマリスは、リリアーナが黒薔薇の聖女だと知らないはずだ。

それなのにリリアーナがそんな風に思ってしまうのは、幼少期から痛みによってしつけられてきたからだろう。

痛くされることとリリアーナに問題があることは、彼女にとっては同義なのである。

「わたくしの祝福は、過去を読み、未来を予測する……つまり、占いなのです」

ノルマリスは証拠を見せるように、青年たちの前へ手を差し出した。

祈るように目を閉じると、彼女の手のひらに八重咲きの黄色い花が現れる。

ノルマリスは花のささやきを聞くように耳を近づけ……小さく頷いた。

「うん……ご安心ください。残りの竜も間もなく、住み処へ帰るでしょう。黒薔薇の聖女様のお手をわずらわせるほどではありませんわ」

何もないところに花を咲かせられるのは、花の聖女だけ。

紛れもなく木香薔薇の聖女である彼女の予言に、青年たちだけでなく周りの人々も、安堵の息を吐いた。

やがて、ノルマリスの予言通りに竜たちが引き上げると、歓喜の声が湧き起こった。

木香薔薇の聖女へかけられた賛辞に笑顔で応えながら、ノルマリスは周囲にはわからないよう、背後に庇《かば》ったリリアーナを見る。

ようやく諦めたのか、それともさらに凹《へこ》ませてしまったのか、リリアーナはされるがままに腕をだらんとさせてうつむいていた。

(これは……女神様が心配されるのも当然ですわね)

リリアーナは、弱すぎる。ノルマリスが出会ってきた花の聖女の中で、一番と言っていい。

花の聖女というものは、女神に選ばれた尊い存在。

それゆえに自己肯定感が高い傾向にあるのだが、リリアーナは逆のようだ。

弱すぎるがために、少しのミスで自分という存在を否定してしまう。

花の祝福が使えないのは、そのせいだろう。

新しい挑戦の機会を、「自分なんかができるわけない」と反射的に否定している。

(でも、このままではいけません……女神様は、それをお望みではないのですから)

手のひらの上の黄色い木香薔薇をやんわりと握りながら、ノルマリスは決意を固めるように目を閉じた。

それから数日後。

リリアーナは、黒薔薇の館にあるティールームでぼんやりとしていた。

思い返すのはあの人のこと——ノルマリス・ルテア。木香薔薇の聖女のことだ。

「またねって、言っていたような……」

リリアーナの記憶が確かならば、別れ際にそう言われたような気がする。

あまりの情けなさにズブズブと自己嫌悪に陥っていたので、曖昧なのだが。

あのあと、どうやっていばらの城まで帰ってきたのか、記憶があやふやだ。

数日経ってようやく落ち着きを取り戻したが、あの日のことを思い出すと、際限なく堕《お》ちていきそうで怖くなる。

黒薔薇の祝福を使うことに対する、恐怖。

聖女なのに何もできない無力感——いや、何もしないことに対する罪悪感とでも言おうか。

「だってわたし、聖女らしい活動は何一つやっていないものね」

花の聖女は、花の祝福によって人々を助けることが使命である。

とはいえ、リリアーナは黒薔薇の聖女。国からは一切期待されていないし、なんなら一生祝福を使わないまま、おとなしくしていてくれと思われているに決まっている。

戦時中ならまだしも、終戦からかなり経つ。周辺諸国との国交も順調な今、黒薔薇の祝福は争いの種になるだけなのだ。

やらないことこそ、みんなのためになる。

都合の良い大義名分を手に入れたリリアーナは、面倒なことは何もかもハリーに委ね、時にノヴァにも寄りかかりながらぬくぬくと自堕落な生活を送ってきた。

それもこれも、周囲の人々に恵まれたからできたこと。

未だ自分の能力である黒薔薇の祝福を受け入れられず、訓練すら放棄している状態はまずいと、竜や他の花の聖女を見てようやく、リリアーナは焦りを覚えたのだった。

「さすがにこれは、良くない……よね？」

ズクズクと、罪悪感に胸が痛む。

しかし、リリアーナは何から始めたら良いのかすら知らなかった。

花の聖女が花の祝福を使うために訓練が必要だということは知っていても、その内容までは誰も教えてくれなかったし、本にも書かれていなかった。

「きっと、意図的に教えなかったのよね。わたしが黒薔薇の祝福を使いこなしたら、困るから」

幸先《さいさき》の悪さに、気持ちがズンと落ち込む。

うつむいた拍子に、テーブルに置かれた小皿が目に入った。

一体いつから、そこにあったのだろう。

小皿の上にのせられたスミレの砂糖漬けに、リリアーナは泣きそうな顔で笑った。

「ハリー様……」

こんなことくらいで、へこたれている場合じゃない。

リリアーナは気持ちを切り替えるように、あるいは気合を入れるように、パンパンと頬を叩いた。

「大丈夫。わたしはもう、一人きりではないもの」

リリアーナはもう、家族に言われるがままに引きこもっていた、ないない尽くしの令嬢ではない。

令嬢らしく刺繍やレース編みができるようになったし、料理だって手伝えるようになった。そして何より——、

「わたしは自分が大嫌いだった。でも今は……」

好きか嫌いかと聞かれたら、厳密に言えば好きではないけれど、前よりは好きになってきたように思う。

「それはきっと、みんなのおかげ」

一番の功労者は、ハリーだろう。

彼がリリアーナを大切に扱ってくれるから、だからリリアーナは、上等で繊細なお菓子になったような気持ちになって、自分のことをぞんざいに扱えなくなった。

ハリーと出会ってから、自らを傷つけたのはあの日が初めてだ。

「自分を傷つけるのは、もう、あれきりにしよう」

胸に刻むように、手の甲の傷を見つめる。

その時ふと、リリアーナは気がついた。

リリアーナの腕を摑んでいた、ノルマリス。

あの時は澱《よど》んだ気持ちから「早く祈れ」と責め立てられているように思えてならなかったけれど、彼女はただ、リリアーナが自らを傷つけないように止めてくれていたのではないだろうか。

（木香薔薇の祝福も、わたしから目を逸らせるために……？）

そこまで考えるのは、さすがに自惚《うぬぼ》れが過ぎるだろうか。

だとしても、あの時ノルマリスが止めてくれなかったら、もっとひどい傷が手の甲に刻まれていたはずだ。

（もしもハリー様が見てしまったら、わたし以上に傷ついてしまうわ）

そう思うと、彼女には感謝しかない。

「……そうだ、ノルマリス様に相談してみるのはどうかな」

駄目でもともと。せっかく出会えた花の聖女なのだ、このチャンスを逃す手はない。

彼女はまだ、シュタッヘルにいるだろうか。

口ぶりからして、何度か来ているような様子だったが……。

「またねって、言っていたもの」

きっと、いるはず。

「探してみよう。そして、教えてもらおう。花の聖女のこと……！」

生気のなかったリリアーナの目に、やる気が満ちていった。

いざシュタッヘルの街へ！　とティールームを飛び出したリリアーナだったが、市場から帰ってきたハリーと廊下で鉢合わせた。

今日も今日とて女性たちに囲まれてきたのか、その姿は少しばかりくたびれている。

（ハリー様、お疲れさまです）

人混みが苦手な気持ちは、よくわかる。

リリアーナはねぎらいの気持ちを込めて、ハリーを笑顔で迎えた。

「おかえりなさい、ハリー様」

リリアーナの出迎えに、ハリーの表情がふわりと緩む。

冷たい冬の夜空を思わせる目が途端に甘く艶めいて、リリアーナはつい見入ってしまった。

何度見ても、同じように感動する。

それほどまでにハリーの目は美しく、リリアーナを夢中にさせるのだ。

「ただいま、リリアーナ」

穏やかな返答とともに伸びてきた手が、クシャクシャとリリアーナの頭を撫でる。

リリアーナはくすぐったそうに首をすくめながら、けれど嬉しそうに目を細めた。

「これからリンゴバターを作るのだが、手伝ってもらっても良いだろうか？」

しっかりと封がしてあるが、持っている紙袋の中にはリンゴが入っているのだろう。

漏れ香る甘い匂いに、リリアーナの小さな鼻がヒクッと動いた。

ノルマリスを探しに行くつもりで飛び出してきたが、ハリーが帰ってきたということは、間もなく日が落ちる時間なのだろう。

ハリーの申し出にリリアーナは一瞬迷ったけれど、すぐに思い直した。

「ええ、喜んで！」

パタパタと小走りにあとをついてくるリリアーナは、親ガモの後を追う子ガモのように愛らしい。

ハリーは歩くスピードをわざと落として、ゆっくりとその姿を楽しんだ。

キッチンへ着いた二人は、買ってきたものを整理すると早速、リンゴバター作りに取り掛かった。

リリアーナがリンゴを洗い、ハリーが皮を剝く。芯を取り除いたら、八等分にカット。薄くスライスしたリンゴは、塩水に浸《つ》けておく。

短くはないシュタッヘルでの生活の中、役割分担して作業することにも慣れてきた。

当初は包丁を握るだけでプルプル震えていたリリアーナは、今や立派に薄切りまでできるようになっている。

リリアーナの成長を感じるたび、ハリーは嬉しさと寂しさがない交ぜになって、複雑な気持ちになった。

いつか、一人で何もかもできるようになってしまうのだろうか。

そう思うと、教えたくないなと意地の悪い考えが浮かぶ。もっとも、頑張る彼女を支えたいと願う男としての矜持が、それを許さないのだが。

「リリアーナには、バターに混ぜるリンゴの甘露煮を作ってもらおう。まずは、鍋にバターを入れてくれ。溶けたらリンゴを入れて、バターが全体に絡まったら砂糖を加える。リンゴが透明になってしんなりするまで炒《いた》めたら、交代しよう」

「バターが絡まったら砂糖、リンゴが透明になるまで、ですね。わかりました」

おまかせください、とリリアーナは腕まくりをして答えた。

少しして、鍋に入れたバターがとろりと溶ける。水気を切ったリンゴを入れると、リリアーナは「いいにおい」と鼻をひくつかせながら、木ベラで鍋の中身をかき混ぜ始めた。

いつもだったら爆弾でも煮込んでいるような真剣さで鍋をにらんでいるリリアーナだが、今日は違うらしい。

言い出しにくいことでもあるのか、ちらちらとハリーをうかがいながら、注意力散漫に鍋をかき混ぜている。

隣でバターを刻むハリーの手が空くと、彼女はおずおずと声をかけてきた。

「ハリー様……あの、ですね」

「ん？」

「ちょっと、お伝えしたいことが、ありまして」

「ああ、なんだ？」

リリアーナの話なら、いつでもどこでも、なんなら就寝中に起こされたって喜んで応える所存だ。

どんとこいと大人の余裕を装いながら、ハリーは忠犬のごとくリリアーナの言葉を待った。

「実はわたし、黒薔薇の聖女のお役目をきちんと果たそうかな、と思っていまして」

「そんなに急がなくてもいいと思うのだが」

ハリーの即答に、リリアーナは怯んだようだった。

息を呑む音に、ハリーは早くも後悔する。

しかし、ハリーとしてはまだまだ甘やかし足りないくらいなのだ。

彼の予定では、あと半年くらいはじっくりと時間をかけて心と体を癒やし、聖女のお務めは春くらいから始めればいいと思っていたのだが……。

予定よりもかなり早い申し出に、どう答えたものかとハリーは戸惑う。

まだ早いと止めることも可能だが、せっかくのやる気を摘み取ってしまうのはいかがなものか。

甘やかしたい気持ちと彼女を尊重したい気持ちが、せめぎ合う。

「いえ、むしろ遅いくらいかと。そういうわけで、今更かもしれませんが、その……訓練を始めようと思うのです」

今更かもしれないという言葉の裏に、弱い自分を守ろうとしている気持ちが透けて見えるようだった。

それでも、これまでのリリアーナを鑑みれば、ずいぶんと成長したと思う。

「すばらしいことだな」

「いえ、すばらしくなんか……全然……」

リリアーナは、褒めると必ず顔が赤くなる。そして控えめに、そんなことはないと否定するのだ。

恥ずかしそうに顔を赤らめる彼女は、かわいい。

だからこそ、いつかハリーの褒め言葉を素直に受け止めて、とびきりの笑顔を返してもらえたらどんなに幸せだろうと、ハリーは思うのだ。

「でも、シュタッヘルの人たちが困っているところを見たら、今のままじゃいけないって思ったんです」

それは、数日前に降りてきた竜のことを言っているのだろうか。

あの日ハリーは新市街の市場にいて、竜を間近に見ることができた。

竜は他所で幾度か討伐したことがあるが、フランツェ山脈の竜ほど大きくはなかった。

あの巨体と戦うには骨が折れるだろうなと、苦々しく思ったものだ。

避難勧告が解除されていばらの城へ戻るとリリアーナがいたので、ハリーはすっかり安心していたのだが、彼女の気持ちには大きな変化があったようだ。

時期尚早だと思うことは変えられないけれど、リリアーナの願いは叶えてあげたい。

幸い、定期的に手紙のやりとりをしているルアネから、ある情報を入手していた。

国内を旅する木香薔薇の聖女が、近々シュタッヘルへ向かうようだ、と。

木香薔薇の聖女、ノルマリス・ルテア。

面識はないが、元・近衛騎士団第二小隊副隊長として、情報だけは頭に入っている。

黄薔薇の聖女を輩出する一族に生まれながら、黄薔薇ではなく木香薔薇を与えられた聖女。

長女でありながら黄薔薇を得られなかった彼女は、数年後に妹が黄薔薇を得たことをきっかけに、家を飛び出したようだ。

木香薔薇の祝福は占いによって発揮するということもあり、以来彼女は、国内を旅し続けている。

（注意事項に、絶対に実家へ行かせようとするなと書いてあったな）

木香薔薇は、異国固有の花だ。

花の国と呼ばれるブルームガルテンでも知る者は少なく、だからこそ、蔑ろにされたのだと聞く。

花言葉は、幼い頃の幸せな時間、あなたにふさわしい人。

過去を読み、未来の伴侶にふさわしい人物を見つけることが祝福の効果だったが、努力の末に、過去を読み、未来を視《み》る——予言を得るまでになったのだとか。

（きっと、彼女なら……）

リリアーナが抱えるものを、多少なりは理解できるのではないだろうか。

そして、リリアーナが行きたがっている道へ、案内してくれるのではないだろうか。

（本音としては、俺がなんとかしたかったのだが）

男のちっぽけなプライドなぞ、くそくらえである。

これはリリアーナのためだと言い聞かせながら、ハリーは言った。

「リリアーナ。実はな、ルアネ様からの手紙に、花の聖女がシュタッヘルへ向かっていると書いてあったのだ。了承してもらえるかまだわからないが、可能ならばその聖女に、訓練のアドバイスをもらうのはどうだろうか」

「あの……それってもしかして、木香薔薇の聖女様のことですか？」

まさかリリアーナが知っていると思わなかったハリーは、彼女の言葉におやと眉を上げた。

「……よくわかったな」

「えっと。つい先日、お会いしまして。実はさっき、ノルマリス様のことを探しに行くつもりだったんです。ハリー様が言うように、アドバイスをもらおうと思って」

「そうだったのか」

すでに会っていたことは予想外だったが、木香薔薇の祝福を思えば、起こるべくして起きた出会いなのだろう。

となると、リリアーナが助けを求めていることも知っていて然《しか》るべきか。

「探しに行くつもりだったということは、ノルマリス様が今どこにいるのかわからないということか？」

「ええ。でもまたねって言っていたので、なんとかなるかな、と……」

「なるほど。それで、ティールームから飛び出してきたわけか」

どうりでタイミングが良すぎると思ったわけである。

ヨレヨレの姿を取り繕う時間さえなくて、鉢合わせた瞬間はまるで浮気帰りのような後ろめたい気分を味わった。

そんなつもりなど毛頭ないが、どうにも勘ぐられているような気がしてならなかったのだ。

リリアーナにそのつもりはまったくなかったとわかって、ハリーは露骨に安堵した。

「良かった」

「え、良かった？」

「いや、わかったと言ったんだ。ノルマリス様なら、すぐに見つかるだろう。辺境に来るような花の聖女は、数えるほどもいない」

「そうですか！　それなら明日にでも、探しに行っていいですか？」

「ああ、俺も同行しよう」

表情をパッと明るくさせるリリアーナも、大変に愛らしい。

間近で目にできる至福の時間を、ハリーは今日も噛み締めた。

「納得したところで、もう一つ」

「もう一つ？」

「あれはかわいいから、やめた方がいい」

「あれとは……？　それに、かわいい……？」

リリアーナは本気でわからないらしく、首をかしげている。

かわいいなんてもう何度も伝えている言葉なのに、彼女はまだ慣れないらしい。

ハリーとしては、ぎこちない表情も愛らしくてたまらないのだが。

「褒められるとすぐに顔が赤くなって、否定するだろう」

つん、と頬を軽くつつくと、リリアーナはヒャッと声を上げた。

うっすらと赤くなっていた頬が、リンゴのように赤く染まる。

「赤くなるのはかわいいし、素直に褒め言葉を受け止められないのも初々しくてかわいい。かわいいが過ぎて困るから、褒め言葉を受け入れる練習が必要だと、俺は思う」

真面目な顔で、阿《あ》呆《ほう》なことを言っている自覚はある。

ハリーを知る人がこの場にいたら——リュディガーなら、腹を抱えてゲラゲラ笑っていたはずだ。

「かわいいなんて……そんなわけ……あ」

そういうこと、とハリーが訳知り顔で大きく頷く。

リリアーナはそれ以上何も言えず、恥ずかしそうにうつむいた。

（かわいいなんて言っているけれど、本当は謙遜も過ぎれば傲慢であると言いたいのよね？）

きっとハリーなりに、わかりやすく伝えているつもりなのだろう。恥ずかしいことになっているけれど。

しばらくクツクツと、リンゴを煮込む音だけが室内に響く。

甘くてやわらかい、平和な匂いがキッチンを満たしていた。

「ハリー様」

「ん？」

優しい香りに後押しされ、リリアーナはハリーへ手を差し出した。

「すぐには難しいですけれど……がんばるので、お付き合いお願いしますね」

握手を求めると、ハリーは嬉しそうに手を握り返してくれたのだった。

翌日。

リリアーナとハリーが探すまでもなく、ノルマリスの居場所はすぐにわかった。

彼女は広場の一角に小さな天幕を張り、そこで占いの店を始めていたのだ。

限りなく黒に近い紫色の天幕は、上品でありながらミステリアスな空気も醸している。

いかにも占いの店といった雰囲気が、わかりやすくていいなとリリアーナは思った。

開店初日とあって、広場にはズラリと長蛇の列ができている。

占いが目当ての人、珍しい花の聖女に会いに来た人、事情はさまざまだ。

漏れ聞こえてくる声を拾うに、恋占いが目的の人が多いようだ。いつもなら我先にとハリーを取り囲む女性たちだが、今日ばかりは自分の将来の方が気になるらしい。

「約束しているわけではないから、まずは並ぼう」

「はい、そうしましょう！」

二人が一緒にいても何も言われないのは、リリアーナが黒薔薇の聖女つきの侍女だと思われているからだ。

ハリーもノヴァもリリアーナも、誰も何も言っていない。

けれど、ハリーとよく一緒にいて、なおかつ、リリアーナの容姿が伝え聞く黒薔薇の聖女とかけ離れているため、それならば消去法で侍女なのだろう、という結論に落ち着いたらしい。

一応、それを逆手にとる形で、本日の二人は黒薔薇の聖女に仕える者風な出《い》で立《た》ちである。

（艶やかな黒髪に、抜けるように白い肌。少し影がある雰囲気がありながら、慈悲深さは他の聖女の追随を許さない……だっけ）

王都で語られている黒薔薇の魔女とは、かなり異なる。

一体どちらが本当の彼女たちだったのだろうと、リリアーナは不思議でならない。

考え事をしている間に、列の最後尾へ到着する。リリアーナはハリーとともに、列へ加わった。

「はい、では午前中の受け付けはここまでです。これ以降は休憩を挟んだあと、午後からの受け付けとなりますので、ご了承ください」

二人が並んだのを見計らったかのように、締め切られる。

タイミングの良さにリリアーナはすごい偶然だと喜んだが、もちろんそんなわけはない。

列を整理する見知った顔――数年ぶりに会った先輩騎士だ――へ、ハリーはこっそり目礼した。

見た目がずいぶん変わってしまったので気づかれないかもしれないと思ったが、杞憂《きゆう》だったようだ。すでに木香薔薇の聖女から話を聞いていたのか、彼も目礼を返してくれた。

「無事に並べて良かったですね、ハリー様。最後なら、ゆっくりお話しできます」

うきうきと目を輝かせるリリアーナに、ハリーは「ああ、そうだな」とまぶしいものを見るように目を細めた。

占いの店へ続く列は、順調に進んでいった。

天幕の中でどんなことをしているのか、外からは何もわからなかったが、出てきた人は嬉しそうだったり神妙だったり、あるいはサインをもらって大喜びしていたりと、短いながら有意義な時間を過ごしたようだ。

「次の方、どうぞ」

とうとう、リリアーナとハリーの順番が回ってきた。

十分すぎる待ち時間を経たせいか、妙に緊張する。

ドキドキとはやる胸を押さえながら、リリアーナは天幕の中へ足を踏み入れた。

天幕の中は、晴れ空が広がる外と違って黄昏《たそがれ》時のように暗かった。

スルスルと衣擦《きぬず》れのような音が聞こえて、背後にあった入り口が閉ざされる。

さらに暗さを増した室内で目を引くのは、キャンドルの淡い光に照らされたテーブルだ。

モザイク柄の青いキャンドルホルダー越しの光は、まるで風に揺れる湖面のようにゆらゆらと揺らめいている。

その時、すぅっと。リリアーナは既視感を抱いた。

初めて祝福を使った、あの夜——花の嵐と波紋音、そしてハリーを包み込んだ不可思議な現象が、目の前の景色と重なる。

「いらっしゃい。またお会いしましたわね、お嬢さん。いえ……黒薔薇の聖女様、とお呼びするべきかしら」

蠱惑的《こわくてき》な声に、リリアーナはハッと我に返った。

そして、天幕の一番奥でゆったりと椅子に腰かけている女性と、目を合わせる。

「ご存じだったんですね」

「もちろんですわ」

何もかも見通すような目で、ノルマリスはリリアーナを見つめた。

きっとリリアーナがここへ来ることも、今から何を聞こうとしているのかも、わかっているのだろう。彼女はそういう目を、している。

「リリアーナ様はどうぞ、こちらへお掛けください。申し訳ございませんが、エドランド様は外でお待ちいただけますか？」

「それは……」

不安そうに見上げてくるリリアーナに、ハリーは困ったように口を引き結んだ。

「エドランド様、お願いします」

しかし、ハリーがいる間は決して何も話さないと言わんばかりのノルマリスの態度に、彼はやれやれと肩をすくめ、「外で待っている」とリリアーナへ告げて天幕を出ていった。

ハリーの姿が見えなくなると、リリアーナは意を決した顔つきで、ノルマリスの正面にある椅子へ腰かけた。

リリアーナの強張った表情に、ノルマリスは苦笑いを浮かべる。

「さて。まずは、自己紹介をいたしましょうか。わたくしの名前は、ノルマリス・ルテア。あなたと同じく薔薇の聖女を輩出する一族の出ですが、木香薔薇なんていう珍しい花を女神様から賜ったものですから、家を飛び出し、現在はこうして旅をしながら聖女として活動しております」

ルテアという姓は、薔薇の聖女を輩出する家門にはない。

彼女は何でもないことのように「家を飛び出した」と言っているが、実家の姓を名乗らないということは、何らかの問題があるに違いなかった。

とはいえ、彼女の事情を気軽に聞けるわけもなく。

リリアーナはもう一つの疑問を、ノルマリスへ問いかけた。

「旅を、しながら？」

「ええ、そうです。花の聖女はそのほとんどが王都在住ですが、中にはわたくしのような者もおりますのよ。だから決して、あなたの境遇だけが特別というわけではないのです。それに……あちらからしたら追放だとしても、こちらでもそうとは限らなかったでしょう？」

王都にとどまる聖女は多いけれど、そればかりではないのだと、ノルマリスは言った。

ノルマリスのように旅する聖女もいれば、リリアーナのように辺境へ移り住む聖女もいる。

どことなく自分と同じ匂いを感じるせいだろうか。

ノルマリスの言葉は、涸《か》れた大地に染み込む水のように、リリアーナの中へスッと入ってきた。

もしもノルマリス以外の――たとえばサティーナが同じことを言ったのだとしたら、言葉通りに受け取ることなどできなかっただろう。むしろリリアーナがわがまま過ぎるのだと、責められているように聞こえたはずだ。

サティーナのことなんて思い出したくもないのに、ふとした拍子に思い出してしまう。
ツキツキとした痛みを逃すように、リリアーナは小さく息を吐いた。

「それでも……花の聖女なら誰もが教えられることを教えてもらえないのは、ひどいことだと思いますわ」

「誰もが、教えられること……？」

「ええ、そうですわ。花の聖女になって数年のうちは花の祝福が安定していない状態だとか、安定させるために必要な訓練のやり方とか、あなたは知らされていないでしょう？」

知らなくて当然だ。黒薔薇の祝福を安定して使えるようになったら、リリアーナが何をするのかわかったものではないのだから。

「ノルマリス様は、心配にならないのですか？　わたしが黒薔薇の祝福を使いこなせるようになって、悪いことをするようになったら……とは考えないのですか？」

「思わないわ。だってわたくしは、木香薔薇の聖女だから。過去のあなたを見てみても、未来のあなたを占ってみても、そんなことにはならないと自信を持って言えるもの」

ノルマリスはポンと一輪の木香薔薇を咲かせると、それをリリアーナの髪へ挿した。
そして艶然と、微笑んだ。

「あなたは、黒薔薇の魔女になんてならない。だから安心して、いつか必要とされるその日のために、訓練をしないと。それに……先日のような悔しい思いは、もうしたくないでしょう？」

言い当てられて、ドキリとした。

青年たちの声が耳の奥に蘇り、リリアーナの表情が苦くなる。

「大丈夫。まだ、時間はあるもの」

「まだ？」

「ええ。しばらくはシュタッヘルに滞在するつもりだから、力になれると思うわ。それで、肝心の訓練についてだけれど――」

花の祝福は、女神に祈りを捧げ、花を咲かせることによって発動する。

緊急時は即座に発動させなくてはならないこともあり――まさに先日見た竜の飛来などが良い例だろう――いかに早く花を咲かせられるかが重要となってくるらしい。

「ですから、ひよっこの花の聖女はまず、花を咲かせる練習をするのです」

ノルマリスの話に、リリアーナは表情を曇らせた。

彼女の言い分はわかる。確かに、先日のようなことがもう一度起こったらと考えると、スピード感は大事だ。

しかし、リリアーナは黒薔薇の聖女なのである。花を咲かせたら、リリアーナは誰かを思いのままに――おそらく、その時最も近くにいるであろうハリーやノヴァに影響を及ぼす可能性がとても高い。

「ノルマリス様。でも、黒薔薇を咲かせたら何が起こるかわかりませんよね？」

「ええ、願いを込めて祈れば何か起こるでしょうね。でも、願いを込めなければ……ただ花が咲いてほしいと願うぶんには、何も起こりません」

「黒薔薇を咲かせたいと、それだけを思えば大丈夫……ということですか？」

「そうです。それに、雑念程度の願いであれば、おまじないくらいの効力しか付与されませんから」

「考えてみれば、一度しか使えない花の祝福もあるわけですから……そうですよね」

リリアーナは、サティーナのことを思い浮かべた。

彼女が持つ紫薔薇の祝福は、たった一度の使用しか認められていない、希少な力だ。王位継承権がもっとも高い者――実質、次期国王である――にのみ、与えられる祝福。

王妃懐妊のうわさは、遠く離れたシュタッヘルでも聞くようになった。春になって、生まれた子が男の子だったら……サティーナが最も輝ける瞬間がやってくる。

その時、プライドの高い彼女がしくじることなどあり得ないし、となれば練習しないわけがない。

つまりは、そういうことなのだろう。

（まさか、こんなに簡単なことだったなんて）

呆気《あっけ》なさすぎて、脱力してしまう。

身構えていた分、その落差は激しくて。リリアーナは深いため息とともに椅子へ倒れ込んだ。


そのあとは近況報告や世間話をして、時間はあっという間に過ぎていった。

だいぶ話し込んでしまったと申し訳なく思うリリアーナに、ノルマリスは「むしろ足りないくらいですわ」と笑う。

「そろそろ薔薇が見頃になる時期でしょう？　もしよろしければ、いばらの城へ遊びにいってもよろしくて？」

ノルマリスの申し出に、リリアーナは一も二もなく頷いた。

「もちろんです。その時は、おいしいお茶とお菓子を用意して、待っていますね！」

リリアーナがはしゃいだ声で答えながら天幕を出ると、ハリーと鉢合わせた。

待ちくたびれた犬みたいに情けない顔をしたハリーが、リリアーナを認めた瞬間、パァッ！と生き返ったように表情を明るくさせる。

これほどまでにわかりやすい男がいるだろうか。

わかっていないリリアーナは逆にすごいと、ノルマリスは変に感心してしまった。

「ところで、エドランド様。少々、心に留めておいてもらいたいことがございます」

ノルマリスに声をかけられ、いそいそと帰ろうとしていたハリーは振り返った。

「……なんですか？」

「そう遠くない未来、竜と対峙《たいじ》することになるでしょう。どうか、リリアーナ様と二人で、乗り越えてくださいませ」

ノルマリスの不穏な予言に、ハリーは息を止めた。

しかしリリアーナと二人で乗り越えられるものなのだと知ると、安堵するように息を吐きながら「わかりました」と答えたのだった。

第六章　祝福の特訓

翌日は雨だった。

しとしとと秋の雨が降る中、黒薔薇の館を出たリリアーナは、隣に建つ礼拝堂へと向かう。

リリアーナは早速、ノルマリスから教えてもらった花を咲かせる練習を始めるつもりだった。

(ないない尽くしの令嬢と言われているほどだもの。早く始めるに越したことはないわ)

練習場所を礼拝堂にしたのは、そこが祈りの場所だから。

本音は、おまじない程度のささやかな力がどれほどの不幸を招くか不安だったから、だけれど。

「晩ごはんのリクエストを聞き入れてもらいやすくなるとか、市場でささやかな値引きに成功するとか、そういう類いのものだったら良いけれど……」

何を思い浮かべるかわからない以上、迂闊な行動は慎みたい。

だからリリアーナは、礼拝堂にこもって一人で練習に励むつもりでここへ来たのだ。

「よし、がんばろう」

ハリーから預かった鍵で扉を開けると、真っ白な空間が目に入ってくる。

シンプルな白壁と、真っ白なタイルが張られた床。一番奥には女神の像があって、扉から像に向かってまっすぐに通路が伸びている。

「こぢんまりとしているけれど、清廉で美しいところね」

リリアーナはゆっくりと、一歩一歩踏みしめるように女神の像へ向かって歩いていった。

中央の通路を照らすように設置された窓を、雨が叩いている。

足音と雨音。それ以外は何も聞こえず、世界から切り離されたような錯覚さえ抱く。

「落ち着く……」

黒薔薇の館にはあたたかみのある居心地よさがあるが、礼拝堂にはスッキリとした心地よさがある。冷たい水で顔を洗ったあとのような、さわやかな気分だ。

通路を進んで女神の像の前まで進んだリリアーナは早速、膝をついて祈りのポーズを取った。

そのまま始めるのかと思いきや、思い出したように組んだ手を解いて、手のひらを上にしてかざす。その姿はまるで、女神の像に捧げ物をするかのようだ。

「花の女神、ローゼリア様……」

リリアーナはそっと目を閉じると、薔薇を咲かせたいと願った。

雨の降る音に混じって、かすかに風の吹く音が耳に届く。

やわらかな風がリリアーナの髪を揺らしたかと思うと、手のひらにかすかな重みを感じた。

恐る恐るまぶたを上げてみると、差し出した手のひらの上に見事な黒薔薇が一輪ある。

「咲いた……！」

黒薔薇が咲いて嬉しいと思ったのは、これが二度目だった。

感極まったリリアーナは、愛《いと》おしげに薔薇へ口づけを落とす。

甘い香りを胸いっぱいに吸い込むと、黒薔薇に応援されているような気がした。

「よし、この調子でがんばってみよう！」

かつてないほどやる気に満ちあふれたリリアーナは、何度も何度も繰り返し花を咲かせた。

薔薇が増えるほど、礼拝堂の中に芳醇《ほうじゅん》で甘い香りが満ちていく。

「すごい……全部、成功してる……！」

むせ返るような薔薇の香りの中、リリアーナは目をきらめかせた。

リリアーナが祈れば祈った分だけ、黒薔薇は咲く。失敗なんて、知らないみたいに。

ないない尽くしの令嬢なんて言われていたリリアーナだけれど、得意なこともあったらしい。

「順調すぎて、怖いくらい」

これがふつうなのだろうか？

それとも、今日はたまたま調子がいい日なのか。

「なんだか機嫌を取られているような気がしないでもない……けれど」

誰に、と問われても困るのだが、どうにもそんな気がしてならない。

むずかるように、リリアーナは眉をひそめた。

「まさか女神様が、わたしなんかの機嫌を気にするわけがないだろうし……」

問いかけるように女神の像を見上げたが、慈愛に満ちた顔で微笑んでいるだけだ。

顔を見上げたついでに周囲を見回すと、リリアーナの周りにはいくつもの黒薔薇が点々と落ちていた。

白い床に黒の薔薇。

光の加減のせいだろうか。リリアーナの目には、漆黒というより青みがかった黒色に見えなくもない。

もちろんそんなことはないとわかっているけれど、より一層綺麗に咲いた薔薇に、リリアーナは気分が良くなった。

「よし。もうちょっと、がんばろう」

リリアーナは両手に拳を握って、フンス！　と気合を入れた。

「……ふぅ。今日はこれくらいにしておこうかな」

どれくらい集中していたのだろう。気づけば、周りは黒薔薇だらけになっていた。

リリアーナを囲むように、黒薔薇のシックな絨毯ができあがっている。

ブルームガルテン国で黒薔薇は嫌われものだけれど、リリアーナはやはり綺麗だと思った。

（そう思うのは、わたしが黒薔薇の聖女だからなのかな）

「それでもいい。綺麗なものは、綺麗だもの」

聖女の儀で見た時は、あんなにも取り乱していたのに。

今は素直に、綺麗だと認められる。

「これならきっと、大丈夫」

今はまだ、抵抗がないとは言えないけれど。

（黒薔薇の聖女も、黒薔薇の祝福も、受け入れられる日がくるはず！）

そう思った瞬間、ふっとハリーの顔が浮かんだ。

「そうね、きっとハリー様のおかげだわ」

ハリーの笑顔を思い出すと、リリアーナも自然と笑顔になれる。

リリアーナは無性にハリーに会いたくなってきて、急《せ》かされるように立ち上がった。

「行かなくちゃ。ハリー様のところへ」

薔薇を踏まないように立ち上がった瞬間、クラリとめまいを感じる。

リリアーナはとっさに、その場へしゃがみ込んだ。

「祝福の練習は、思っていたよりも体に負担がかかるみたい」

目を閉じると、チカチカと星がまたたいているようだ。

ぼんやりと座り込みながら、リリアーナは苦笑いする。

「なるほど。だから、練習が必要なわけね。次回からはもう少し、気をつけて練習しないと」

しばらくおとなしくしていると、不明瞭な視界が晴れていく。

生まれたての子鹿のようにそろりと立ち上がったリリアーナは、今度は大丈夫そうで安心した。

「良かった、大事にならなくて。こんなところで倒れてしまったら、もう二度と一人で練習させてもらえないもの」

甘えてくれと言うだけあって、ハリーは過保護だ。

リリアーナがこんなことで？　と思うようなことにも反応してしまう。

倒れかけたことを知られたら、リリアーナが来ないでと釘を刺したって、見に来るだろう。

そうやって安易に想像できてしまうくらいには、ハリーのことがわかるようになってきた。

「さて、そろそろ帰り支度を始めないと。本当に心配されてしまうわ」

ハリーから、訓練で咲かせた花はすべて持ち帰るように言われている。

そのためのカゴも渡されていたから、リリアーナは少し離れた場所へ置いていたそれをひょいと手に取った。

「何かに使うのかしら。それとも、ノルマリス様から何か言われているとか？」

帰り際、二人が二言三言交わしているところを見た。

何を話していたのかまでは聞こえなかったけれど、終始穏やかに話していたので特に気にしていなかったのだ。

「見た目はふつうなのだけれど」

拾い上げた黒薔薇を見つめ、リリアーナは首をかしげる。

至ってふつうの薔薇だ。濃淡はあれど、どれも黒い。キラキラしていたり、光を帯びていたりすれば、特別感があったのかもしれないけれど。

「ハリー様の時は、こういうお花の形ではなくて、花吹雪だったよね……」

夜空に浮かぶ月を背景に舞う、たくさんの花びら。

あれほど幻想的な風景を見たのは、生まれて初めてだった。

「特別な祈りを込めて花の祝福を使うと、花吹雪になるのかしら」

ノルマリスが木香薔薇の祝福を使うところを見たが、花吹雪は起きていなかった。

となると、やはりあの夜が特別だったのだということになる。

「今度、ノルマリス様に聞いてみようかな」

自分以外の聖女の話なんて、想像するだけでワクワクしてしまう。

落ちている薔薇を一つ一つ拾い上げ、カゴの中へ放り込む。単純作業を繰り返していくうちに、リリアーナの思考は黒薔薇の活用法についてに移っていった。

「これから毎日練習するとして、この量の薔薇が毎日咲くわけよね。となると……」

燃やしてしまえば、悪用されることはない。

しかしそれは、せっかく咲いてくれた黒薔薇に失礼な気がするのだ。

「せっかく咲いたのに誰にも愛《め》でてもらえないなんて……」

そんなこと、悲しすぎる。

家族の誰からも相手にされていなかったリリアーナは、かつての自分を重ねて悲しい気持ちになった。

花の国と呼ばれるブルームガルテンで、唯一の例外。嫌われもの。

黒薔薇を好いてくれるところを、リリアーナは一つしか知らない。

（黒薔薇の聖女の追放先、シュタッヘルだけ）

その時ハッと、リリアーナは閃《ひらめ》いた。

「シュタッヘルの人たちなら、喜んでもらってくれるはずだわ」

黒薔薇なら、竜も興味を引かれたりしないだろう。

黒薔薇でも、薔薇は薔薇。華やかさも香り高さも、ちゃんとある。

「レースやリボンを合わせて、コサージュにするのはどうかな」

作り方なら、デラニーから教えてもらったから知っている。

ハリーはリリアーナの服を手作りするほど手先が器用だから、相談してみるのもありだろう。

「黒薔薇でコサージュを作ってみたいと言ったら、ハリー様はどんな反応をするだろう？」

リリアーナに甘い彼のことだ。きっと応援してくれるに決まっているけれど、どうやら彼は彼でやりたいことがあるようなので――そうでなければ、黒薔薇を持ち帰るようリリアーナに言うわけがないし――互いにうまくいけばいいなとリリアーナは思った。

床に散らばった黒薔薇をすべて拾うと、こんもりと山になるくらい集まった。

ずっしりと重たいカゴはリリアーナの腕には手に余るもので、自然と足取りがあやしくなる。

「これは……ハリー様を呼んだ方が良いのでは？」

重さに耐えきれず、リリアーナの体がふらりと傾いだ、その時だった。

「リリアーナッ」

ふわりと、体が浮く。

気づくとリリアーナは、しっかりとした腕に抱き上げられていた。

「あら」

リリアーナは不思議そうにまばたきをして、それから斜め上にある顔を見上げた。

「ハリー様」

普段は一分の隙も見当たらない彼だが、今は焦りが見てとれた。

上下する胸に、心配でたまらないというような不安でいっぱいの目。

（この人は、どれほど優しいのかしら）

きっとリリアーナが転ばないように、急いで駆けつけてくれたのだろう。

乱れた彼の前髪を指先で直しながら、リリアーナは嬉しくてつい笑ってしまった。

（心配をかけてしまったのに嬉しいだなんて……ハリー様に失礼かな？）

でも、嬉しくて仕方がない。申し訳なさよりも嬉しさが先立って、表情が緩む。

そんな彼女にハリーは、脱力したように深いため息を吐いた。

「リリアーナ」

何か注意するつもりなのだろう。けれど、気を取り直して無理やりに作った怖い顔は、リリアーナを嬉しくさせるだけだ。

「はい、何でしょう？」

怒られることすら嬉しそうにしているリリアーナに、ハリーは怯む。

安心しきって体を預けるリリアーナは愛らしく、このまま連れ去って部屋にしまい込んでしまいたい衝動に駆られた。

しかし、実行に移せば騎士の名折れ。

騎士団を辞した身とはいえ、気持ちの上ではリリアーナの騎士であるハリーは、自制するように眉間の皺を深くした。

「こういう時は、無理をせず俺を呼べ。倒れるかと思って焦った」

「ごめんなさい。呼ぼうと思ったんですけれど……ハリー様が助けに来る方が早かったみたいです」

エヘへ、と無邪気に笑うリリアーナ。

そんな彼女に毒気を抜かれたのか、ハリーは「仕方がないな」と曖昧に笑い返した。

「では心配させた罰として、このまま黒薔薇の館へ帰るとしよう」

意地悪そうに細められた目が、リリアーナを見つめる。

慌てふためくリリアーナをしっかりと抱え、ハリーは悪そうな顔で上機嫌に笑うのだった。


ハリーお手製のおいしい昼食を食べたあと、リリアーナは早速、黒薔薇の活用について話してみることにした。

「ハリー様。ご相談したいことがあります」

「相談？」

「はい」

ちらり、とリリアーナの視線がキッチンへと向かう。

隅に置かれた大きなカゴの中は、黒薔薇がこんもりと山になっている。

リリアーナの視線につられるように、ハリーもカゴを見た。

背もたれに置いたハリーの腕や首筋が妙に色っぽくて、リリアーナの目はつい、釘付けになる。

「黒薔薇についての相談か？」

正面に戻ってきたハリーが、不思議そうに尋ねた。

まっすぐに向けられる視線は今し方の恥ずかしい思考を見透かしそうで、リリアーナは直視できずに目を逸らす。

ハリーに対して安心感を抱いているのは確かだ。それは、間違いない。

だけれど、ごくたまに、こうして落ち着かない気持ちになる時もある。

(何かを隠しているような後ろめたさを感じるのはどうして？　隠し事なんて、していないのに)

幸か不幸か、リリアーナが言い淀むのはよくあることだった。

どうやらハリーは気にならなかったようで、リリアーナが答えるのをじっと待ってくれる。

気づかれなかったことに内心ホッとしながら、リリアーナは静かに息を整えた。

「黒薔薇のこと、なのですが。ハリー様は黒薔薇をすべて持ち帰るよう言っていましたが、何か使う予定があるのでしょうか？　もしも何かに使う予定があるのでしたら、少しだけ、分けてもらいたいのです」

「少しだけ？　何をするつもりなんだ？」

「はい……コサージュを、作ってみたくて。ハリー様から教わったレース編みでリボンを作って、黒薔薇と合わせたらすてきかな、と思ったんです。シュタッヘルでは限られた色しか使えないけれど、それでも黒薔薇ならつけられるでしょう？」

リリアーナの言葉にハリーは「ふむ」と思案して、それからはにかんだように笑った。

「黒薔薇のコサージュか。華やかで、良いと思う。俺に構わず、好きなだけ使うといい」

整いすぎた容貌は時に冷たく見えるけれど、無邪気に笑う彼は自分よりも年下のように見える。

いつもの余裕のある大人な彼もすてきだけれど、たまに見せる子どもっぽさも親近感を持てて良いとリリアーナは思った。

「ありがとうございます。でも……ハリー様も何かやりたかったことがあるのでは？」

あっさりと同意を得られたことから、どうやら処分するために持ってくるよう言ったわけではなさそうである。となれば、ハリーも何かに使おうとしていたのだろう。

そう思ってのリリアーナの質問に、ハリーはケロリと答えた。

「俺か？　いや、大丈夫だ。なんなら、すべて使ってもらって構わない。もし良ければ、俺にも教えてもらえないだろうか？」

面白そうだ、とハリーは笑った。

けれど、本当に大丈夫なのだろうか？

不安に思ったリリアーナが再度大丈夫なのか聞くと、彼は「実はサプライズをしたかった」と秘密を明かしてくれた。

「ルアネ様から花びらを乾燥させる方法を教えていただいたから、試してみようと思ったんだ」

「ドライフラワーに……？」

「ああ。紅茶とブレンドさせてもいいし、香り袋に使うのもいいな」

「香り袋……！」

その時再び、リリアーナは閃いた。

「あの、ハリー様！」

リリアーナはテーブルへ身を乗り出し、ハリーへ顔を寄せた。

思いついたすてきな考えに、目がキラキラと輝いている。

頬を赤らめうめき声を漏らすハリーに構わず、彼女は言った。

「黒薔薇を使って、エッセンシャルオイルとローズウォーターを作ることは、可能でしょうか？」

「そうだな……おそらく、可能だと思う」

「本当ですか!?」

「ああ。この館の片付けをしている際、使えそうな道具を見つけた。少し手を加えれば、すぐにでも使えるはずだ」

とはいえ、エッセンシャルオイルを一滴作るのに薔薇が五十本は必要だそうで、小瓶一つ分作るにしても量が足りなさすぎる。

聖女が咲かせた花は、特別な方法をとらない限り枯れない。相談した結果、しばらくはコサージュ作りに専念しながら、地道にコツコツためていくことになったのだった。


「――というわけで。今日はコサージュを作りましょう！」

吹く風もさわやかな秋晴れの日の昼下がり。

リリアーナとハリーは、ダイニングルームにいた。

すっかり準備を整えたところで、リリアーナは朗らかに宣言する。といっても、室内にはリリアーナとハリーしかいないのだが。

「よろしくお願いしますね、リリ先生」

「ひゃいっ」

冗談めかしてとはいえ初めて愛称で呼ばれて、思わず声が裏返る。

恥ずかしさに頬を真っ赤に染めていると、ハリーが「かわいいなぁ」とつぶやいた。

辛抱たまらないといった顔でリリアーナの頭をクシャリと撫でて、乱れた髪を撫で付けながら離れていく。

「ハリー様！」

締まりのない顔でヘラリと笑うハリーに、リリアーナは「もう！」と顔を背けた。

（おかしいわ。どうしてこんなにモヤモヤするのかしら）

こそばゆいような、それでいて腹立たしいような。

よくわからないが、心の片隅で何かが「それじゃない」と叫んでいるような気がする。

「リリアーナ？」

「……え？　ああ、はい。それでは、始めますね」

リリアーナは不可思議な気持ちを突き詰めて考えたかったが、ハリーの声に慌てて、薔薇を手に取った。

初めに案内するのは、黒薔薇のコサージュ作りに欠かせないものだ。

黒薔薇、葉っぱ類《グリーン》、ハサミ、ワイヤー、テープ、リボンにコットン、それからコサージュピン。ハサミは園芸用と手芸用の二種類を用意した。

ダイニングテーブルの上には、たくさんの黒薔薇と作りためたレースのリボン、そして手芸道具が置いてある。

リリアーナが手に取った薔薇は、日の光を浴びているせいかやや青みがかって見えた。

黒薔薇の館に置いてあった日記によれば、先代の黒薔薇の聖女は赤っぽい黒薔薇を咲かせていたらしい。

彼女は赤薔薇の一族出身だったそうだから、リリアーナの薔薇が青っぽいのは紫薔薇の一族としての血がそうさせるのかもしれない。

いっそのこと青だったら、どんなに良かったか。

以前だったらそう思っていただろうけれど、今は思わない。もしも青薔薇だったら、今の生活はなかったはずだから。

「はじめに、パーツを作っていきます。まずは、植物の根本の茎にワイヤーを横から差してください。薔薇の場合は、花首を短く、花の下あたりに差してくださいね。差したらクイッと曲げて、ワイヤーと一緒にコットンを巻いてから水で濡らします」

「リリアーナ、黒薔薇はワイヤーのみで良いだろうか」

「はい。この黒薔薇は枯れないので、コットンは不要です。最後にワイヤーの上からテープを巻いたら、パーツの完成です」

ハリーは大きな手をしているが、初めてとは思えない器用さでスルスルとパーツを作っていった。刺繍やレース編みを教えてもらっているからわかってはいたものの、売り物と遜色ない出来栄えに、思わず感嘆の息が漏れる。

「次はどうするんだ？」

「それぞれのパーツを組み立てていきます。まず、薔薇のパーツを九十度に折り曲げて……この時、折り曲げた長さができあがった時のコサージュの高さになるので、注意してくださいね。あとは他のグリーンを薔薇に添わせるように、折り曲げたところを起点にして周りに入れていきます」

「ふむ。こう、だろうか？」

ハリーの手の内で、あっという間に小さな花束ができあがる。

黒薔薇に銀色の葉を合わせた花束は、白いレースのリボンがよく合いそうだった。

「すごい……すてきですね！」

「パールのビーズを合わせてもいいかもしれないな」

「なるほど。勉強になります！」

できあがった花束をワイヤーで巻き留めたら、テープでワイヤーを隠す。

ワイヤリングした花の足元を綺麗に切り揃えて、レースのリボンをつけたら黒薔薇のコサージュの完成だ。

できあがった二つのコサージュを並べてみると、作り手の個性がにじみ出ていた。

ハリーのコサージュは華やかで、リリアーナのコサージュはシンプルで素朴。

それぞれに魅力があって、使い勝手が良さそうだ。

二つのコサージュを手に取って、リリアーナは「ふふ」と嬉しそうに笑い声を漏らした。

「綺麗だ」

「ええ、とっても！」

ハリーはリリアーナの嬉しそうな表情に対して言ったのだが、リリアーナはコサージュの感想だと思ったようだ。

気づかれたらそっぽを向かれそうなので――リリアーナにプイッとされたら、かわいいのか悲しいのかわからなくなりそうだ――これでいいはずなのに、ハリーは残念でならない。

余裕のなさが表情に出てしまいそうで、ハリーは立ち上がった。

「せっかくだ、パールのビーズを取ってくる」

「はい、いってらっしゃいませ」

安心しきった顔で手を振るリリアーナに、こちらの気持ちも知らないでと思わないでもない。

だけれど、ようやくここまで気を許してくれるようになったのだと思うと、感無量なハリーであった。

それから二人は、毎日コツコツとコサージュを作っていった。

完成したコサージュは、作ったそばからお世話になっている人たちへ配った。

最初にプレゼントさせてもらったノヴァが各方面へ宣伝して――熱心に見せびらかしたとも言う――くれたおかげで、今や予約しないと手に入らないくらいの人気ぶりである。

秋はすっかり深まり、黒薔薇の館を囲む蔓薔薇《つるばら》は見事な花を咲かせていた。

庭でのんびりと花を愛でながら紅茶を飲みたい気分ではあるが、コサージュを楽しみに待ってくれている人たちのことを思うと、少しでも早く届けたいと思う。

せっかく館へ遊びに来てくれたノルマリスに悪いと思いながらも、リリアーナはコサージュを作る手を止められなかった。

「まさか、こんなに人気が出るなんて……」

嬉しい悲鳴だ。

ないない尽くしの令嬢と呼ばれていたリリアーナが作ったコサージュが大流行するなんて、きっと誰も予想できなかったに違いない。

「ふふっ。わたくしは、予想通りでしたけれど」

そう言うノルマリスの胸には、リリアーナお手製の黒薔薇のコサージュがついている。

小ぶりな薔薇を寄せ集めて作ったコサージュは、ノルマリスの旅路が良きものになるようにと、健康祈願を込めて作った。

「ノルマリス様の祝福、万能すぎやしませんか？」

嬉しさをにじませながらも、困り顔のリリアーナ。

彼女の肩を、ノルマリスはねぎらうようにヨシヨシと撫でた。

「ノルマリス様。わたし、改めて思ったんです。シュタッヘルの人たちの黒薔薇好きは、筋金入りなんだなって」

リリアーナは今ではすっかり、【黒薔薇の聖女様のところの侍女】として有名になっている。外を歩けばすぐに呼び止められ、「聖女様によろしくな」と陽気に声をかけられる。時には、差し入れをもらうこともあった。

ここまで周知されるともはや聖女本人であると言い出しにくく、このまま侍女として生きていこうかなぁなんて考えがよぎるほどだ。

(黒薔薇の聖女をより身近に感じてもらえるように、コサージュやエッセンシャルオイル、ローズオイルを取り扱う店を出すのはどうかしら)

とはいえ、コサージュがあまりに人気過ぎて、エッセンシャルオイルやローズオイルを試作する暇がない。

王都にいた頃、部屋にこもっていた時はあり余っていた時間が今はないに等しく、嬉しいやら困るやらだ。

「それももちろんあるけれど……それだけではないのよ」

「そうなんですか？」

「聞いたことはない？　街でうわさになっていますわよ。黒薔薇の聖女様のコサージュを身につけていると、ちょっと良いことがあるって」

コサージュを作る手を止めて、リリアーナはノルマリスを見た。

その顔には、「なにそれ?」と書いてあるようである。

ようやく視線を合わせてもらえたノルマリスは、嬉しそうに目を細めた。

「わたくしが知る限りで言えば、チャールストンさんは長年拗らせていた初恋にピリオドを打ちましたし、アイスバーグさんは嫌いな食べ物を一週間食べずに済んだそうです。コイン収集が趣味のイントリーグさんは道端で珍しいコインを拾いましたし、ロージーさんは二週間連続で髪のセットがうまくいっていて、エリナさんはニコールさんと前より少しだけ仲良くなれたらしいですわ」

指折り数えて語るノルマリスの話を、リリアーナは半信半疑で聞いていた。

チャールストンの恋が成就したのかどうか気になるところだが、他はまぁまぁ良さそうな話ではある。それらすべてが、コサージュのおかげなのかは怪しいところだけれど。

(というか、ほとんどノルマリス様のおかげなのでは?)

特にチャールストンとエリナの件は、ノルマリスの祝福や助言によるもののような気がしてならないリリアーナである。

「ノルマリス様は? 何か良いこと、ありましたか?」

「わたくし?」

ノルマリスは頬に手を当てて小首をかしげながら、うーんとうなった。

真っ青な空を見上げ、「そうねぇ」とぼんやりつぶやく。

「あえて挙げるなら、前より早寝早起きが身についたことかしら」

子どものような答えに、リリアーナはフフッと笑った。

魅力的なノルマリスのあどけない笑みは、みんなを笑顔にする。

「よく眠れているのなら、良かったです」

元気そうで何よりだが、リリアーナの疑惑を晴らすには至らない。

練習のための花とは違い、ノルマリスへ贈る花は彼女の健康を祈って咲かせただけに、効果の薄さが気になる。

余談だが、願いを込めて祈っても、あの夜のように花吹雪は起きなかった。

あれはやはり夢だったか、あるいは何らかの奇跡が起きていたとしか考えられない。

(願い事をしなければただ花が咲くだけってノルマリス様は言っていたけれど……願い事をしてもこの程度なら、わたしの祝福って大したことがないのかも)

ハリーへ贈った黒薔薇の祝福は、偶然が重なっただけだったのではないか。

この世のものとは思えないあの夜は、幻想的すぎるがゆえに、夢だったのではないかとリリアーナは思ってしまうのだ。

(ううん。わたしだから、大したことがないのかもしれないわ)

何より心配なのは、歴代の黒薔薇の聖女たちが御していたという竜の存在だ。

黒薔薇の館にあった日記を見るに、彼女たちは黒薔薇の祝福によって竜の行動を制御していたそうだが、リリアーナの力が及ばなかった場合、シュタッヘルにどんな危機が訪れるのか。

初めて竜を見たあの日のことを思い出して、リリアーナはぶるりと震えた。

あれ以来何も起きていないけれど、だからこそ何かが起こりそうで怖い。

今が穏やかであればこそ、手痛いしっぺ返しがくるのではないかと、リリアーナは不安になってしまうのだ。

「ノルマリス様は、竜について何か知っていますか？」

「竜ですか？　いろいろ知っていますが……そうですねぇ……見た目はそのまま、羽が生えた二足歩行の巨大なトカゲと言ったところでしょうか。フランツェ山脈には数種類の竜が生息していまして、シュタッヘルへ飛んで来るものは黒い竜が多いです」

黒以外だと、赤、青、黄色、緑、あるいは混色も存在しているらしい。

竜たちが稀に落とす鱗《うろこ》は魔法石と似た効果を持つが、魔法石よりはるかに燃費が良いそうで、高値で取り引きされるのだとか。

「黒い竜は毒の息を吐くので、竜の中でもとりわけ危険だと言われています」

ノルマリスは軽い調子で話しているが、リリアーナはちっとも安心できなかった。

頭の中ではぐるぐると、毒の息を吐く竜が旋回している。

「大丈夫ですか、リリアーナ？　顔色が悪いですわ」

「だって、毒だなんて。わたし……心配になります」

「そんな顔をしないで。大丈夫、あなたは着実に聖女として成長しているわ」

青ざめたリリアーナを元気づけようと、ノルマリスのたおやかな手が彼女の手を握る。

安心させようとしているはずのそのしぐさは、しかしリリアーナを不安にさせるだけだった。

「でも、わたしはないない尽くしの令嬢と呼ばれていて……黒薔薇を咲かせることはできるけれど、何でもできるわけではありません。いざ竜を前にしたら、怖くて、立ち向かえないかもしれない」

「そういう時のために、新市街やいばらの城は武装しているわけでしょう？　避難訓練も定期的にやっているようですし。リリアーナは一人で抱え込み過ぎですわ。もっと周りを頼りなさい」

「そうでしょうか……」

黒薔薇の祝福も満足に使えないのに、竜を抑えることなんてできるのだろうか。

のんきにコサージュを作っている場合ではないかもしれないと、リリアーナは作りかけのコサージュをにらむようにじっと見つめた。

「ところで……あなたのその憂いの表情は、竜のせいだけなのかしら？」

「え……？」

「身近な人のことで、気になっていることがあるのではない？」

ノルマリスにじっと見つめられたリリアーナは、ソワソワと視線を彷徨わせた。

目が合ったら、奥の奥まで見透かされてしまいそうで。もしも暴かれてしまったらと思うと、気が気ではない。

もっとも、木香薔薇の祝福を以《もっ》てすれば、リリアーナの抵抗なんて無駄なのだけれど。

ノルマリスの言うとおり、リリアーナの心配の種は竜のことだけではなかった。

以前から続く、ハリーへ向けられる熱い視線。

(ノルマリス様の占いで、一時的に落ち着いていたけれど……)

ハリーはリリアーナに何も言わなかったけれど、コサージュの予約を口実にして強引に迫る女性が増え、対応に困っているようだ。

彼を心配に思う反面、困っていると知って安心する自分に気がついてしまって。そんな自分自身に、リリアーナは困惑していた。

ノルマリスに相談してみようかと、考えをまとめようとしたこともあった。

だけれど、いざ言葉にしてみると、まるでハリーを異性として意識しているみたいに聞こえてしまいそうで、かといって「そんなつもりはない」と前置きをしたらますますそれっぽく聞こえてしまいそうだったから、この件はしばらく保留にすることにしたのだ。リリアーナの、心の安寧のために。

「そんなこと、ない……ですよ？」

リリアーナのぎこちない誤魔化しに、ノルマリスは吹き出しそうになった。

今時、こんな鎌かけに引っかかる人がいるなんて。

(こうも素直ですと、エドランド様は大変でしょうね)

毎日、毎時間、悶絶必至である。

そのくせ、リリアーナは超がつくほど鈍い。

ハリーの周囲に群がる有象無象の女性たちに対して密かに嫉妬しているのは、彼女の目を見れば明らかだ。

普段はおっとりとしている丸い目が悲しい色に染まっているのを、ノルマリスは何度も見た。そういう時は決まって、視線の先にハリーがいるのだ。

（嫉妬して、怒るより悲しくなってしまうところが、彼女らしいですわ）

いつか、リリアーナが自分の気持ちに気がつく日がくるのだろうか。

かたい蕾が花開くような、その瞬間に立ち会えたらどんなにすてきだろう。

（でも、それはきっと……エドランド様だけの特権なのでしょうね）

そうであってほしいと、ノルマリスは静かに希《こいねが》うのだった。

特訓を始めた、翌月のことだった。

その日も午後からせっせとコサージュ作りに勤《いそ》しんでいたリリアーナは、朝から落ち着かない様子でソワソワし続けているハリーのことが気になって仕方がなかった。

今は窓際へ寄せた作業机の前で肩を並べ、コサージュ作りをしている。

普段よりも幾分か作業ペースが遅れているハリーに、リリアーナは唇を引き結んだ。

（もしかして、わたしの態度がおかしいことに気づいてしまった……？）

ノルマリスに指摘されて以降、今まで以上にハリーを目で追うようになってしまった自覚はある。

他にも無意識のうちに何かやらかしている可能性は十分あり、久しぶりに会ったノヴァからも心配されてしまったほどだ。

（わたしのせいなら、謝りたいけれど……）

しかし、どう言えば良いのだろう。

ハリーのことを異性として意識しそうになって動揺しているなんて、どうして今更？　となるし、確信を持って「意識しています！」と言えないのならば、胸にそっと納めておきたいのである。

（でも、ハリー様はわたしのことをよく見ているもの。気づかれてもおかしくないわ）

すべて丸く収まる魔法の言葉は思いつかず、リリアーナは憂いのため息を吐いた。

悩みすぎて、手がおろそかになる。

せっかくまとめたパーツを一つにまとめ上げる前に落としてしまうなんてミスを連発し、ふがいなさに肩を落とした。

「すまない」

「え？」

唐突な謝罪に、リリアーナは目を見張った。

隣を見ると、悲しそうな顔をしたハリーと一瞬、目が合う。

けれどすぐに、逸らされてしまった。

ここまで気まずい雰囲気はハリーと出会って以来初めてのことで、リリアーナは動揺を隠せない。

気づけば湧き上がる不安に突き動かされるように、疑問を口にしていた。

「どうして、ハリー様が謝るのですか？」

リリアーナはぎこちなく、どうしてなのかわからないという表情を浮かべた。

取り繕いきれていないリリアーナに、ハリーはいたたまれなさそうに首の後ろをさする。

溜め込んでいたものを吐き出すように長い息を吐いたあと、リリアーナへ向き直った。

「俺のせいで、リリアーナまで不安にさせてしまった」

まっすぐにリリアーナを見つめるハリーの瞳は、わずかに揺れているようだった。

いつも余裕たっぷりな彼がそんな目をするのは、初めてのことだ。

鈍いリリアーナでも、さすがにわかる。

ハリーは気づいてしまったのだ。リリアーナがハリーを意識し始めていることを。

気持ちを悟られてしまった焦りと不安から、嫌な想像しかできなくなる。リリアーナはもはや、最悪な未来しか思い描けなくなっていた。

ささやかとはいえ、ハリーを異性として意識してしまったのだ。優しい彼のことだから、これ以上リリアーナに期待を持たせないよう別離を選ぶと思った。否、もしかしたら愛想を尽かされて置いていかれる可能性もある。

追い打ちをかけるかのように、女性と立ち去るハリーの後ろ姿を思い出したら、もう駄目だった。

（いや！　置いていかないで！）

どうすれば、ハリーをつなぎ止められるのだろう。リリアーナには、彼を引き留める権利などないというのに。

感情が限界を超え、思い詰めるあまりリリアーナの目からポロリと涙がこぼれる。

これには、ハリーも驚いた。

ギョッと目を剥いたハリーはすぐさま立ち上がると、床へ膝をつき、涙をこぼしながらうつむくリリアーナの顔をのぞき込んだ。

「す、すまない。泣くほど不安がらせるつもりはなかったのだが……とにかく、すまない」

ハリーの謝罪はリリアーナの不安を煽《あお》るばかりだ。

すまないと言われるほど、離れたいと言われているような気がして悲しくなってくる。

取り返しのつかないことをしてしまったと、リリアーナは今更ながらに後悔した。

「ハ、ハリー様……」

「うん。どうした？」

「もう、遅いかもしれないのですけれど……ごめんなさい」

「リリアーナ？」

「困っているハリー様に安心するなんて……わたしは、どうして……。お願いです、ハリー様。わたし、なんとかがんばりますから。どうか、いなくならないで。わたしを、置いていかないで……」

声はすがるように弱々しいのに、リリアーナの手はハリーへ伸ばすことを我慢するみたいに、膝の上でギュッと握りしめている。

それはまるで、リリアーナの気持ちをそのまま表しているようだった。

一緒にいてほしい。

だけれど、彼が心から望むのなら、解放してあげたい。

やがて、リリアーナの手はハリーの大きな手に包み込まれた。

「ハリー、さま」

助けてほしいなんて、おこがましいにもほどがある。

わかっているけれど、今この場ですがれる人はハリーしかいなくて――。

（わたしは、なんて弱いのだろう）

リリアーナが自己嫌悪に涙した、その時だった。

「すまない、リリアーナ。こんな時にかけるべき言葉ではないとわかっているのだが……何のことを言っているんだ？」

張り詰めた空気を裂くように、戸惑いの声が上がる。

ハリーは心底不思議そうな目で、リリアーナを見つめてきた。

（今度は頭が悪いって思われている？）

自分が言いたいことすら満足に説明できていないと、ハリーは言いたいのだろうか。

一緒にいたくない理由がまた一つ増えてしまったと、リリアーナはますます悲しくなった。

収まりかけていた涙が、ボロボロと溢れ出す。

「ハリー様は、ここから去るつもりなのでしょう？　わたしを置いて、一人で」

触れ合ったハリーの手が、ピクリと跳ねる。

リリアーナにはそれが、図星をつかれた動揺のように思えてならなかった。

グスグスと鼻を鳴らしながらリリアーナは、やはり自分はサティーナが言うとおり、ないない尽くしの令嬢なのだと思った。

気品などかけらもない無様な泣きように、悲しいだけでなくみじめな気分にもなってくる。

（いっそこのまま、どこかへ消えてしまいたい）

泣き疲れて何も考えられなくなってきた頭の片隅で、そんなことを考える。

水の膜越しのぼんやりとした視界の先で、ハリーが「弱ったなぁ」とかすかに笑った気がした。

「……何をどうやったらそんな風に思うのか、皆目見当もつかないのだが……ひとまず、そういう話ではないから安心してくれ」

「え、ちがうの……？」

「ああ、違う。こんなに不安がらせた上で言うのも恥ずかしいのだが……」

言いながら、ハリーは指の腹でリリアーナのまなじりを擦った。

震えるまつ毛から、雫《しずく》が落ちる。

「一緒に行きたい場所があるんだ。朝からずっと、どう誘おうかと悩んでいて……その……もしかしたら、街の人たちからデートだとからかわれるかもしれなくてだな。もちろんそんな下心《つもり》はないが、行きたい場所が場所なもので、勘違いされる恐れが大いにあり――」

ハリーは、普段の彼からは想像ができないくらい饒舌《じょうぜつ》だった。

動揺しているせいかやけに早口で、捲し立てるように話す。

（気のせいか、言い訳を並べているように聞こえるような……？）

堂々としていて、いつも余裕があるように見える、大人なハリー。

そんな彼が、リリアーナの前でおろおろしている。

泣いていたことなんてすっかり忘れて、リリアーナはハリーを見つめた。

彼の言い訳めいた言葉はまだ続いている。リリアーナの誤解を解きたい一心なのだろうが、必死すぎて子どもっぽい。

普段は見せない一面に、リリアーナの胸はキュンと高鳴った。

「ハリー様」

延々と続きそうな言い訳を、リリアーナは優しく呼びかけて遮った。

「ああ、なんだ？」

ハリーの声に、動揺がにじんでいる。

続きを待つ彼の顔は、まるで悪い知らせを待つかのように怯えていた。

（そんなわけ、ないのに）

甘やかすことに長《た》けた彼は、甘えることには慣れていないらしい。

普段外出に誘う時はこうはならないから、よほどデート向きな場所なのだろう。

（勘違いされてでもわたしと行きたい場所って、どこかしら？）

さぞロマンチックな場所なのだろう。どんな場所なのか、興味をそそられる。

「ハリー様はわたしとデートがしたくて、誘うタイミングが見つからなかったから、ずっとソワソワしていたということですか……？」

「デッ……いや、まぁ……そう、だな。うん。そういうことに、なる」

身も蓋もないリリアーナのストレートな物言いに、ハリーはヘナヘナと頭を下げた。

気のせいか、しょんぼりと左右に伏せた獣耳が見えるようだ。

いつもは見えない、彼のつむじがリリアーナの目に入る。

リリアーナはそろりと手を伸ばすと、いつものお返しとばかりに、ハリーの髪を遠慮がちにくしゃりと撫でた。

サラサラとした髪はリリアーナの指の間を流れるようにこぼれ落ちていく。

その時急に、今の姿になる前の彼の、硬質な髪に触れなかったことが悔やまれた。

(ううん。前のハリー様は、触らせてくれなかったはず)

あの時の彼は、まるで自分のことを本物の毛虫かのように扱っていたから、リリアーナが頼んだところで優しく拒否していたに違いない。

だからきっと、今だからできたことなのだ。今のハリーとリリアーナだから、できたこと。

乱れた髪を撫で付けると、かすかに触れた耳がくすぐったかったのか、ハリーは「くふ」と子犬のような声を漏らす。

取り乱す彼を見たあとだからだろうか。リリアーナは妙にかまいたくて仕方がなかった。

(ハリー様は、いつもこんな気持ちなのかしら)

何度もやりたくなる気持ち、わからなくもない。

されるがままにおとなしく身を任せているハリーはまるで大型犬が甘えているようで、リリアーナはギュッと抱きしめたくてたまらなくなる。

けれどそんなことをすれば、紳士なハリーはやんわりとリリアーナを遠ざけるだろうから……。

リリアーナは、先ほど出たデートの話題を出すことにした。

「それで、どこへ連れて行ってくれるのですか？」

「シュタッヘルの旧市街だ」

旧市街は、アンティークな雰囲気がすてきな場所だ。

ここにある手芸店はめずらしい糸や生地をたくさん取り揃えていて、リリアーナは何度も足を運んでいる。

それは一人だったり、ハリーやノヴァが一緒の時もあった。

だから今更、恋人と勘違いされるなんてことはないはずなのだが……。

（もしかして、ハリー様は誰かから、からかわれたのではないでしょうか？）

考えてみれば、ハリーは結婚適齢期の男性だ。

浮いたうわさの一つもない理由が、一つ屋根の下にいる女性にあると勘ぐられたとしても、おかしくはない。

そういえばここ最近、一緒に外出する回数がめっきり減っていたとリリアーナは思い出した。

単純に時間が合わなかっただけなのだが、一緒にいない理由を「二人が恋人になったせい」「意識しているせい」だと言いそうな人物もいるかもしれない。

「ハリー様……」

リリアーナが憐れみの表情でハリーを見ると、ようやく立ち直ってきたのか、いつもの彼が穏やかな微笑みを浮かべて見返してきた。

（わたしに関しては、驚くほど過保護なハリー様のことだもの。ただの軽口を勘違いして、空回りしてしまったのかもしれないわ。ここはハリー様の名誉のためにも、しっかり否定してこなくては！）

「がんばりましょうね」

「ん？　ああ、任せてくれ」

言いながら、リリアーナはひそかに闘志をみなぎらせるのであった。

第七章　フランツェ山脈の竜

その日は朝から、いばらの城の外が騒々しかった。

悪い意味ではない。むしろ良い意味で、心躍るようなにぎやかな雰囲気が、城まで届いていた。

おりしもその日はハリーとデートの約束をしている日で。

雰囲気に呑まれたのか、リリアーナはワクワクした気持ちで目を覚ました。

ベッドを下りたリリアーナは、まっすぐに窓へ向かい、カーテンを開ける。

広い空に、放牧されている羊のような、あるいは魚の鱗のような雲が見えた。

「明日は雨かしら。でも、今日は晴れて良かった」

窓から離れたリリアーナは、クローゼットへ向かった。

本当の恋人ではないのだから着飾る必要なんてないのだけれど、これが生まれて初めてのデートだと思うと、少しくらい気合を入れたってバチは当たらないのではないかと思う。

さんざん悩んだ末に、リリアーナはハリーの目の色を思い起こさせる黒地に銀の刺繍が施されたワンピースを着て、黒薔薇のコサージュとレースのリボンで髪を飾った。

鏡の前でくるりと回ると、普段より少しだけ大人びた顔をした自分と目が合う。

「大丈夫。いつもよりずっとすてきよ」

隣を歩くだろうハリーに合わせてもう少しだけ背伸びをしたくなったリリアーナは、普段はつけない口紅を唇へ乗せた。

それはほんのりと色をつけただけだったけれど、リリアーナは出来栄えに大満足だった。

足取りも軽くダイニングルームへ向かうと、キッチンにハリーの背中を見つける。

「おはようございます、ハリー様」

いつもより数倍は元気の良い声が出て、リリアーナの頬が赤らむ。

まるでデートをすごく楽しみにしているみたいで、恥ずかしかった。

「おはよう、リリアーナ」

振り返ったハリーは、リリアーナを見るなり停止した。

リリアーナを見る瞬間までは、露草を思わせる清楚《せいそ》な微笑みが浮かんでいたのに、見た瞬間にごっそりと抜け落ちる。

ぴしりと直立したまま、ハリーは険しい表情でリリアーナを見つめた。

ハリーは、リリアーナの愛らしい格好に見惚れ、顔面の崩壊をなんとか食い止めていた。心の内では女神リリアーナを讃《たた》える会が絶賛開催中だったが、もちろんリリアーナが知るよしもない。

（おかしいかな？　わたしはかわいいと思うのだけれど）

不安に思って、リリアーナは自分の格好を見下ろした。

鏡で見た時はすてきだと思えていたのに、ハリーが気に入っていないというだけで色褪《いろあ》せて見えてくるから不思議である。

「あの、ハリー様？」

「……」

ハリーは黙ったまま、口を開く様子もない。

リリアーナなりに何とかしようと声をかけるも、ハリーはうんともすんとも言わなかった。

「もしかして、この態度が答えなのでしょうか。見るに堪えない、格好だと……？」

しょんぼりと、落胆の色がにじむ声でリリアーナがつぶやいた、その時だった。

「それは、ない！」

「ひゃあっ」

突然大きな声を出されて、リリアーナは跳び上がった。

ビクビクと子ウサギのように震えるリリアーナを見て、ハリーはヒュッと息を呑む。

「……大きな声を出してすまない」

「いえ……大丈夫です」

ドキドキと鎮まらない胸を押さえながら、リリアーナは口を引き結ぶ。

きっとこのあとは、遠回しにお叱りを受けるのだろう。

初デートだからって調子に乗りすぎた。やっぱりいつもの格好にするべきだったのだ。

反省するリリアーナだったが、直後とんでもない台詞を聞いて、すっとんきょうな声を上げた。

「つい、掻《か》っ攫《さら》いそうになった……」

「……今、なんと？」

「いや、リリアーナがあまりにも綺麗で、ついうっかり」

リリアーナの聞き間違いでなければ、ハリーは見惚れてくれたらしい。

（まさか、そんなことってある!?）

社交辞令とはとても思えない真剣なコメントを反すうして、リリアーナは首まで真っ赤になった。

「今日は化粧もしているのだな。大人っぽいリリアーナも、すてきだ」

「〜〜〜！」

これ以上聞いていられなくて、リリアーナはハリーのそばへ走り寄ると、彼の口をふさいだ。

手のひらに感じる吐息がくすぐったいし、近すぎる距離に心臓が早鐘を打っているが、背に腹は代えられない。

ハリーの口をふさいだまま、スーハースーハーと深呼吸すること数回。

ようやくまともに話せるようになったリリアーナは、おずおずと――それでもやはり視線を合わせるには無理があったが――ハリーへ言った。

「ハリー様。今から手を離しますけれど、褒めたりしないでくださいね？　これ以上褒められたらわたし、恥ずかしくて死んでしまうかもしれません。だからどうか、ご協力をお願いします」

恥を忍んで頼むと、ハリーは「わかった」と言うようにゆっくりとまばたきを一つした。

背伸びをし続けるのも限界だ。そろりと手を離しながらかかとを下ろすと、足がビリビリした。

リリアーナの足がしびれてしまったことに気がついたのだろう。ハリーは「ちょっとだけ我慢してくれ」と声をかけると、リリアーナを抱き上げた。

姿が変わる前とはずいぶんと太さが違うのに、リリアーナを抱える腕は安定している。

どうしてなのだろうと、どうでもいいようなことを考えてしまうリリアーナは、恥ずかしさから逃げたい一心だったに違いない。

リリアーナをダイニングチェアに下ろしたハリーは、手早く朝食の準備を済ませた。

バゲットにハムとチーズ、サラダを挟んだサンドイッチに、みずみずしい果物。そして、木製のスープボウルにはキノコのポタージュ。

バゲットのサンドイッチはしっとりとなじんでいて、早朝から準備してくれていたことがわかる。

先ほど褒められた仕返しとばかりに、リリアーナは持てる語彙を総動員して、おいしい朝食を褒め称《たた》えたのだった。

いばらの城が建つ小高い丘から旧市街へ下りていくと、街の様子が一変していた。

そこかしこに大小さまざまなベル型のテントが並び、狭い通路を縫うようにたくさんの人が楽しそうに歩いている。

昨日までは穏やかで物静かな時が流れる場所だったはずだが、気温が五度くらい上昇しているような錯覚を抱くくらい、活気に満ちていた。

歩いている人々も、いつもと違う格好をしている。

シュタッヘルの基本色を踏まえつつ、民族衣装を思わせる凝った刺繍が施された服を皆着ているのだ。

そして驚くべきことに、道行く人のほとんどが黒薔薇のコサージュをつけていた。

「これは一体……？」

新市街の市場を丸ごと移動させたようなにぎわいに、リリアーナは目をまん丸にして驚く。

その隣で、いたずらが成功した子どもみたいな顔で、ハリーがニヤッと笑った。

「驚いただろう？」

「はい……でも、どうして？」

リリアーナが最初に思ったのは、こんなに騒いで大丈夫なの？　だった。

シュタッヘルでは、竜の興味を引かないように、屋外では静かに過ごすのが常識だ。

屋内でも音楽を流す際は魔法石によって防音、子どもがいる家庭には必ず一つは防音用の魔法石が配布されているほどである。

ハリーがリリアーナの質問に答えるよりも前に、リリアーナの意識は旧市街へと向く。だって、どうしようもなく惹かれてしまうのだ。

(蚤の市よりもずっとにぎやか……！)

リリアーナは目を輝かせて周囲を見回した。

彼女は一度だって行ったことがなかったけれど、これはお祭りというイベントだろうか？

どこからともなく聞こえてくる、ステップを踏みたくなるような軽快な音楽。威勢のいい呼び声と、おいしそうな匂い。

さまざまなものが、目の前に溢れていた。

（わたしも交ざりたい）

人々の熱気に当てられ、気持ちが自然と昂っていく。

早く早くと両親を急かす子どもを目にしなかったら、リリアーナもハリーを置いてふらふらと行っていたかもしれない。

「実は今日は、【竜の休息日】という日なんだ。理由は定かではないが、すべての竜が寝坊をする日らしい。竜が起き出す午後になるまでの短い時間、シュタッヘルでは祭りが開かれる。それがこの、黒薔薇祭というわけだ」

「そうなのですか」

なるほど、それで人々は恐れることなく騒いでいられるらしい。

理由を知ったリリアーナは、ホッと息を吐いた。

それは、無意識のうちに彼女が、黒薔薇の聖女がいるから大丈夫だと思われていたらどうしようと考えていたからだったが、紳士が淑女をダンスへ誘うかのようにハリーの手が差し出されて、驚きとときめきで吹っ飛んだ。

戸惑ったのは一瞬。

新たにやってきた人の波に押される形で、リリアーナはたたらを踏んだ。

「ひゃっ」

「おっと」

ハリーは軽々とリリアーナを引き寄せると、人の波から守るように腕の中に閉じ込めた。

「大丈夫か？」

心配そうなハリーに、リリアーナはコクリと頷くだけで精一杯だ。

彼の腕の中は、あたたかくてさわやかな匂いがする。

かすかに混じる薔薇の香りは、胸につけたコサージュだろう。

彼はリリアーナが最初に作った試作品を、まるで勲章かのように身につけてくれていた。

「ふむ。どうやら奥の広場で催しものがあるらしい。それで流れが急になったのだろう」

「催しものですか？」

「ああ、いろいろ用意してあるようだぞ。時間ごとに催しが決まっていて、最後はダンスで締めくくるのがお決まりらしい」

「ダンスで……」

楽しそうだが、残念ながらリリアーナは参加できそうにない。

ないない尽くしの令嬢である彼女は、「習っても無駄だから《はじをかかないように》」という両親の配慮により、令嬢の必修であるダンスも習ったことがなかった。

残念そうに肩を落とすリリアーナ。

踊る相手以前の問題にしょんぼりしていたのだが、ハリーは思い至らなかったらしい。

人混みから離れてベンチへ腰かけたあと、ハリーは言った。

「約束する。絶対に勘違いなんてさせないから、だからその……俺をダンスのパートナーにしてくれないか？」

「え、勘違い？」

ハリーは何を言っているのだろう。

リリアーナは一瞬疑問に思ったものの、そういえば今日の催しは恋人だと勘違いされる恐れがあるとハリーが言っていたことを思い出した。

しかし、踊ることと恋人と勘違いされることが結び付かず、リリアーナは困った顔でハリーを見つめた。

「ああ。『黒薔薇祭の最後を締めくくるダンスを踊りきった独身の男女は、恋人同士になる運命』なんていうジンクスがあるそうだが、あくまでジンクスだ。俺は信じないし、リリアーナも信じることはない。だから、相手が決まっていないのなら、俺と参加してみないか？」

「えっと……」

リリアーナが言い淀むと、ハリーの目に悲しみの色が浮かんだ。

当惑しきった顔つきで、彼はリリアーナを見つめる。

「俺では、駄目か？　もしや、ノヴァと約束しているとか？」

「いえ、ノヴァ様とは約束していませんけれど」

リリアーナに相手がいないとわかると、ハリーはパッと表情を明るくさせた。

「じゃあ」

だけれど、リリアーナはダンスを踊れない。踊り方を、知らないのだ。

再度断ると、ハリーは萎《しお》れた花のようにシュンと表情を枯れさせた。

「そうか、俺では駄目か」

ポソリとつぶやく声には生気がなく、この世の終わりかのような響きをしている。

リリアーナは慌てて「違います」と答えた。

「ハリー様がいけないわけではありません。問題はわたしにあって……。実はわたし、」

侯爵家の令息であるハリーへ告げるには、あまりにも恥ずかしい事実だ。

すでにいろいろと知られているから今更ではあるけれど、それでも、ダンスは特に、言いづらい。

何度も口を開いては閉じてを繰り返し、リリアーナはようやくの思いで、なけなしの勇気を振り絞って答えた。

「わたし、ダンスを習ったことがないんです」

「習ったことが、ない」

リリアーナの告白を、ハリーは噛み締めるように反すうした。

彼はリリアーナの告白を、どう思っただろう。

ちらりと視線を上げた瞬間に見えた、ハリーの燃えるような怒りの目に、リリアーナはビクンと肩を揺らす。

「どうやらわたしには才能がないそうで。だからその、本を読んだので知識はありますが、実践はまだと言いますか……」

リリアーナが基本的なステップすら知らないと告白すると、ハリーの目は底なしの穴のように黒色を濃くした。ゾッとするような黒に、背中がわななく。

「ああ、すまない。ソワレ侯爵夫妻があまりにも非常識でな。彼らは他にも、」

ハリーの口元には当たり障りのない笑みが浮かんでいたが、目は笑っていなかった。

それ以上は過ぎると思ったのか、ハリーは口を閉ざす。

リリアーナもハリーが何を言わんとしていたのかわかるから、何も言わずに苦笑いを返した。

もういいやと捨ててきた人たちだから、今はもう、本当にどうでもよかった。

そんなことよりも今は、目の前の人を喜ばせたい——ハリーとの絆《きずな》を深めたいと思う。

（踊りたいって言っているのだもの。歩み寄りは、大事よね？）

二人の間に流れる澱んだ空気を洗い流すように、リリアーナはにっこりと微笑んだ。

出会ったときより何倍も魅力的になった、花のような笑みにハリーは息を呑む。

「ですから、ハリー様。お祭りの終わりまでまだ時間はありますし……教えていただいてもよろしいでしょうか？」

「もちろんだ」

リリアーナのお願いに、ハリーは何度も何度も頷いた。


「とはいえ、せっかくの祭りだ。来て早々に練習するのも味気ないし、少し歩かないか？」

「いいのですか？」

「ああ、もちろん」

実を言うと初めてのお祭りにかなり興味を引かれていたので、リリアーナはハリーの申し出を嬉しく思った。

人混みではぐれたら合流するのも大変だろうということで、予防のために手をつなぐ。

手を包み込む大きなぬくもりに、リリアーナの胸はドキドキと早鐘を打った。

そんなつもりはないと何度も釘を刺されているのに、大事にエスコートされているようで落ち着かない。

ざわつく気持ちを誤魔化すように周囲を見ていたら、ふと気になるものが目に入った。

「ハリー様、あの人だかりはなんでしょう？」

ずらりと並んだテントの一角を指して、リリアーナは首をかしげた。

随分と無防備な、それでいて愛らしいしぐさ。ハリーは庇護欲を掻き立てられて、知らず笑みを深めた。

甘い香りが漂うその店では、飴細工《あめざいく》を売っているようだ。

黒薔薇祭ということもあって、黒薔薇を模した飴が多く並んでいる。

「飴細工の店のようだな」

「あれが、飴？　ガラス細工かと思いました」

「舐《な》めたら甘いはずだ」

目をまん丸にして無邪気に驚くリリアーナに、ハリーはフッと笑んだ。

そして、彼女の手を引いて、店へと近づく。

寄るにつれて見えてきたのは、店先で行われていたデモンストレーションだ。熱い飴を引っ張ってまとめて、塊になった飴から何枚もの花びらを作り出していく職人。できあがった花びらを組み合わせていくと、あっという間に一輪の薔薇が完成した。

「わぁ！　すごいですね、ハリー様！」

「ああ、そうだな」

隣で子どものように歓声を上げるリリアーナは、とてもかわいらしい。

だけれど、自分以外の男が彼女を楽しませているという事実は、ハリーをどうしようもなく苛つかせた。

狭量だという自覚はある。本来は忍耐力のある方だと自負していたが、リリアーナが関わると途端に為す術もなくなるようだ。

胸や胃が、燃えるように熱い。湧き上がる衝動のまま、ハリーはけんかを吹っかけるかのように店主を呼んだ。

「店主！」

鋭い声に、店主は驚いたようだった。

デモンストレーションを見に来た人たちも、なんだなんだとどよめく。

ズンズンとそばにやってきた美貌の男に、周囲は目を奪われた。

だがそれも、つかの間のこと。我に返った店主は、男に見惚れてしまったことを恥じるように、ばつが悪そうに答えた。

「な、なんだい、にいちゃん」

「俺にも、やらせてくれ」

文句は言わせない。

騎士団仕込みの凄《すご》みをきかせれば、店主は呆気なく場所を譲ってくれた。

「ありがとう」

「どういたしまして。いいところ、見せられるといいな」

慣れているのだろう。店主は訳知り顔でリリアーナをハリーの前へ招待した。

手渡されたエプロンを身につけ、ハリーは真剣な面持ちで道具を手に取る。

手芸に料理にお菓子作りと、手先の器用さは折り紙付きである。

(周囲に無駄だと笑われたこの手を、今生かさずにいつ生かすというのだ!!)

作るのはもちろん、リリアーナの象徴である薔薇だ。黒色を……と一瞬考えたものの、ふと彼女の髪を見て思い立つ。

青と紫がグラデーションになるように、慎重に色をつける。飴の塊が望み通りの色になるのか心配ではあったけれど、薔薇の飴自体はうまくいった。

初心者とは思えない、なんなら店主よりもすばらしい技術を目の当たりにして、集まっていた人たちが歓声を上げた。

「リリアーナ」

「はい、ハリー様」

「これを、受け取ってほしい」

最前列で見守ってくれていたリリアーナへ、完成したばかりの青薔薇を差し出す。

リリアーナのことしか見えていないハリーは、周囲のざわめきなど耳に入ってこなかった。

人々の好奇な視線に晒されて、リリアーナが怯えるように身を縮める。それを見たハリーはようやく、自分が何をしたのか理解した。

(浅はかな嫉妬心に苛まれて、もっとも大事なことを蔑ろにしていた)

かなり慣れてきたとはいえ、リリアーナは人混みが苦手なのに。

特に今のような、大勢の視線に晒されることは、彼女にとって苦痛以外の何ものでもないはずだった。

「ええ、喜んで」

それでも彼女は、ハリーが差し出した薔薇を恭しく受け取ってくれた。ぎこちなくではあったけれど、微笑付きで。

(なんて、けなげなんだ!)

ハリーは改めて、リリアーナへの気持ちを自覚した。

彼女を独占したくて、これ以上誰の目にも触れさせたくなくて。ハリーは店主への挨拶もそこそこに、リリアーナを連れてテントを離れた。

連れ立って歩き始めたが、裏通りへ入ったところでリリアーナが足を止めた。

ハリーが立ち止まって見てみると、思い詰めた顔をしている。

「……ハリー様」

「どうした、リリアーナ」

もしかして、ハリーの嫉妬に気がついたのだろうか。

これしきのことで嫉妬するなんて子どもっぽいと大いに自覚しているだけに、答える声が震える。

「申し訳ございません！」

言うなり、リリアーナは深々と頭を下げた。

その光景に既視感を覚えるのは、初めて花の祝福を使ったあとの彼女と重なるからだろう。

(謝られるような覚えはないから……リリアーナはきっと、なにか勘違いをしているのだろう。おそらくは、俺が羽化したあとの、あの時のように)

さて、どう答えたものか。

冷静を装いながらも、内心は嵐のような気持ちが暴れ回っている。

思案するハリーの前へ、リリアーナは震える手で飴細工を差し出した。

返すつもりなのだろうか。それにしては、返したくないように力強く握っている。

状況が状況でなければ、リリアーナがハリーへ交際を申し込んでいるようにも見えただろう。緊張感は漂っているが、あいにく甘い空気はない。

「わたし、つい嬉しくて受け取ってしまったんですけど、恋人じゃないアピールをするなら、受け取るべきじゃなかったですよね。すみません！」

まさかリリアーナがそんなことを気に病んでいたとは思いもしなくて、ハリーは呆然とした。

頭の中では、現状把握担当のハリーと未来予想担当のハリーが頭を突き合わせてウンウンうなっている。

「あー……ええと、リリアーナ？」

「はい、ハリー様」

リリアーナは至って真剣だ。

大真面目に彼女は、ハリーが言った口先だけの言い訳を真に受け、申し訳なく思っている。

（いたたまれない……）

今すぐにでも頭を抱えて地面にめり込みたい。

本当はリリアーナと恋人になりたいと願っているくせに、告白することもできず。デートに誘うだけでいっぱいいっぱいで、余裕のなさを誤魔化すため、そして何が何でもデートに誘いたい気持ちを優先したがために、こんな誤解を招いている。

それでもハリーは、リリアーナに気づかれないようにしれっと答えた。

情けない男の事情なぞ、彼女は知らなくて良いのである。

「必死になって否定すればするほど、怪しく見えるものだ。だから自然に……リリアーナはそのままでいてくれ」

「では、この飴は……？」

「持っていてくれ。今日付き合ってくれたお礼だと思ってくれれば……」

「本当ですか？　ありがとうございます、ハリー様。宝物として、大事にしますね」

ぎゅっと飴細工を胸に抱くリリアーナのかわいさに、鼻血が出そうだ。

（こんな調子でダンスを教えられるのだろうか……？）

不安しかないが、やるしかない。

男の矜持にかけて、そして騎士道精神に則《のっと》って、不埒なまねは絶対にしない。

そうハリーはかたく、誓うのだった。


小一時間ほど祭りを見物したあと、二人は新市街にある小さな公園へやってきた。

旧市街に人が集中しているためか、いつも以上に閑散としている。

おかげでリリアーナは、人の目を気にせず練習に没頭することができた。

唯一困ることといえば、ハリーとのダンスの距離が近すぎることくらいである。

（いい匂いがします……！）

慣れない動きに足がもつれそうになるリリアーナをハリーが抱えるたび、体が密着する。

そのたびに香る清潔感のある匂いは、思わず吸い込みたくなるくらい心地よくて。彼に他意がないのは明らかなのに、リリアーナは異性として意識してしまいそうになって、消え入りたいくらい恥ずかしくてたまらなかった。

（ハリー様はフォローしているだけ、ハリー様はフォローしているだけ！）

うっとりしている場合ではないと自身を叱咤《しった》するも、長くは続かない。ダンスに集中していたらハリーが気になり、ハリーに気を取られては転びそうになって抱き留められて——の繰り返しだ。

それでも何とか形になっているのは、ハリーのエスコートが完璧だからに他ならない。

諦めずに何度も繰り返し練習を続けると、足元を見なくてもステップが踏めるようになってくる。

最初はつないだ手のひらが汗ばんだらどうしようなんて緊張していたリリアーナだが、途中からは体を預けてしまった方が双方ともに楽だと気がついて、ハリーに身を委ねることを覚えた。

「問題は、ここからだ」

ステップが完成し、あと少しでダンスが始まるという時。

会場である広場へ向かいながら、ハリーは神妙な面持ちでそう言った。

ただならぬ様子に、リリアーナの顔にも緊張が走る。

「黒薔薇祭のダンスは、徐々にテンポが加速していく。曲の速さについていけなくなった者から脱落していき、それを最後の一組になるまで続けるんだ」

「なるほど。それで、『黒薔薇祭の最後を締めくくるダンスを踊りきった独身の男女は、恋人同士になる運命』だというジンクスになるわけですね？」

リリアーナの問いかけに、ハリーは頷いた。

黒薔薇祭のダンスは、息がぴったり合ったカップルしか残れない。つまるところ、運命というより相性の問題なのだ。

そして、体力が限界を迎えた時、どれだけ相手を思いやり、支え合えるかも問題になってくる。

その点、ハリーは問題ない。おそらく、リリアーナを支えながらでも余裕《よゆう》綽々《しゃくしゃく》のはずだ。

「ああ。だが、それだけではない。上位三組に残ったカップルには、特別な贈り物が用意されているという」

「特別な贈り物、ですか？」

「昨年は、宝石が贈られたそうだ。今年は何を用意したのか明らかになっていないが、うわさによれば、黒薔薇の聖女様が来た記念に予算が上がり、魔法石が用意されているのだとか」

「それは……」

リリアーナはふと、宝石街灯のことを思い出した。

街灯に照らされた、ハリーの目。

また見られたら、どんなにすてきだろう。そう思うと、俄然《がぜん》やる気が出てくる。

「宝石街灯」

「ん？」

「魔法石をもらえたら、宝石街灯を作ることは可能でしょうか？」

前のめりに問いかけてきたリリアーナに、ハリーは彼女が胸に飛び込んできたと錯覚しそうになった。

（そんなわけはないのに。しっかりしろ、俺）

リリアーナは期待に満ちた目で見上げながら、ハリーの答えを待っている。

宝石街灯の何が、彼女をそうさせているのだろう。熱心に興味を持ってもらえて、ハリーはうらやましく思った。

「魔法石の種類にもよるが……おそらく、なんとかなると思う」

「そうですか！」

リリアーナは足取りも軽く歩き出した。つないでいたハリーの手を、今度はリリアーナが引いて歩く。

「リリアーナ？」

戸惑いの声で名前を呼ぶハリーに、リリアーナは笑顔で振り返った。

「がんばりましょうね、ハリー様！　一位は無理でも三位なら……いけそうな気がします！」

激励するように握っていた手に力を込めると、探るようにゆっくりと握り返される。

踊る時はもっとずっと近い距離にいたのに、これだけで真っ赤になったハリーの顔が、なんだかおかしかった。


黒薔薇祭の終わりを告げるダンスは、竜の鳴き声を再現しているという笛の音から始まった。

緩やかなメロディーが流れ、ゆったりと体を慣らすようにカップルたちが踊り始める。

ハリーが言っていた通り、演奏は徐々に加速していき、一組、また一組と脱落しては、参加者用の休憩スペースへ戻っていった。

最初に脱落したのは、老齢の夫婦だった。

脱落というよりも、ダンスを楽しんで満足したから休憩することにした様子で、手をつないだまま仲良く退場。その後もベンチに座りながら幸せそうに語り合っていて——時折、仲睦《なかむつ》まじげなカップルを指差しながら微笑んでいたから、昔話に花を咲かせていたのかもしれない——リリアーナはすてきな夫婦だなぁと思った。

二番目に脱落したのは、チャールストンだ。

長年拗らせていた初恋にピリオドを打ったと聞いていたが、どうやら成就していたようである。盛大にずっこけて年上の恋人に介抱されながらの退場となったが、友人たちからやっかまれつつも幸せそうな様子だった。

演奏家たちは容赦なく、テンポを上げていった。

侯爵家にいた頃のリリアーナだったら、とっくに息切れして倒れていたと思う。

どうやら、いばらの城と街を往復しているうちに体力がついたようだ。半数ほどのカップルが脱落した今も、息切れすることなく踊れている。

「リリアーナ、まだいけそうか？」

「はい、大丈夫です！」

「無理はするなよ。女性パートは目が回りやすいから……」

男性パートと違い、女性パートにはターンがある。

クルリと回るとワンピースの裾がふわりと広がって綺麗なのだが、男性側のサポートが不十分だとよろけてしまうらしい。

その点、ハリーのサポートは万全だ。騎士であるハリーは体力も申し分なく、いつまでも踊っていられそうだった。

（脱落するとしたら、わたしのせいになりそうね）

これは、負けられない。

ハリーのあの目をもう一度見るためならば、少しのむちゃくらいはやってやろうと、リリアーナは覚悟を決めた。


それからさらに人数は減り、ダンスは佳境を迎えた。

広場の中央には、四組のカップル。もちろん、そのうちの一組はリリアーナとハリーだ。

ステップを踏み続けるリリアーナの顔を、ハリーは心配そうにのぞき込んだ。

最初は周囲を見回す余裕すらあった彼女だが、今は表情もなく、ただ無心に踊り続けている。

正直、ハリーは甘くみていた。

たかが祭りのダンスくらいと思っていたが、三位の壁は想像以上に高い。

考えてみれば、シュタッヘルにおいて黒薔薇祭は、年に一度しかない貴重な祭りなのである。

この日のために調整してきたカップルがたくさんいる——それを思えば、今ここに残れているだけでも、すごいことのような気がしてきた。

「リリアーナ、無理はするな。宝石街灯がほしいのなら、いつでも手配するから」

シュタッヘルへ来てから、さまざまなことに興味を示すようになったリリアーナ。

そんな彼女の一助になればと――多少の下心は否めない。ノヴァに取られてしまうのではと焦っていたのは事実だ――ダンスに誘ったのだが、ハリーは今更ながらに後悔の念に苛まれていた。

「いえ、あと一組ですし……もうちょっとだけ、がんばらせてください」

リリアーナは荒い息を吐きながら、何とか答えた。

長い距離を走ったあとみたいに、口の中で血の味がしている。もうやめてしまえばいいのにと悪魔のささやきが聞こえるが、リリアーナは意地で拒否した。

「……わかった」

「ありがとう、ございます……」

「遠くの一点を見つめるようにすると目が回りにくくなる。試してみてくれ」

リリアーナがコクリと頷くと、見計らったかのように曲のスピードがグンと上がった。

ハリーのエスコートがなかったら、間に合わなかっただろう。

(ありがとうございます、ハリー様)

リリアーナがそっと目配せすると、ハリーは「任せておけ」と言うように頷いた。

今ここで倒れてしまったとしても、彼は問題なくリリアーナを抱きかかえてくれるだろう。

そう思わせるだけの信頼と実績が、リリアーナとハリーの間にはあった。

(いろいろなことがあったなぁ)

初めて会った時のこと、追放の旅路でのこと、初めて使った、祝福。いばらの城での、穏やかな日々――。

リリアーナにとって、どれもがなくてはならない大切な思い出である。

（いやだなぁ。なんだか、走馬灯みたいじゃない）

うまく呼吸できなくなってきたし、限界が近いのかもしれない。

リリアーナが諦めかけた、その時だった。

ギュアァァァァァ！

竜の鳴き声を模したという笛の音が、広場に響き渡る。

クライマックスを盛り上げるための演出だろうか。

気を取られたら崩れてしまいそうで、リリアーナは遠くの一点を見つめたまま、必死になってターンに耐えた。

ゼェゼェと、自分の荒い息が耳にこだましている。

周囲の音はもう、リリアーナには届いていなかった。

笛の低く太い音だけはおなかに響くのでわかったが、それ以外は雑音にしか聞こえない。

もはや彼女は、意地だけで踊っていた。

「リリアーナ！」

「えっ」

突然ハリーに大声で呼ばれ、朦朧《もうろう》としかけていた意識がパッと浮上する。

リリアーナが見上げるのと、ハリーが剣を抜くのは同時だった。

「ハリー様!?」

一体、何が起こったというのだろう。祭りの最中に抜刀するなど、あり得ないことだ。

かすむ視界でなんとか状況を把握しようと、リリアーナは周囲を見回した。

誰も彼もが恐怖の表情を浮かべて、空を見上げている。

「あ……あぁ……」

リリアーナの疑問は、すぐに解決した。

上空で、笛の音が響いている。

それから、風を切るような音と、何かが急降下しているような音も。


ギュアアアアアア！


真っ青な空に見える、黒いもの。

見忘れることなどできそうにない、竜の姿がそこにあった。

「ひっ」

上空で鳴っていたのは、笛なんかではなかった。

本物が――竜が、鳴いていたのである。

「どうして……今日は休息日じゃなかったの？」

「リリアーナ！　しっかりと歯を噛み締めていろ！　絶対に開けるな、舌を噛み切ってしまうからな！」

ハリーの切羽詰まった声に、リリアーナは言われるがままグッと奥歯を噛み締めた。

そんな彼女を片手で抱え上げたハリーは、剣を片手に舞うような独特のポーズを取る。

わずかな間のあと、風が吹き荒れた。

轟音とともに、竜が降下してくる。

暴風の中、キィンキィンと金属同士が交錯するような音が響いた。

うっすらと目を開いたリリアーナの目に映ったのは、竜と交戦するハリーの姿。

軽やかなステップは風をものともせず、ハリーは舞うように剣を操る。

キィンキィンと鳴り響く剣戟《けんげき》は、足鈴《アンクルベル》が鳴っているかのよう。

切羽詰まった状況だというのに、リリアーナは神々しさに涙しそうになった。

（これが、胡蝶一族の剣舞）

なんて美しいのだろう。

飛び散る血潮さえ、芸術品のようである。

対する竜は、目に見えて苛立ちを増している様子だった。

赤い目が、不気味に光っている。ぬらぬらとした鈍い光は、まるで血に濡れた古い剣のよう。

何度攻撃しても埒が明かないと思ったのだろう。竜は突然上空へ飛び上がり、息を吸い始めた。

（何をしているのかしら？）

緊迫した空気が流れる中、一人の男性が叫んだ。

「広範囲の攻撃がくるぞ！　みんな逃げろ――っっ！」

その途端、広場は騒然となった。

大勢の人々が、広場から遠く離れようと我先に駆け出す。

幸い、なだれは起きていないようだった。頻繁に行われる避難訓練が、功を奏しているのだろう。

しかし、逃げても全員が助かる見込みがあるとは、リリアーナには思えなかった。

ハリーもそう思ったのだろう。最後の足掻《あが》きとばかり、リリアーナを守るようにギュッと腕の中へ閉じ込める。

「ハリー様」

「大丈夫だ、リリアーナ。大丈夫だから、決してここから出ないでくれ」

苦しいくらい強く、抱きしめられる。

こんな場面だというのに、ハリーはいつも通りの穏やかな笑みを浮かべていた。

そのちぐはぐさが、リリアーナの胸を締め付ける。

（どうして、こんなことに？）

少し前まで、魔法石をかけたダンスを踊っていたのに。

人々は手を叩きながら、楽しそうに歓声を上げていたのに。

（一瞬で、塗り替えられてしまった）

リリアーナが、ふがいないばかりに。

黒薔薇の聖女として竜を御することもできない、ないない尽くしの令嬢だから。

「それなら……わたしが落とし前をつけるべきよ」

「リリアーナ!?」

リリアーナはハリーを押しのけた。

驚きの表情で、それでも抱き直そうとするハリーを、再度押しのける。

「ハリー様、ごめんなさい。でもわたし、今やらなくちゃいけないと思うから！」

強気に答えつつも、支えを失った体は、情けなくがくりと膝を折る。

だけど今は、それで良かった。

ギュッと手を握り、リリアーナは女神ローゼリアへ祈り始める。

「花の女神ローゼリア様。今一度、お力をお貸しください。どうかみんなを、守って——！」

竜の吸気が止まる。

きっと最大まで吸い込んだのだろう。振りかぶるように、竜は顎を上げた。

このあとにくるであろう毒の息を思うと、リリアーナは怖くてたまらなかった。

（ハリー様、助けて……！）

みっともなく震えているリリアーナの肩に、ハリーの手が置かれる。

「俺はここにいる。大丈夫だ、リリアーナ。あなたにできないことなんて、何もない」

ハリーの力強い言葉に、リリアーナは小さく頷く。

握りしめる手を解いて彼の手に触れると、絶対に成功させてみせるという気持ちがむくむくと湧いてきた。

「来るぞ」

「はいっ！」

再び、風が吹き荒れる。竜が急降下してきているのだ。

目を開けていられないくらいの暴風に耐えながら、リリアーナはにらむように竜を見据える。

そして、彼女は一心に祈った。

（攻撃しないで――――！）

強く、強く。それしか考えられないくらい深く願ったその時、どこからともなく女性の声が聞こえてきた。

場違いなまでの穏やかな、頭の中に直接語りかけるような、不思議な声。

驚くリリアーナに、彼女は言った。

『かわいそうでかわいい子。そんなに心配しなくても、ちゃんと祝福《ちから》を使えていますよ。ほら、見てごらん？』

いつの間に、目を閉じていたのだろう。

恐る恐るまぶたを上げると、ひとひらの花びらが落ちていくのが見えた。

まるであの夜の再現かのように、ひらりひらりと花びらが落ちてくる。

「うそ……」

リリアーナは目を見開いた。信じられないとつぶやきながら、口元を覆う。

白いレンガが敷き詰められた広場へ落ちてきたのは、鮮やかな青色をした薔薇の花びら。

空の色よりもずっと濃い、目が冴えるような青だ。

『ね？　大丈夫だったでしょう？』

コロコロと、鈴の音のような声が笑っている。

見上げると、あの夜のような花の嵐。

すがすがしい水色を有する秋の空から、どこからともなく青の花びらが降り注ぐ。

キュルルルルル。

怒りで目を真っ赤にしていた竜は、小鳥のさえずりのような声で鳴きながら、くすぐったそうに身をよじって花びらと戯れていた。

『かわいそうでかわいいあなただから、私は黒薔薇を許した。青に至ったのは、あなたが初めて』

リリアーナの頬を撫でるように、ひとひらの花びらが風に吹かれて飛んでいく。

『覚えておいて。青薔薇の祝福に必要なのは、海より深く、空より高く、心の底から希《こいねが》う気持ち。どうかこれからは、必要な時に青薔薇の祝福を使ってちょうだい。よろしくね、リリアーナ』

くすぐったさに目をすがめると、ドロリとした強い眠気が襲ってきた。

抗《あらが》いがたい誘惑に、リリアーナのまぶたが落ちてくる。

（みんなが無事かどうか、それだけでも知りたいのに……）

まぶたが、言うことを聞かない。それだけでなく、あくびが出た。

（ああ、だめだわ……眠い……）

ぐらぐらと揺れるリリアーナを、ギュッと抱きしめる力強い腕。

無事を喜ぶ声とともに、こめかみへ何度もキスをされる。

「ハリー様。みんな、無事……ですよね？」

リリアーナはハリーの答えを待てずに、気を失うように眠りに落ちた。


リリアーナが目を覚ましたのは、竜の襲撃から丸二日経ったあとのことだった。

花の祝福で竜を止められたことが嬉しい反面、毎日欠かさず練習したにもかかわらず二日も寝込んでしまったことが、残念でならない。

「一度目が三日、二度目が二日なら、三度目は一日で済むのではないでしょうか。回数をこなせば……寝込むこともなくなるのでは？」

ノルマリスからお墨付きをもらうことができたので、練習の成果はそれなりにあったということだろうか。

三度目がいつ必要になるかはわからないが、ひとまず練習は続けようとリリアーナは思った。

リリアーナが一番心配していた、ハリーやシュタッヘルの人々の安否だが、幸いなことに死者はゼロ。

竜と交戦したハリーをはじめ数名がけがをしたそうだが、ハリー以外のけが人はすべてコサージュを持っていなかった人だったそうで、幸運のコサージュのうわさにさらなる尾ひれがつきそうである。

「ノヴァ様が言うには、ハリー様自ら『あの程度のけがで済んだのはコサージュのおかげだ』と喧《けん》伝《でん》しているのだそうです」

「あらあら。ますます注文が殺到しそうですわね」

頭を抱えるリリアーナに、ノルマリスはコロコロと笑った。

コサージュのおかげでは、絶対にない。ハリーのけががあの程度で済んだのは、彼のたゆまぬ努力と胡蝶一族に伝わる剣舞のおかげである。

やれやれと、リリアーナは頭《かぶり》を振った。ハリーの過保護も、困ったものである。

「エドランド様は心配なのね。あなたの正体が侍女ではなく聖女だと知られてしまったから、もう今までのようにはいかないのではないかって」

ハリーは、リリアーナが今の生活——いばらの城での穏やかな時間やシュタッヘルでのにぎやかな時間——を大切に思っていることをわかっている。それで彼は、リリアーナとシュタッヘルの人々の仲を取り持とうと必死なのだ。

「それは、わかるのですが……みんなが苦笑いするほどって、どうなのでしょうか」

お見舞いに来たノヴァから、訳知り顔で肩をトントンされたのは、リリアーナが目覚めてから一週間後のことだった。

彼は有事に駆けつけられなかったことを気に病んでいて、リリアーナが申し訳なさに恐縮してしまうくらい、丁寧に謝ってきた。

何度顔を上げるように言っても聞いてもらえず、泣き出しそうになっていたところをハリーが助け船を出してくれて、ひとまず二人の友情は守られたのである。

「それにしても……あの時聞こえた女の人の声。あれは、何だったのかしら……？」

「声、ですか？」

「はい。祈った時に、聞こえたんです。やわらかくて、やさしくて……野薔薇《のばら》のように素朴な声でした」

思い出そうとすればするほど記憶は曖昧になって、今はもう、うっすらと耳に残っている程度しかない。

（かわいそうでかわいいあなた――なんて、わりと失礼なことを言われていた気がするけれど。不思議と落ち着く響きだったな……）

言葉の端々にまで、愛が詰まっていた。

だから、失礼なことでも嫌だと思わなかったのだ。むしろ、親しいからこその気安さを感じた。

（黒薔薇を許した……か）

考えないようにしていたが、それが答えなのだろう。

女神ローゼリアが、黒薔薇を許した聖女。

（それが、わたし）

他の誰でもなくリリアーナを、女神は選んだのだ。

そして、黒薔薇を与えられた聖女だけが、青薔薇へ至ることができる。

（まだ実感はない。でも……）

黒薔薇祭以降、リリアーナが咲かせる薔薇の色は不安定になっている。

黒だったり、紺だったり、青だったり……。

だけれど、ハリーが近くにいる時はなぜか青になる確率が高くて——その理由を、リリアーナはまだ知らない。

「リリアーナ、準備はできたか？」

ノルマリスと話し込んでいたリリアーナは、弾かれたように後ろを振り返った。

彼にそんなつもりはないだろうに、図星をさされたかのような気まずさを覚える。

誤魔化し笑いを浮かべつつ、

「はい、大丈夫です」

とリリアーナが答えると、その隣でノルマリスが、笑いをこらえるように肩を震わせた。

目を覚ましてから、数週間。

過保護なハリーが「まだだめ」「もう少し」「あと一日だけ」と心配そうに、時にベタベタに甘やかしながらリリアーナを部屋から出してくれなかったので、今日は久しぶりの外出となる。

（格好は……大丈夫よね？）

ハリーお手製の濃紺色のドレスを着て、シックに髪を結い上げたリリアーナは、いつもよりも大人びた雰囲気をまとっている。

もうそこに、ないない尽くしの令嬢はいない。

人々を守ることができたという事実が、彼女の自信につながっている。

「見掛け倒しにならなければいいのだけれど」

「大丈夫ですわ。とてもすてきなレディですもの」

うっとりと見つめてくるノルマリスに、リリアーナは「ありがとうございます」と答えた。

別れを告げるノルマリスに見送られ、リリアーナはハリーとともに部屋を出た。

今日はこれから、大事な約束が待っている。

リリアーナの回復を今か今かと待《ま》ち侘《わ》びていた者たちが、彼女を待っているのだ。

「無理はしなくてもいい。怖いのなら、先送りにしても……」

「ハリー様、またですか？　何度も言いましたが、わたしは、ハリー様が一緒なら何も怖くありません。それに、こういうものは、早めにした方が双方のためだと思います」

むしろ遅いくらいだと、リリアーナは困ったように眉を下げた。

リリアーナとハリーはこれから、先日起こった襲撃事件の犯人——ならぬ犯竜の仲間たちと会うことになっていた。

どうしてそうなったのかというと——、

「でもまさか、襲撃してきた竜が老齢で、心身が鈍っているとは思いもしませんでした」

そうなのである。

見た目からはまったくわからなかったが、襲撃してきた竜はブルームガルテンの建国よりもはるか昔から生き続けるおじいちゃん竜で、じわじわと認知に問題が起きているらしい。

かつては竜の代表を務めていたほどの強竜も、老いには敵《かな》わないようだ。

体内時計が狂い、竜の休息日のことをすっかり忘れた彼は、二度寝する仲間たちが人間たちの手によって殺されたと勘違いし、一番近い街であるシュタッヘルに復讐《ふくしゅう》することを決意。

その結果、ハリーが応戦することとなり、リリアーナは青薔薇の祝福を使うに至った——という経緯だったのである。

「襲撃してきた竜がリリアーナの青薔薇の祝福によって怒りを鎮めたあと、竜を探してフランツェ山脈中の竜たちが押し寄せてきた時は、さすがに死を覚悟した。降りて来るなり平伏《ひれふ》されて、かなり混乱したが……」

「……そうでしょうね」

大勢の竜たちが頭を下げる光景を思い浮かべて、リリアーナはめまいがしそうだった。

あの時倒れていなければ、ハリーと同じように混乱していただろう。倒れていて良かったと思う日は、きっと後にも先にもないはずだ。

（ベッドの上で聞かされた時、クラッとしたもの）

ハリーだからこそ、冷静に対処できたのだ。

彼が竜の言い分に耳を傾けてくれたから、だから今こうして、リリアーナは竜と面会する機会を得られた。

「彼らは今回の詫《わ》びと礼に、できることは何でもすると言っていたが……リリアーナは何を願うつもりなんだ？」

「そのことなのですが……。ハリー様、わたしって、おともだちが少ないじゃないですか。だから、おともだちになってくれませんかってお願いしてみるつもりなんです」

「本気か？」

「本気です。おともだちなら傷つけることはないし、困ったことがあったら助け合うものでしょう？」

意気揚々と、リリアーナは歩き出す。

ハリーは「異種族キラーめ」とか「人型じゃないから対象外だよな？　そうだと言ってくれ」とかブツブツ言いながらついてきたが、緊張に胸をドキドキさせていたリリアーナの耳に、届くことはなかった。


竜たちが住み処にしているフランツェ山脈は、すでに雪が積もり始めているらしい。

混乱を招かないように、リリアーナが直接会いに行く案も出ていたのだが、今回は竜たちからの提案で、竜の色ごとに選出された代表が、いばらの城の中庭まで来てくれることになっている。

リリアーナが中庭へ向かうと、竜たちはすでに待機していた。

フランツェ山脈に棲む竜は、赤、青、黄、緑に黒の五種。混色も存在しているが、割合が多い色に属する習わしらしい。

それぞれの代表である五頭は、まるで裁判官の判決を待つかのように殊勝に首を垂れて、リリアーナの到着を今か今かと待っていた。

(何でもって……まさか命をもって贖《あがな》うとか、そういう!?)

平和的に、おともだちになるつもりでやってきたリリアーナは驚き、

「頭を上げてください！」

と、叫びながら走り寄った。

五頭の竜たちは探るように互いの顔を見合わせ、リリアーナを見つめてゆらりと頷く。

『仰せの通りに』

図らずも竜たちと話が通じることを知って、リリアーナは安堵した。ハリーから話を聞いていたものの、実は半信半疑だったのだ。

竜たちが「ギャ」とか「ギャオ」と声を発すると、リリアーナの頭の中には彼女が知る言葉が流れ込んでくる。

(不思議な感覚……でも、あの女の人の声が聞こえた時と似ているかも)

すでに一度体験していることだからか、リリアーナはさして驚くことなく、摩訶不思議《まかふしぎ》な現象をすんなりと受け入れることができた。

『では、失礼して……』

そう言って姿勢を正した竜たちは、とても大きかった。

一番小さな黒の竜でも馬二頭分より大きく、一番大きな黄色の竜は黒薔薇の館ほども大きい。街にある小さめの民家だったら、あっという間に踏みつぶしてしまえそうだ。

見上げても目を合わせるのが難しく、竜たちは「獲物を狩るような姿勢で申し訳ない」とすまなそうにしながら、リリアーナの視線に合わせて姿勢を低くした。

『青薔薇の聖女、リリアーナ様』

最初に声を発したのは、体が一番小さな黒の雌竜だった。

黒曜石のような艶やかな目と長いまつ毛が印象的な彼女は、恭しく頭を下げたあと、こう言った。

『私は黒の竜、ネラです。早速ですが、先日は本当に申し訳ございませんでした。一族を代表して、心からお詫びします。老齢のためとはいえ、おじい様が何の罪もない聖女様やシュタッヘルの人々に暴力を振るってしまったこと、恥ずかしい限りです。皆様にあんなことをしておいて許してもらえないでしょうが、謝罪の気持ちだけでも汲《く》み取《と》ってもらえればありがたいです。今回、ひどいことをしてしまって、心から反省していますから、どうかこれからも変わらず、フランツェ山脈に暮らす竜のことは、放っておいてもらえるとありがたいです』

言い終えたネラはギュッと目をつむり、これからくる叱責や暴言、あるいは暴力を受け止めようとしているようだった。他の竜たちも倣うように、深々と頭を下げる。

リリアーナはまるで過去の自分を見ているような気持ちになって、もうだいぶ薄れてきた手の甲の傷跡を無意識にさすりながら、痛ましそうに顔を歪めた。

「ネラ様、大丈夫です。わたしは怒っていませんから」

リリアーナはゆっくりと、ネラの元へ歩み寄った。

まったく怖くないと言えば、うそになる。

だけど、これからおともだちになろうと提案するのに、それでは駄目だと思った。

リリアーナはおずおずと——ビクビクとが正しいかもしれない——目を合わせてくるネラへ、怖がらせないようにニッコリと笑いかける。

「幸い、シュタッヘルの人々は大きなけがもなく、竜に仕返ししようと思っている人はいないそうです。応戦したハリーも、この通りです」

「ええ。特に問題ありません」

リリアーナに応えるように、ハリーが一歩前へ出た。

それから竜たちへ見せつけるように、恭しく一礼する。

少々かしこまったしぐさは道化師のようで、リリアーナは張り詰めていた空気が少しだけ緩んだのを感じた。心なしか、竜たちの表情も和らいだ気がする。

（さすが、ハリー様）

目と目が合って、ひっそりと笑い合う。

ハリーとの短いやりとりに励まされ、リリアーナは「よし」と気合を入れた。

「破損してしまった広場も、問題なく元通りになったそうです」

復興の資金は、竜たちが出してくれたようだ。これくらいはさせてほしい——とのことだったが、目玉が飛び出そうなくらいたくさんの宝石を持ってこられて、街の人々は逆に困惑してしまったのだとか。

今までかけられてきた迷惑料として、受け取ってしまえばいい。

そんな声が出なかったわけではないけれど、シュタッヘルで暮らす大多数の人は、竜だってわざとやっていたわけではないのだし……と返還の流れになりつつあるようだ。

「おじい様はお元気ですか？　大きなけがはなかったと聞きましたが……」

『ええ、今日も元気に野ウサギを追いかけておりましたわ。シュタッヘルを襲ったことをすっかり忘れて、まるで、幼竜のように無邪気に……ふぇ……うぅ～～』

ネラの目から、ポタリと一雫の涙がこぼれた。

張り詰めていた糸がプツンと切れたみたいに泣き出した彼女に、他の竜たちがおろおろと首を右往左往させている。

ネラが今、どんな気持ちで泣いているのか、リリアーナには計り知れない。

けれど、子どものようにワンワン声を上げて泣くネラは、姿こそ竜だけれど、家族の変わりように心を痛めていて、人と何ら変わりないように思えた。

（それなら、おともだちにだってなれるはず）

やがてネラの涙が止まると、リリアーナは驚かせないようにそっと近づいて、彼女の前脚へ手を差し出した。

そしてキョトンとした顔でリリアーナを見つめるネラへ、ガバッと頭を下げた。

「あなた方は放っておいてほしいと言っていましたが、わたしとおともだちになることはできないでしょうか！」

『え……私と、ですか？』

戸惑うような声が、降ってくる。

リリアーナがそっと頭を上げると、ネラの大きな目と視線が絡んだ。

彼女の目に、拒絶は見えない。意外そうに目を見開いてはいたけれど、むしろ喜色が浮かんでいるようにも見えた。

「その……欲張りで申し訳ないのですが、できれば竜の皆さんと仲良くなれたらと……。恥ずかしながらわたし、おともだちが少なくて」

秘密を打ち明けるように小さな声で告げるリリアーナに、竜たちは困惑気味だ。

彼らは意外と、表情豊かである。

「それに、わたしとおともだちになれば、シュタッヘルの人たちも安心できると思うのです。これでも、聖女ですから……わたしと仲良くしている姿を見れば、竜は怖いだけの存在じゃないって、いつか伝わるのではないかと」

会って、話をして、リリアーナは思った。

（竜と人の間に足りないのは、対話だわ）

放っておいてほしいと言ったネラの言葉に、うそはないのだろう。

だけれどリリアーナは、その言葉の裏に「本当は仲良くしたい。けれど、傷つけたくないから離れるしかない」という、悲しいニュアンスが含まれているような気がした。

（そうでなければ、わざわざ来る必要がないもの）

人と関わりたい。

そんな気持ちを少なからず持っているから、竜たちは危険を冒してまで来てくれたのだろう。

（その気持ちに、わたしは報いたい）

最初は、ごくごく軽い気持ちでともだちになりたいと思っていた。

しかし、今は違う。

今はもっと深く、彼らとつながりたいと願う。

リリアーナを取っ掛かりにして、ハリーやノヴァやノルマリス、そしてシュタッヘルの人たちとも徐々に交流を深めていけたら——。

世界中のどこよりも、シュタッヘルは豊かな場所になると思うのだ。黒薔薇の魔女を追放するための場所ではなく、さまざまな種族を受け入れられるような、懐の深い地へ。

（その第一歩として、わたしは……）

「どうか、おともだちになってほしいです！」

リリアーナの申し出に、竜たちはびっくりした表情で顔を見合わせた。

答え合わせをするかのように目くばせし合ったあと、竜たちはぐるりと姿勢を変えて、

『こちらこそ、お願いします！』

と、握手を求めるように尻尾の先を差し出してきた。

「あっ、ありがとうございます！」

感極まったように顔をくしゃりとさせるリリアーナの前へ、次々に尻尾が差し出される。

リリアーナは順番に、尻尾と握手していった。

初めて触れた竜は、かたいけれどあたたかくて。

頭の中にこだまする声は「人の子とおともだちになった！」と子どもみたいに無邪気で。

竜は凶暴だったり、神聖視されたりする生き物だけれど、案外かわいらしいところもあるのだなぁと、リリアーナは微笑ましく思った。

その隣でハリーは牽制《けんせい》するように竜たちを見ていたが、彼らにはお見通しだったようだ。いそいそと訳知り顔でそんなつもりじゃありませんと頭を振る竜たちに、ハリーは胡乱《うろん》な視線を投げ続けていた。

恋する男は、何かと面倒である。


かくして。

数日中にはブルームガルテン国どころか隣国のエッシェにまで、フランツェ山脈中のすべての竜が聖女リリアーナの愛竜《おともだち》になったと知られることとなった。

その早さの原因は、竜だ。

初の人族の友に浮かれまくった竜たちが、各地で自慢しまくったからに他ならなかった。

友情の証として贈られた竜たちの鱗は、リリアーナがほしがっていた宝石街灯に転用されることになった。

竜の鱗は魔法石代わりにするにはあまりにも高価なものだったが、輝くものが大好きな竜たちには高評価で、そのうちフランツェ山脈にもいくつか立てる予定である。

街灯の恩恵もあって、シュタッヘルの人々も少しずつ竜に対する恐怖心が和らいでいるようだ。いばらの城へ遊びに向かう竜を頻繁に見るようになったことも、慣れにつながっているのだろう。

「すぐには難しくても、いつかは……」

時間薬が両者の仲を取り持ってくれるだろうと、リリアーナは願ってやまないのだった。

第八章　青薔薇の聖女

シュタッヘルへ来て初めての冬は、瞬く間に過ぎていった。

午前中は祝福の訓練をし、午後にはコサージュ作り。天気が良い日には街へ下りて、雪かきを手伝ったり、子どもたちと雪遊びを楽しんだりした。

黒薔薇の聖女——もとい、青薔薇の聖女だと正体がバレてからは、多少ぎこちない扱いを受けたけれど、今までとまったく変わりない様子のリリアーナに、シュタッヘルの人たちも早々に慣れたようだ。もちろん、ハリーやノヴァ、ノルマリスの尽力あってのことだろうけれど。

夜も夜で、やりたいことはたくさんあった。

シュタッヘルの人たちが怯えないように、大きな体の竜は夜に来訪することが多い。遊びに来てくれた竜たちとたき火を囲んだり、マシュマロを焼いたり、星空を眺めて昔話に耳を傾けたりする時間は、リリアーナにとってかけがえのない思い出の一つになった。

季節は移ろい、春になろうとしている頃。ルアネから手紙が届いた。

王都で第一王子が誕生したこと。

そして、慣例通りであれば、来月には王子の誕生を祝福する儀式が執り行われるだろう、と書いてあった。

便箋を封筒へしまいながら、リリアーナは悩ましい顔でため息を吐いた。

いばらの城へ来るついでに手紙を届けてくれたノヴァは、彼女の憂鬱そうな様子に眉をひそめる。

「どうした？　何か、良くない話でも書いてあった？」

「いいえ。良いことだと、思う」

「良い話って言うわりには嬉しくなさそうだね？」

「うーん。素直に喜ぶにはちょっと……難しい内容なの」

王族に子が生まれると、国中の花の聖女に招集がかけられる。

すべての花の聖女は、国から保護してもらう代わりに、生まれてきた王族に祝福を贈ることが義務づけられているのだ。

カレンデュラの聖女であるルアネや木香薔薇の聖女であるノルマリスはもちろん、今回は王位継承権第一位となる第一王子の誕生であるから、リリアーナの姉である紫薔薇の聖女サティーナも呼ばれるだろう。

リリアーナから聖女招集の話を聞いたノヴァは、なるほどと頷いたあと、

「それで？　リリアーナは呼ばれないの？」

と、至極不思議そうに聞いてきた。

ノヴァの疑問は、もっともだ。

リリアーナは、不安を言い当てられたような気持ちになった。

誤魔化すように苦笑いを浮かべながら、空になったノヴァのカップへお茶を注ぐ。

今日のお茶は、ハリーがブレンドした黒薔薇入り紅茶だ。

王子の誕生を祝う祝福の儀式。

すべての聖女が祝福する義務を負っているが、黒薔薇の聖女だけは例外である。

真っ当な親であれば、いかなる理由があったとしても、災いを贈る魔女を呼ぶはずがない。

過去には報復を恐れて招待したこともあったそうだが、行ったところでろくな目に遭わないことは明らかなので、リリアーナとしてはお断り一択だ。

「うーん、どうかしら。竜たちやシュタッヘルのみんなは、わたしのことを青薔薇の聖女だと認めてくれたけれど、王や貴族が信じたかどうかはわからないもの」

神殿の立場や神官たちの保守性を考えれば、リリアーナを黒薔薇の聖女と認定し、追放してしまった手前、今更間違いでしたと撤回するのは難しいだろう。

だから、国王側にとっては、王子の誕生を祝う祝福の儀式はちょうど良い機会でもある。

リリアーナが青薔薇の聖女なのか真偽を確かめるため。

また、本物だった場合は神殿に間違いを正させるため。

こんな機会でもなければ、リリアーナを王都へ引っ張って来ることもできないのだ。

「何も音沙汰がないってことは、二進《にっち》も三進《さっち》もいかない状態なんじゃないかしら」

それをいいことに、のんびりさせてもらっているのが、今のリリアーナなわけだが。

ハリーもノヴァもノルマリスも、そしておそらくはルアネも、リリアーナが青薔薇の聖女であると知りながら、知らないふりをしてくれている。

リリアーナが王都へ戻りたくないと、願わくは黒薔薇の聖女のままシュタッヘルにとどまりたいと願っていることを、よく知っているからだ。

「神官たちも見る目がないよな。こんなにかわいい子を追放するだなんてさ」

「かわいいなんて……そんなわけな……」

否定しかけて、リリアーナは言葉を止めた。

そういう時はありがとうと言うべきだと、ハリーに言われたことを思い出したからだ。

「えっと、ありがとう、ございます」

頬を赤らめて言い直したリリアーナに、思うところがあったのだろう。ノヴァはニヤッと意地悪な笑みを浮かべると、「そっかそっか」と納得するように何度も頷いていた。


毎日はとてもにぎやかに、そして穏やかに過ぎていく。

怖いくらい幸せで、だからリリアーナは、すっかり油断していたのだ。

「リリアーナ、ここにいたのか」

暖炉前に置いたロッキングチェアを揺らしながら、レースのリボンを編んでいた時だった。

外から帰ってきたハリーが、封筒を手に部屋へ入ってくる。

「リリアーナ宛てだ」

差し出された手紙を受け取った途端、リリアーナは氷漬けになったように固まった。

「……これ、は……」

声を震わせるリリアーナ。

ハリーは淡々と答えた。

「国王陛下からの手紙、だな」

手紙を持つリリアーナの手が、ブルブルと震える。

真っ白な上質の封筒に施された封蠟《ふうろう》は金色で、押されている紋章は王家のもの。

国王以外の王族では銀色の封蠟しか許されないので、これは間違いなく国王本人からの手紙ということになる。

「まさか……」

リリアーナがハリーを仰ぐと、彼は苦々しい顔で浅く頷いた。

「神殿が間違いを認めないから、国王が動いたようだ」

「ああ、やっぱり……」

当代の国王は、王としてきちんと考えられるお方だったらしい。

（神官たちの話を鵜呑《うの》みにせず、国の利益を考えて行動されたのね）

こんな日が来なければいいと思っていた。

逆を言えば、こんな日が来るとわかっていたからこその願いだったのだろう。

リリアーナは何度も深呼吸して気持ちを落ち着けると、ハリーから渡されたペーパーナイフで手紙の封を切った。

ナイフをハリーへ返し、息をひそめながらそうっと便箋を取り出す。

「……ハリー様。国王陛下の筆跡は、ご存じですか？」

偽物だったらいい。

そんな思いから、リリアーナは横で待機しているハリーへ手紙を見せた。しかし——。

「間違いなく、国王陛下の筆跡だ。ここと、ここ。癖があるだろう？」

ハリーが指差したのは、言われなければわからないような、小さな癖。

しかし、宰相閣下の愛息子である彼が言うなら、国王からの手紙で間違いないのだろう。

(仕方がない、認めよう……)

あら探しすることは諦め、内容を読み進める。リリアーナはドキドキしながら、間違いのないように一字一字丁寧に読んでいった。

ところが、手紙の内容は、黒薔薇の聖女宛てでも、青薔薇の聖女宛てでもなかった。

シュタッヘルを竜から守り、さらに彼らと親しくなった功績を讃え、リリアーナを王子の誕生を祝福する儀式へ招待したい——ということらしい。

「なるほどな。王子の誕生を祝福する儀式には、ごく少数ではあるが国民も招待される。その中の一人に、リリアーナが選ばれたということか」

悪あがきで三回は読んだが、どう解釈しても招待されている。

リリアーナが観念してハリーへ告げると、彼はどこか誇らしげにそう言った。

ようやくリリアーナの功績が認められたと、自分のことのように喜びを嚙み締めているハリーには悪いが、リリアーナ自身は嬉しくない。

（黒薔薇の聖女としての呼び出しだったら、それを理由に断ることもできたのに）

しかし、国王自ら、それもただのリリアーナを招待したとあっては、断る理由がない。

「どうにかして、お断りできないでしょうか……」

「なぜ？」

「なぜって……理由はいろいろありますが……。そうですね、まず第一に、わたしは、儀式に参列するための服を持っていません」

神殿から支給されたワンピース数着とハリーから贈られた服数着だけが、リリアーナの持ち物である。

ハリーお手製の服は着心地が良くてデザインも気に入っているが、儀式の場に合う服ではないと思う。

「その心配は無用だ。こんなこともあろうかと、リリアーナに似合うドレスをすでに作ってある」

（……だと思った）

ハリーの口ぶりからして、一着や二着の話ではないのだろう。

なんなら、その隣に立つであろう自身の服も準備済みな気がする。

忙しい中、一体いつ、制作時間を捻出していたのか。リリアーナは不思議でならない。

とはいえ、この程度で引き下がるような半端な気持ちで、王都行きを渋っているリリアーナではない。

ハリーには悪いが、リリアーナはどうあっても王都へ行きたくないのである。

「……第二に、わたしは公式な場に出たことがないので、粗相をしてしまうかと」

「問題ない。俺がついている」

宰相の息子として高度な教育を受け、さらに花の聖女の護衛としてさまざまな場に同席していたハリーだ。リリアーナの粗相程度、どうってことないのだろう。いざとなれば、宰相がお出ましになるのかもしれない。

「…………第三に、竜とシュタッヘルの関係が心配なのです。行きと帰りで二か月はかかるでしょうから、その間に双方の関係にヒビが入る可能性はゼロではありません」

「うむ、確かに」

ようやくハリーが納得できそうな理由をひねり出せて、リリアーナは内心喜んだ。

それに、思いつきで言ったものの、まったくのうそではない。

竜たちとの交流は、まだ始まったばかり。リリアーナやハリー抜きで何かあった場合、ノヴァだけで対処することは難しい。

(ノルマリス様は当然、呼び出されているはずだもの)

問題が起きる可能性は限りなく低いが、おじいちゃん竜の件もある。

「難しい問題だな」

「そうなのです」

しかめ面で考え込むハリーに、申し訳なく思うより説き伏せられたことへの安堵が勝る。

（これで、王都行きは回避できたも同然ね）

達成感に胸を撫で下ろすリリアーナ。

この時の彼女は、まさか思わぬところから助けの手が伸ばされるとは思いもしないのだった。


それから、ひと月が経った。

本来であれば、王子の誕生を祝う祝福の儀式はすでに執り行われたあと。

リリアーナは何の心配もなく心穏やかにシュタッヘルで生活しているはずだったが、彼女の心は今、これ以上ないくらい乱れていた。なぜなら――。

（いやぁぁぁ。行きたくないぃぃぃぃ）

容赦なくノヴァに抱きかかえられたリリアーナは、大きなカゴへ乗せられた。

一度は諦めさせたと思っていた、王都行き。

しかし、理由は曖昧ながら儀式はひと月延期となり、まさかリリアーナがお断りしたせいかと戦々恐々としているところへ、とどめとばかりに二通目の招待状が届いては、断ることなどできなかった。

「ノヴァ様……」

脱出しようとカゴの縁に手をかけるも、かえって怯えていると勘違いされ、宥めるように頭を撫でられる。

「よしよし。怖かったら、ハリーにしがみついとけば大丈夫だ」

「無理です……！」

首をブンブン振ってノヴァの手を退かしながら、リリアーナは彼を見上げた。

「しがみつくなんて、そんな……はしたない、じゃないですか」

「そうかな。怖いと思うことに大人も子どももないと思うけど」

親が子どもを慈しむように、ノヴァはリリアーナの頬をやさしく撫でた。

やわらかく細められた目に意地悪をしようとしている気持ちはなく、彼は本当に、そう思っているらしい。

「ノヴァ。気安く触るな」

不機嫌な声とともに、リリアーナは背後から抱きすくめられた。同時に、背後からニュッと伸びてきた手が、ノヴァの顔面を押す。

「えっ？　あ、ノヴァ様、大丈夫ですか？」

不機嫌な態度は「うらやましい」と言っているも同然だ。

ノヴァは降参するように両手を上げると、鋭い視線でにらんでくるハリーと距離を取るように、数歩後退した。

「リリアーナが不安がっていたから、元気づけていただけ。やましいことは何もなかったよ」

「あってたまるか」

ノヴァの頭を、ハリーが小突く。

ハリーとは思えない乱暴なしぐさに、リリアーナの胸がドキンと高鳴る。

どうしてそうなるのかわからなくて、リリアーナは胸に手を当てながら心臓の辺りを見下ろした。

「ほら、見てみろよ。不安そうな顔をしているから」

抱きすくめられた体勢のまま、背後からのぞき込まれた。

経験したことがないほどの近距離で見つめられて、リリアーナの頬が赤く色づく。

（あ、いい匂い……ではなく！　どうしてこんなことにぃぃぃ）

しっかり着込んでいるおかげで体温は感じられないが、それでも自分とは大きく異なる胸板を背中に感じて、リリアーナはうろたえる。

「怖いなら、手もつなぐか？」

耳の後ろからささやくように声をかけられて、リリアーナは気を失うかと思った。

ケラケラと腹を抱えて笑っているノヴァが、恨めしい。

きっと彼は、何もかもお見通しなのだ。

（ノルマリス様が二人いるみたい）

木香薔薇の聖女であるノルマリスは、一足先に王都へ旅立った。

街道沿いに王都へ向かいながら、立ち寄った街で人助け《うらない》をしつつ向かうのだそうだ。

リリアーナはもちろん一緒に行こうと誘ったけれど、笑顔で断られてしまった。なぜなら彼女は、高いところが苦手だから。

（そういう事情なら、無理にお願いできないわ）

リリアーナが王都行きを渋っていることを知った竜たちは、少しでも彼女が心穏やかに過ごせるよう、送迎を買って出てくれた。

馬車でひと月かけた旅路も、竜ならば一週間程度で着いてしまうらしい。

乗馬すらできないリリアーナが一週間も騎乗することは難しいので、頑丈な素材で大きなカゴを作り、それに荷物やリリアーナたちを乗せて、竜たちが運搬することになった。

『では、参りましょうか』

黒の竜ネラは、すっかり準備が整ったことを確認すると、声をかけた。

彼女の号令で、それまでおとなしく寝そべっていた竜たちが身を起こす。

王都へ送ってくれるのは、比較的小柄な竜たちのようだ。

大きな竜では人々を混乱させてしまうし、そうさせないためにははるか上空を飛ばなければならない。しかしそれでは、リリアーナの体に負担を強いることになってしまうだろう——ということで、小柄な竜が、人に迷惑をかけない程度に高いところを飛んでいくことになった。

大きな音を立てて、竜たちが羽ばたく。

竜たちが飛び立ってから数秒遅れて、カゴがフワリと浮いた。

竜たちの首には太いロープがつないであり、その先にリリアーナたちが乗るカゴがぶら下がっている。いつでも交代できるよう、交代要員も後ろからついてくるようだ。

「リリアーナ、気をつけて行っておいで」

「はい、行ってきます」

リリアーナは、見送るノヴァへ手を振りながら挨拶を返した。

グングンと、高度が上がっていく。

いばらの城が一望できる高さまで上がると、はるか下、街の広場に集まった人々の姿が見えた。

「聖女様、お気をつけて！」

「お戻りを、お待ちしております！」

ノヴァをはじめとする、シュタッヘルでも竜に慣れつつある人たちに見送られ、竜たちは移動を開始した。

「……すごいですね、ハリー様」

「ああ、すごい……」

見えたのは、変わりつつあるシュタッヘルの街並みだ。

竜たちがいばらの城以外では降下しないことを約束して以来、街のそこかしこに色が増えてきている。

遠くにはフランツェ山脈の緑の稜線《りょうせん》が、街中を通るカスターニエ川は太陽に照らされてキラキラと輝いて見えた。

生まれて初めて見る空からの風景に、リリアーナもハリーも言葉を忘れてただただ見入った。

そうして、来るときはゆっくりとひと月かけた追放の旅路は、竜たちのおかげで一週間ほどで王都に到着したのだった。

リリアーナとハリーは、予定通り、儀式の前日に王都の手前にある草原で竜たちと別れた。竜たちの心情としては、堂々と王城へ連れていって自慢の友人を披露するつもりだったようだが、それではリリアーナが注目を浴びてしまう。

できる限りひっそりと参加してサッと帰りたかったリリアーナは、彼らの申し出を丁重にお断りしたのだった。

あらかじめハリーが手配しておいてくれた馬車で、王都へ入る。

久しぶりの王都は、驚くほど感慨がなかった。

（外出をしたことなんて、ほとんどなかったもの。思い入れがないのは当然だわ）

リリアーナはまるで初めて来た街を見るように、車窓から外を眺めた。

綺麗だけれど、殺風景な街並みだ。今まで見てきたどの街より煌びやかなのに、あたたかみが足りない。

（シュタッヘルへ帰りたい……）

早くもホームシックになってしまったらしい。

何を見てもシュタッヘルだったらと比較してしまって、外を見るのも早々に飽きてしまった。

（それにしても、この馬車はどこへ向かっているのかしら？）

リリアーナはどこかの宿に泊まるものだと思っていたのだが、走っているのは高級住宅街の一等地。その中でも特に目を引く——蝶模様が見事な鉄柵がある——門を、馬車はくぐっていく。

「あの……ハリー様？」

窓から見えるのは、立派な屋敷。リリアーナはその風景を、うわさで聞いたことがあった。

見るなり驚いた顔で振り返ったリリアーナは、向かいで頭を抱えるハリーにさらに驚いた。

「ハリー様。ここは、あなたのご実家では？」

リリアーナの指摘にハリーはウッと詰まり、うなりながら「すまない」と言った。

「どうやら、両親に感づかれたようだ」

「感づかれたって……えっ、どういうことですか？」

訳がわからない。

リリアーナが質問したと同時に、タイミングを見計らったかのように馬車が停まった。

御者が席を立つよりも早く、扉が力強く開かれる。

バキリと音がするほどの強さに、盗賊が襲ってくる時はこんな感じなのだろうなと、リリアーナはどこか遠いところにいるような気持ちで思った。

「ハリー！」

「ハリーちゃん！」

「ハリィィイ！」

ぴょこぴょこぴょこ、と顔を出したのは、ダンディなおじさまと年齢不詳の美女、そして興奮して鼻息を荒らげる美青年だ。

親しげにハリーの名前を呼ぶところとそれぞれの見た目を鑑みるに、ハリーの両親と兄なのだろうとリリアーナは推察する。

「「「おかえりなさい！」」」

三人はわらわらと馬車へ乗り込んで来ると、そう広くない車内でギュウギュウとハリーを抱きしめた。

「ああ、ハリーちゃん。お顔をよく見せてちょうだい」

「……母上」

「ルアネ様から話を聞いていたが、こんな顔になったんだね」

「兄上、」

「前もかっこよかったが、今も良いじゃないか」

「…………父上」

あのハリーを引き倒さん勢いで抱きつく彼らに、リリアーナは引き気味だ。

感動の再会を邪魔しないよう、リリアーナは馬車の隅っこへ身を寄せた。

出迎えてくれた家族の喜びようを見るに、息子と弟の帰宅を心から待ち侘びていたことがうかがえるが、どうやらハリーにとっては予定外の帰宅らしい。

（まさか、王都へ戻ることさえ知らせていなかったわけではないよね……？）

それは少々、薄情なのではないだろうか。

リリアーナのように事情があるなら仕方ないにしても、ハリーは宰相が溺愛する愛息子。仕事熱心なのは感心だが、それ以外も大事にしてもらいたい。

「ああ、もう！」

わなわなと震えていたかと思ったら、爆発したみたいにハリーが声を荒らげる。

「いい加減にしてくれ！　リリアーナがいるのに、恥ずかしいだろう！」

ハリーの怒鳴り声に、三人の動きが止まる。

いつまでもやってくれていて良かったのに、と生ぬるい視線を向けていたリリアーナに、三人の視線が突き刺さった。

ロックオン！

まさに、そんな風だったと思う。

ハリーを中心に巻き起こっていた竜巻が、今度は怒濤《どとう》の勢いでリリアーナに接近してきた。彼へしていたような熱烈な歓迎はないものの、ハグがないだけで口調は高揚したままだ。

「君がリリアーナ嬢か」

「ああ、なんて愛らしいお嬢さんなの。ハリー、よくやったわ！」

（…………名乗る隙もない）

我先にと声をかけてくるハリーの両親と思しき二人に、リリアーナはぎこちなく微笑んだ。

困った時は笑っておきなさい——ノルマリスの教えである。

はぅぅと感極まったような声を漏らすハリー母、彼女に同意するように頷くハリー父。そしておそらくハリーの兄が、リリアーナへ手を差し出した。

「やぁ、かわいらしいお嬢さん。私はハリーの兄の――」

「父上、母上、兄上！」

握手を求めてきた兄と名乗りかけていた青年の手を叩き落とし、ハリーは怒鳴った。

「おやめください！　リリアーナが怯えているではありませんか」

怯えるというよりただただ驚いていただけだったのだが、ハリーにはそう見えなかったらしい。

馬車の奥で小さくなっていたリリアーナを抱え上げると、彼は両親と兄の間をすり抜けズンズンと屋敷へ入っていった。

「ハリー様、どうかわたしのことはお気になさらず……」

どうぞ、家族と団らんのひとときを過ごしてください――と言う前に、ハリーに遮られる。

「悠長なことを言っている場合ではないぞ、リリアーナ。放っておけば朝まで質問攻めされるに決まっているのだから」

「ああ、それならわたしだけでも宿へ――」

「両親のことだ、すでに予約はキャンセルされているはず。ここに連れて来られた時点で、エドランドの屋敷へ泊まることは決定事項だと思ってくれ。俺の家族は、悪い人たちではないのだが……少々……強引なところがある」

「ああ、そうなのですね。ではご挨拶を……」

腕から下りようとするリリアーナを、ハリーは抱え直す。

ハリーはリリアーナに、挨拶もさせないつもりなのだろうか。

(無作法な令嬢だと思われてしまったら、どうしよう)

そうでなくとも、王都でのリリアーナの評判は地に落ちている。これ以上失礼を重ねて、エドランド家のリリアーナに対する心証を悪くしたくなかった。

「ハリー様。お願いですから、下ろしてください」

不満げな表情を浮かべるリリアーナから、ハリーは強引に視線を逸らした。

「いや、あとにしよう。疲れているだろうし、もう休むべきだ」

「でも……」

明らかに挙動不審な様子のハリーに、リリアーナは心配になってきた。

「疲れを残したままでは、明日の儀式で何かやらかしてしまうかもしれない。目立つのは嫌だろう。それでもいいのか?」

彼の余裕のなさは、何が原因なのだろう。

らしくもなく脅すようなことを言ってくるハリーに、リリアーナは戸惑うばかりだ。

「それは……いやです」

「だろう？　それに、母のことだ。明日は朝から磨き上げられるだろうから、覚悟した方がいい」

「……わぁ」

エドランド侯爵一家は少々……いやかなり、思っていたのと違う。

なかなかに破天荒で、そして仲良しだ。

（大事な息子さんがないないない尽くしの令嬢と顔を近づけて話をしているのに、嫌悪するどころか嬉しそうに……笑っているなんて）

ハリーの肩越しに振り返ると、上機嫌に笑うエドランド家の面々がいる。

何を考えていたら、あんな風にとろけるような顔で笑えるのだろう。

予想していた反応とは真逆のことをされて、リリアーナはどうしたらいいのかわからない。

助けを求めようにも頼みのハリーは余裕がない様子で、今どこへ向かっているのかさえ聞けない雰囲気だ。

勝手知ったる我が家の廊下を、突き進むハリー。そんな彼の足を止めたのは、母の一言だった。

「聖女様のお部屋は、あなたの部屋の隣に用意したわよ」

「なっ⁉」

ハリーが驚くのも無理はなかった。なにせそこは、ハリーの伴侶が使う予定の部屋だからだ。

早合点にもほどがある母に、ハリーはすっとんきょうな声を上げる。

その顔はわかりやすく、羞恥で真っ赤に染まっていた。

「だって、当然でしょう？　あなたは聖女様を守る騎士なのだもの。大切な人をお守りするのだから、近くがいいに決まっているわ」

事情を知らないリリアーナは、のんきに「ご配慮ありがとうございます」と彼女に感謝していたが、ハリーはそうはいかない。

もっともらしいことを言っているようで、母には別のもくろみがあるに違いなかった。

既成事実という言葉が、ハリーの脳裏を素通りしていく。

しかし、言い返しても「照れちゃって」と喜ばれるだけだということも、ハリーはわかっていた。

「母上……」

ハリーがにらんでも、母はどこ吹く風だ。

むしろ、ハリーの反抗的な態度さえ嬉しがっている様子である。

「聖女様はお疲れのご様子。早く休ませてあげないといけないわ」

「わかっております。ですから、一刻も早く部屋へ向かおうと――」

「そう。では早く、お部屋へお連れして差し上げて」

客室へは行かせまいと、通りすがりのメイドにさりげなく行く手を阻まれる。

これにはハリーも困り果てて、抵抗する気も失《う》せた。

諦めるようにハァとため息を吐いて、自室へ通じる廊下へと進路を変える。

「では聖女様、本日はゆっくりとお休みください。明日の支度につきましては、我が家のメイドたちが誠心誠意お手伝いいたしますので、安心してくださいね」

「あ……ご配慮、ありがとうございます」

「いえいえ、当然のことですわ。それから、ハリー。あなたはあとで談話室にいらっしゃいね」

妖艶な笑みを浮かべて手を振る母の顔は、相変わらず美しい。

しかし、その頭の中は井戸端会議で盛り上がるシュタッヘルのおばちゃんたちとなんら変わらないなと、ハリーは思うのだった。

エドランド家の人たちは、使用人も含めてみんな、リリアーナに親切だった。

内心はどうあれ、黒薔薇の魔女だと恐れる表情を見せることなく、完璧にもてなしてくれた。

長旅でお疲れでしょうと、わざわざ部屋まで食事を運んでくれたり。つい今し方も、緊張してなかなか寝付けないでしょうからと、わざわざラベンダーの香りを移した枕を届けてくれたばかりだ。

「せっかくのご厚意を無下にしたくないのに」

明日のことを考えると、リリアーナはなかなか寝付けなかった。

だって明日は、とうとう――。

「あの人たちと、会うかもしれない」

あの日見た、悪魔のような笑顔が忘れられない。

リリアーナの思い出を燃やし尽くした炎が、忘れられない。

それらを思い出すだけで、胸が引きつれるように痛む。

王都へ戻ってきたからだろうか。

もういいや、大丈夫だと思ったはずの気持ちが、揺らぐ。

リリアーナはベッドの上で胎児のように丸まりながら、言い聞かせるように何度も「大丈夫」とつぶやいた――と、その時である。

控えめなノックの音に、リリアーナは飛び起きた。

「お休みのところ申し訳ございません。旦那様のお申し付けで、ささやかなお茶会をご用意いたしました。お越しいただけないでしょうか？」

「エドランド侯爵様が、ですか？」

「はい。会わせたい方がいらっしゃるとか。きっとお嬢様もお喜びになるはずだとおっしゃっていました」

「わたしが、会いたい人……？」

ふと、ノルマリスの顔が頭に浮かんだ。

明日を前にして何か予言を授かって、それでわざわざ訪ねてきてくれたのだろうか？

だとしたら、会っておくべきだろう。

「それに……ノルマリス様とお茶をして楽しくお喋りしたら、リラックスして眠くなるかもしれないもの」

そう思うと途端に気持ちが楽になって、リリアーナは嬉々《きき》とした声で「行きます」と答えていた。

案内されたのは、エドランド邸のティールームだった。

就寝前ということもあってか、部屋の明かりは控えめだ。ろうそくのほんのりとした明かりが、そこかしこを照らしている。

テーブルにはすでに、先客がいた。

「えっ……」

ノルマリスだと思い込んでいたリリアーナは、懐かしい顔に目を見開いた。

「デラニー叔母様？」

「ああ、リリアーナ！」

デラニーはリリアーナを見るなり、今にも泣きそうな顔で目を細める。

そして、近づいてきたリリアーナをギュッと抱きしめた。

リリアーナはおずおずと抱きしめ返しながら、それでもどこか信じられない様子で尋ねた。

「叔母様……どうして、ここに？」

デラニーと会うのは、聖女の儀以来だ。

追放された姪からの連絡なんて困らせるだけだろうと、手紙を送ることも控えていた。

「ルアネ様が、エドランド侯爵様へお願いしてくれたのよ」

「ルアネ様が？」

「ええ。あなたが聖女の儀を受けたあの日……ルアネ様がお話ししてくださったの」

リリアーナが、黒薔薇の聖女に選ばれたこと。

黒薔薇の聖女は、シュタッヘルでお務めしなくてはならないこと。

近衛騎士のハリー・エドランドが同行しているので、何も心配はいらないこと。

「――そして、いつかあなたと話をさせてくれると、約束してくださったわ」

そう言ってデラニーは、会えて嬉しいと泣きながら、リリアーナへ微笑みかけた。

「さぁ、座りましょう。話したいことも聞きたいことも、たくさんあるの」

「叔母様、そんなに急がなくてもわたしは逃げませんよ？」

「そうね。久しぶりに会ったから、浮かれているのかも。元気そうで、安心したわ。前より、表情が明るくなったみたい。シュタッヘルは、いいところなのね」

「ええ、いいところです」

そっと目を閉じると、シュタッヘルの街並みがまぶたの裏に浮かぶ。

王都へ向かうリリアーナたちを見送ってくれた、ノヴァや街の人たち。王都まで送ってくれた竜たちや、それから、ハリー――。

「大好きなのね」

「えっ!?」

ちょうどハリーの顔を思い出していたところだったので、リリアーナは狼狽《うろた》えた。

(顔に出るほど、わかりやすかった？)

恥ずかしくて、たまらない。

リリアーナは赤くなった頰を誤魔化すように、近くにあったクッキーに手を伸ばした。

「シュタッヘルが大好きなのでしょう？　そういう顔をしているもの」

胸のドキドキが、一瞬にして落ち着く。

リリアーナはホッとしながら、笑みを深めた。

「ええ、そうなの。こちらのみんなは、相変わらずですか？」

「うちの家族は相変わらずよ。それに、ソワレ家の人たちも。むしろあれ以来、ますます調子に乗っているようだわ」

　あれ以来とは、リリアーナが追放されてからだろう。

　リリアーナというお荷物がなくなって、自由になったお金でサティーナを甘やかしているに違いない。

「姉さんが言っていたわ、明日はサティーナにとって大事な儀式があるって。リリアーナも、そのために王都へ来たのでしょう？」

「ええ、そうですね。サティーナ様にとっては、人生で一度きりのことですから……」

　答えるリリアーナの顔は、苦々しい。

　微妙に噛み合わない会話にデラニーは微苦笑を浮かべ、

「リリアーナ。私は、あなたの話が聞きたいわ」

　と、やや強引に話題を変えた。

「わたしの？　ええと、そうですね……」

　リリアーナは唇の下に人差し指を押し当てて考えるように遠くを見つめ、それからポツリポツリと語り出した。

　彼女から聞く話は、デラニーには想像もつかない世界で。だけれど、リリアーナが見たこともないような穏やかな顔で笑うから、シュタッヘルというところは彼女にとって愛すべき土地なのだろうなと、デラニーはようやく、安心したのだった。

ハリーが言っていた通り、翌日は夜が明けきらないうちから大忙しだった。

お風呂で磨き上げられ、その後はマッサージに髪の手入れ。部屋に戻ってからは、着替えに髪のセットに、あれやこれやと休む暇もない。

「ハリー様を呼んでまいります。それまで少々、お待ちくださいませ」

「はい、ありがとうございます」

小さな音を立てて、豪華な扉が閉ざされる。

朝からリリアーナを取り囲んでいた大勢の女性たちがすべての準備を終えて部屋を去り、ようやく一人になった時――鏡の向こうに、リリアーナが知らない可憐な令嬢が立っていた。

「……これは、誰？」

くすんだ紺色だったはずの髪は艶々と、上品にまとめられている。

垂れ気味で自信なさげに見える目は、メイクによってクリクリとした大きな目になっていて、まつ毛は影を落とすほど長い。

女性らしいやわらかな曲線を描く体には、薔薇模様の繊細なレースがふんだんに使われた、透明感あふれるドレスがよく似合っていた。

「何を言っている。リリアーナに決まっているだろう」

振り返ると、隣室へ続く扉の横にハリーが立っていて。リリアーナを呆れた顔で眺めていた。

精悍《せいかん》な体に華やかな衣装をまとい、その胸にはリリアーナが作ったコサージュ。

見慣れた騎士姿とも違う艶《あで》やかな格好に、リリアーナは思わず目が釘付けになった。

（なんて……なんて、すてきなの……）

格好良すぎて、言葉もない。

しかしじっくり見るにつけ、リリアーナはだんだんと心配になってきた。

（見た目は絵本から抜け出てきた騎士様みたいにキラキラしているのに、どこかくたびれているというか……？）

いつもの彼ならばここはリリアーナを褒めちぎっている場面なのだが、そんな余裕もないようだ。

「まさか、徹夜ですか……？」

昨日、ハリーの母は談話室へ来るようにと言っていた。

久しぶりに会うのだから、話すことはたくさんある。家族揃ってソファへ座り、にぎやかなひとときを過ごすのだろう――と、昨日見た様子から想像していたのだが。

（まさか、朝までだったとは）

ソワレ家では考えられない仲の良さに、リリアーナは驚くばかりだ。

（デラニー叔母様ともっとお話しすれば良かったかな）

明日は忙しいでしょうと、デラニーは二時間ほどで帰って行った。

徹夜は無理だとしても、話し足りなさそうなデラニーの姿を思い出すと、もう少し引き留めれば良かったと思う。

気遣わしげなリリアーナの視線に、ハリーは乾いた笑みで応えた。

「気にするな、慣れている」

「でも……」

「大丈夫だ。神殿に着くまでには、ちゃんとするから」

言いながら、ハリーはクワァとあくびを漏らした。

眠いのか、いつもの凛々《りり》しさが半減している。

自宅にいるせいもあるのだろう。とてもリラックスしているのがわかる。

(リラックスするのはいいことよ。でも、でも！　この恥ずかしさは、なに!?)

気怠《けだる》そうにしつつも、しぐさの一つ一つが色っぽい。

変に動揺してしまうのは、普段のかっちりとした彼を知っているせいだろうか。

(なんで!?)

ハリーが悪いはずがなかった。

彼は王族と謁見するにふさわしい装いをしていたし、リリアーナに失礼な態度を取ったわけでもない。

どこへ出しても恥ずかしくない、立派な青年だ。リリアーナの隣へ立たせておくのが、もったいないくらい。

それなのになぜかリリアーナは恥ずかしくてたまらなくなって、見ていられなくなって、思わず目を背けた。

ドキドキと早鐘を打つ胸の鼓動が抑えられない。

一体何に反応して緊張しているのかもわからないまま、リリアーナは混乱していた。

「リリアーナ？」

「ふぇっ!?」

名前を呼ばれて、反射的に見上げるリリアーナ。

近づいてきたハリーはリリアーナを見つめながら、長い指先を彼女の口元へ添えた。

そのまま額がくっつきそうなほど、ハリーの顔が近づく。

「……化粧でうまく隠しているが、うっすらクマができているな。眠れなかったのか？」

リリアーナの心臓は、破裂するんじゃないかと心配になるくらいドコドコと飛び跳ねている。

迂闊に声を発したらパーンと弾けてしまいそうで、リリアーナは吐息交じりの小さな声で答えた。

「ええと、その……そう、だったような……？」

クマができているのは、単に朝が早すぎたせいだ。

隣の部屋にハリーがいる。いつもよりも近い距離に、むしろ安心して眠りに落ちた。

「大丈夫か？　眠気覚ましにミントティーを用意しようか」

それよりなにより、顔を遠くにして話してほしい。顔を背けようにも、ハリーが手を添えているせいでできないでいるのだから。

（ああ、ドキドキが止まらない）

宝石街灯のように美しい黒の目に、リリアーナが映り込んでいる。

気持ちは今にも泣きそうなのに、映り込んだ姿はとても愛らしく見えて――。

(駄目なのに……)

どうしようと焦るリリアーナの思考を遮るかのように、扉がノックされる。

馬車の用意ができましたと、使用人が呼びに来たらしかった。

「行けそうか?」

「はい、大丈夫です」

さりげなく肘を曲げ、リリアーナの方にスペースを空けるハリー。

リリアーナはおずおずと、ハリーの肘の中間よりやや手よりのポジションに、手を添えた。

「ん。教えた通りにちゃんとできたな」

互いに姿勢を良くし、体重をかけ合わないようにする。

エスコートのされ方は、ハリーから教わった。

教わった時は披露することなんてないと思っていたけれど、そんなことはなかった。

「先生の教え方が上手だったみたいです」

「そうか、それは良かった」

胸の高鳴りは、緊張のせい。初めて貴族らしいことをしているから、テンションがおかしくなっているだけだ。

ハリーが笑うたびにキュウッと胸が締め付けられるのも、教えてくれた彼のためにも絶対に失敗できないと緊張しているせいに違いない。

（すべてが終わってもおかしかったら、その時に考えればいい。今は他に、やらなくちゃいけないことがたくさんあるんだから）

会場では、何が起こっても不思議ではない。

サティーナはもちろん、両親も参列しているのだから。


やわらかい風が木々の幼い緑を揺する、春の昼下がり。

花の国ブルームガルテンの王都にある女神の神殿では、国王一家待望の第一子、ミイルズ王子の誕生を祝福する儀式が始まろうとしていた。

招待されたのは、国中に存在する花の聖女たちと貴族、そして一部の招待客だけだ。

「ノルマリス様」

神殿の中でノルマリスの姿を見つけ、柱の陰からリリアーナは声をかけた。

フワリと裾を翻して振り返ったノルマリスは、リリアーナの姿を見て安堵の表情を浮かべる。

きっと、リリアーナたちが無事に王都へ来られるか心配していたのだろう。その顔には、高所に対する恐怖がにじんでいた。

「リリアーナ！　また会えて、嬉しいわ」

歩み寄ってきたノルマリスは、喜びを噛み締めるようにリリアーナの手を握る。

リリアーナも握り返しながら、にこりと微笑んだ。

「わたしもです、ノルマリス様」

「そのドレス、とてもよく似合っていますわ。さすが、エドランド様ですわね」

ノルマリスの賛辞に、ハリーはまんざらでもないような顔をしつつ、恥ずかしそうに咳払いする。

その隣で自分のことのように胸を張って嬉しそうにしているリリアーナに、ノルマリスは（良い兆候ですわ）と目を細めた。

「ところでお二人とも、少々心に留めておいていただきたいのだけれど……どうやら今回の儀式は一筋縄ではいかないようですわ。慣例通りであれば、生後一か月で行われる儀式が一か月も延期になって、いろいろな憶測が飛び交っているの」

「もしや、リリアーナのことが……？」

「いいえ、リリアーナのことは話題になっていないようですわ。わたくしが聞いたのは、王妃様の体調が思わしくないとか、王子様にはご病気があるとか――」

「それでは……聖女の皆様、順番にお並びください」

神官たちが、花の聖女たちへ声をかけ始める。

「ああ、もう時間なのね。ごめんなさい、行かないと。何が起こるかわからないけれど、とにかくお互い、気をつけましょう」

ノルマリスは名残惜しそうにしつつ、聖女たちの列へ加わっていった。

華やかにドレスアップした聖女たちが、指定された順にしとやかに整列していく。

彼女たちが動くたびにドレスの裾がひらひらと舞い、それはまるで花びらが舞い散っているようにも見えて、とても美しい光景だった。

「すてきな眺め」

「本来であれば、リリアーナもあそこへ並ぶはずだったのだが」

「わたしはここで十分です」

どこまでも欲のないリリアーナに、ハリーはやれやれと肩をすくめた。

母から警告されていた通り、女性たちはハリーに夢中になっていた。

（獰猛《どうもう》な肉食聖女たちに見習わせたいくらいだ）

まさか毛虫の騎士だとは思いもしないのだろう。なんとか話しかけようと、躍起になって話しかけるきっかけを探っているのがバレバレだ。

そこかしこから感じる獲物を狙うような視線を一蹴し、ハリーは最前列へと目を向ける。

名誉ある一番目を飾るのは、カレンデュラの聖女——ルアネ・エミールだ。

カレンデュラの花を思い起こさせる鮮やかなオレンジ色のドレスは、こんがりと日焼けした肌によく似合っている。

「ルアネ様が一番目か」

「慣例通りなら、一番目はサティーナ様だったはずです。どうしてルアネ様なのでしょうか？」

王位継承権第一位である第一王子の誕生を祝福する儀式は、紫薔薇の祝福から始まる。

紫薔薇の花言葉は、王座。ミイルズ王子が次期国王であることを証明するための祝福である。

慣例通りならば、一番目は紫薔薇の聖女であるソワレ侯爵家令嬢サティーナが飾るはず。

そう思っている人は二人の他にもいるようで、そこかしこから似たようなささやきが聞こえた。

「一番目にカレンデュラの祝福がくるということは、もしかしたら王子の健康状態に問題があるのかもしれない」

「そんな……まだ生まれてふた月くらいしか経っていないのに」

建国以来の決まりで、たとえ王族であろうと生後一か月が過ぎないと聖女の祝福を受けることができない。

もしもハリーの推測通りならば、今日のこの日まで、国王夫妻はどんなに不安だったことだろう。

威風堂々としている二人の様子からは微塵も感じられないが、慣例を踏襲しなかったことがその証に思えてならない。

悲しそうに表情を曇らせるリリアーナだが、ハリーはそうでもないようだ。

力強い視線は自信満々で、リリアーナを見つめて微笑む。

「万が一、何かあったとしても。リリアーナがいるから、大丈夫だ」

その自信は、どこからくるのだろう。

寄せられる信頼に応えたい反面、応えられるのだろうかと不安になる。

リリアーナが花の祝福で奇跡を起こしたのは、二回だけ。

一度目はハリーを死の淵から救い、二度目は竜の暴走を抑えた。

王家の儀式に呼ばれるほどの大きな功績ではあるが、三度目もうまくいくかなんて、保証はない。

今回は聖女として呼ばれたわけではないので、できれば関わりたくないというのが、リリアーナの正直な気持ちだ。

もっとも、小心者なくせに求められると応えたくなってしまう厄介な性格の持ち主が、いざという時に黙っていられるかは定かではないが。

「何があっても、リリアーナのことは俺が守る」

ハリーの手が、垂らしていたリリアーナの後ろ髪を掬い上げる。

いつもだったら遠慮なくグシャグシャと撫で回されるのだが、綺麗にセットされた髪を崩さないように配慮してくれたのか、彼は掬い上げた髪にキスを落とすだけにとどめた。

その瞬間、神殿のそこかしこから悲鳴が上がる。

ハリーの唐突なキスに動転したリリアーナと、ハリーを狙っていた肉食聖女たちの悲鳴と、それとは別の悲鳴――。

多極化したざわめきに、リリアーナは気を取られた。

「サティーナ・ソワレ侯爵令嬢！　何をしてくれたのだ!!」

国王の怒鳴り声が、神殿内にこだまする。

賢王と名高い彼が公の場で怒鳴るなど、初めてのことではないだろうか。

「え？　一体何が起こって……」

守るように立ちふさがるハリーの背中から、リリアーナは顔をのぞかせた。

怒りに震える国王の隣にはベビーベッドが置いてあって、ベッドへすがるような体勢の王妃をお付きの人が支えている。

（まさか、王妃様が倒れられた？）

ノルマリスが言っていたのは、このことだったのだろうか？

見れば、一番目に並んでいたはずのルアネは膝をついて祈っていて、二番目に並んでいたはずのサティーナは、国王ににらまれて立ち尽くしている。

「状況を鑑みるに……どうやら紫薔薇の聖女は、ルアネ様を押しのけて一番に王子へ祝福を贈ったようだな。そして、カレンデュラの祝福によれば、王子には先天的な病があり、現在の医療では到底、治せるものではないと」

ひと月遅れた理由はこれか、とハリーはつぶやいた。

「そんな……」

少し目を離した隙に、そんな大事件が起こるだなんて。

一体誰が、予想できただろう。

「だからこその配列だったのに、紫薔薇の聖女が勝手をしたわけだ。国王が怒るのも無理はない」

短命の王子に、王座の約束。

紫薔薇の祝福は、一度きりしか許されていない。

祝福し直すことは可能なのか。可能だったとしても、第二、第三と王子が生まれた場合、後継者争いが勃発しそうだ。

数代前から続く平和な治世が、終わりを迎えるかもしれない。

国王は二通目の招待状を、どんな思いで書いたのだろう。

わずかな希望を抱いて、リリアーナへ助けを求めていたのではないだろうか。

そう思うといても立ってもいられなくなって、リリアーナは無意識に、助けを求めるようにハリーへ身を寄せた。

「たかが侯爵令嬢の、傲慢でちっぽけなプライドのせいで」

言い放ったのは、誰だったのか。

ざわめきは徐々に大きくなり、神殿内に波及していく。

立ち尽くすリリアーナの口から、かすかなつぶやきが漏れた。

「完璧な方だと思っていたのに」

紫薔薇の聖女、サティーナ・ソワレ。

ソワレ侯爵家の長女で、リリアーナの姉。

彼女はリリアーナが生まれる前からずっと、ソワレ家の女王様だった。

サティーナが薔薇なら、リリアーナはその辺に生えている雑草。サティーナが夜空を照らす月ならば、リリアーナは道端に転がる石ころ……。

リリアーナにとってサティーナは、到底敵いっこない、雲の上の存在だ。

だがその彼女は今、国王に叱責されて立場を追われようとしている。

それはリリアーナにとって、青天《せいてん》の霹靂《へきれき》とも言える光景だった。

「彼女は変わらないな」

呆然とするリリアーナの前で、心の底から嫌悪するように、ハリーは吐き捨てた。

聞いたことのないドス黒い声色に、リリアーナは聞き間違いかとハリーを見上げる。

「え……？」

「あの女とリリアーナが姉妹だなんて、今も信じられない」

サティーナの背中をにらむハリーの目には、侮蔑しかなかった。

彼は一体、サティーナに何をされたのだろう。

きっとリリアーナがされてきたような、人としての尊厳などないかのような扱いをされたに違いない。

（まさか、ハリー様を毛虫の騎士と呼び始めたのは、サティーナ様……？）

ふと、ハリーとの会話が呼び起こされる。

あの時は悪口を言わないなんてハリーらしいなと思ったが、言わないのではなく言えなかったのではないだろうか。リリアーナが、サティーナの妹だから。

リリアーナは、今まで感じたことがないくらいの怒りを覚えた。

暴力はいけないとわかっていても、飛んでいって平手打ちの一発くらいお見舞いしてやりたい。

「これはきっと、因果応報というやつなのだろう」

ハリーはニヤリと、端正な横顔に悪人めいた笑みを浮かべた。

美麗な顔というのはどんな表情でも引き立ててしまうらしい。危うい色香を浴びせられて、つかの間、リリアーナは怒りを忘れて見入った。

「そうですね。ようやく、吹っ切れた気がします」

憐れむように、サティーナを見つめるリリアーナ。

視界の端で、顔を真っ青にした父が倒れた母を介抱しているのが見えたが、助けようと思うどころか、かわいそうだとも思わなかった。

「ん？　どうやら、父上がお呼びのようだ」

壇上で、エドランド侯爵が手招きしている。

いち早く気がついたハリーは、リリアーナに手を差し出した。

「さぁ、リリアーナ。出番だ、行こう」

その所作は美しく、まるで王子様にダンスを申し込まれているよう。

リリアーナは半ば夢見心地な気分で、ハリーに寄り添った。

（青薔薇の祝福に必要なのは、海より深く、空より高く、心の底からほしいと願う気持ち）

「わたしに、できるでしょうか」

「リリアーナだから、できるんだ」

大きな手にそっと手を重ねると、やわらかく引き寄せられた。

かすかに残っていた不安が、舌の上で砂糖菓子が溶けるみたいにほどけていく。

（青薔薇よ、どうか咲いて――――！）

一歩一歩踏みしめながら、心を込めて祈りを捧げる。

彼女の行く手《みらい》を彩るかのように、どこからともなく花びらが舞い落ちる。

「皆様、ご覧になって。あれは、青薔薇ではないかしら？」

ノルマリスの声がする。

彼女の声に顔を上げた人々は、馨《かぐわ》しい青薔薇のフラワーシャワーに啞然《あぜん》としながら、幻想的な風景にしばし見入った。

ハリーに連れられ、リリアーナは王の前へ出た。

怒れる国王の前に立つというプレッシャーに早くも挫《くじ》けそうになるが、ベビーベッドにしがみつく王妃に、一刻も早く安心させてあげたいという思いが募る。

「なんだ、おまえたちは」

突然前へ出てきたリリアーナとハリーを、国王は冷ややかに睥睨《へいげい》した。

ハリーは国王と何度か会ったことがあるが、今の姿になってからは初めて対面する。気づかないのも無理はないと、ハリーは説明を求めるように、父であるエドランド侯爵へ目配せした。

控えていたエドランド侯爵が国王へ二言三言耳打ちして下がると、国王は確認するようにハリーを見つめる。

やがて納得がいったのか、国王は静かに怒りを収め、玉座へ腰かけた。やや遅れて、憔悴しきった様子の王妃も、介助を受けながら着席する。

「名前は？」

国王の朗々たる声が、神殿に響く。

それまで何事だとざわついていた者たちも、慌てて口をつぐんだ。

「青薔薇の聖女、リリアーナでございます、国王陛下」

一歩踏み出したリリアーナは、ハリーから教わったことを思い出しながら丁寧に頭を下げた。

青薔薇の聖女と名乗るのは初めてで、声が震えそうになる。

隣に立つハリーが堂々としていてくれたから、リリアーナはなんとか持《も》ち堪《こた》えることができた。

「……リリアーナ？」

しんと静まりかえる中、ハッと嘲笑う声がする。

突然現れた恥《いもうと》さらしの名を、サティーナは目を吊り上げて忌ま忌ましげに吐き捨てた。

「あなた、何を言って――」

つかつかと歩み寄ってきたサティーナが、リリアーナへ摑みかかろうと手を伸ばす。

（ああ、また罰せられる……）

身についた恐怖は、なかなか消えるものではない。リリアーナはギュッと手を隠しながら、身をよじった。

「リリアーナに近づくな」

手負いの獣の咆哮《ほうこう》のような、野性味のある低い声がうなるように言った。

萎縮して立ち尽くすリリアーナをサティーナから守るように、ハリーが立ちふさがる。

「な、なによ！」

見たことのない美貌の青年に目を奪われたものの、その視線の鋭さにサティーナは怯む。

文句を言おうと口を開きかけ――注目を浴びていることにようやく気がついたのか、彼女はフンッと決まり悪そうな顔を背けた。

ようやく黙ったかと国王が心底呆れた様子でため息を吐く中、待ちきれなくなった王妃がすがるような声で問いかけた。

「リリアーナ。青薔薇の聖女とは、まことか？」

「王妃殿下！　リリアーナは黒薔薇の魔女でございます。耳を貸してはなりません！」

王妃の質問に答えたのはリリアーナではなく、あろうことかサティーナだった。

国王から怒鳴られていたにもかかわらず、彼女は忠臣のように振る舞い続けている。

呆れた国王や王妃が絶句して黙っているのをいいことに、サティーナは正義の鉄槌《てっつい》を下すかのように叫んだ。

「黒薔薇の魔女が何をしてきたのか、皆様ご存じでしょう!?　リリアーナこそ、新たな黒薔薇の魔女なのです。騙《だま》されてはいけません！」

サティーナの声が、神殿の高い天井にこだまする。

同調する声は、上がらなかった。

神殿の床に降り積もる花びらの色を見てもなお、サティーナに同意する者はいない。

むしろ、リリアーナに同情の視線を送る者がほとんどだ。

（紫薔薇の聖女になるには、それに見合った美貌と品格と教養が必要……）

何度となく、繰り返し聞かされた言葉だ。それらの一つも持ち合わせていなかったリリアーナは、ないない尽くしの令嬢だと言われていた。

だが、どうだろう。

髪を振り乱し、金切り声を上げ、国王と王妃の言葉を遮るサティーナは、果たして紫薔薇の聖女にふさわしい令嬢なのだろうか。

誰も彼もが冷めた目をしてこの状況を見ているというのに、頭に血が上っているサティーナは気がつかないらしい。

リリアーナは視界の端に、口を閉じろと必死にジェスチャーしている両親の姿を見た。

彼らもまた、侯爵家にふさわしい人物には見えない。

放っておけばいつまででもご高説を垂れそうなサティーナを止めたのは、頭が痛すぎて我慢ならなくなったエドランド侯爵だった。

「静粛に。王妃殿下はリリアーナ様へ質問をされました。サティーナ様は口を慎むように」

この期に及んでまだ言い足りないのか、サティーナは不承不承な様子で、鼻息も荒くフンッと顔を背けた。

まるで子どものような態度に、誰もが「は？」と顔をしかめる。

口を挟んだエドランド侯爵だけは冷静だったことが、不幸中の幸いだった。

「リリアーナ様、王妃殿下の質問にお答えください」

エドランド侯爵に促され、リリアーナは淑《しと》やかに一礼したあと、答えた。

「はい。先ほど降らせた花びらは、青薔薇の祝福のほんの一部でございます。お許しいただけるのであれば、王子殿下へ祝福を贈らせていただきたく思います」

「ふむ……」

国王は、床に落ちていた花弁を拾い上げた。

まるで、青空を切り取ったかのようなさわやかな青の花びら。さわり心地はベルベットのようになめらかで、匂いは控えめながらも馨しい。

神官たちがハラハラと様子をうかがっているのが見えたが、国王とて親である。

神殿の権威より、息子の命の方が大事に決まっていた。

「陛下」

後押しをするように王妃から呼ばれ、国王は頷く。

そして、神殿にいるすべての者へ通達するように、命を下した。

「やってみろ。そして、証明してみせるのだ、リリアーナ」

「かしこまりました、国王陛下」

国王の判断に、神官たちは慌てふためいた。

それらしいことを言いながらなんとかやめさせようとする神官たちを、騎士たちが押さえる。

王妃の侍女に付き添われ、リリアーナはベビーベッドのそばへ歩み寄った。

そっとのぞき込むと、国王《ちちおや》譲りの焦げ茶色の髪と王妃《ははおや》譲りの新緑色の目を持つ赤ちゃんが、目を開けてぼんやりしている。

王子は心ここにあらずといった様子で、こんなに騒々しいのにぐずりもせず、リリアーナがじっと見ていても視線は一点を見つめたまま。赤ちゃんだと言われなければ、人形だと思ったくらいだ。

王子の目は、見えていないのかもしれない。それでもリリアーナは、彼が安心して祝福を受けられるように、笑顔を向けた。

「王子様。わたしからは、青薔薇の祝福を贈らせていただきます」

リリアーナは優しい声でささやくように王子へ告げると、手を組んで祈った。

一時はやんでいた青薔薇の花びらが、再び降り注ぐ。

くわんくわんと鐘の音のような波紋音が神殿内を満たしたかと思うと突然、ベビーベッドを中心に周辺がパッと光り輝いた。

一体、何が起こっているのか。

人々が固唾《かたず》を呑んで見守る中、波紋音の余韻が消えるとともに、光がおさまる。

国王と王妃はすぐさま、ベビーベッドへ駆け寄った。

差し入れた手で王子を抱き上げ、王妃が名前を呼ぶ。

「ミイルズ？」

王妃の呼びかけに応えるように、「あー、うー」と赤ちゃんらしい声が響いた。

赤ちゃんが声を上げることは、珍しいことでもなんでもない。それでも王妃は、感極まったように目に涙を浮かべた。

（まだ大丈夫だと決まったわけではないけれど……少なくとも王妃殿下の心配は取り除けたみたい）

王妃の笑顔を見た瞬間、リリアーナはガクリと膝を折った。

倒れそうになったリリアーナの体を、ハリーが抱き留める。

「大丈夫か、リリアーナ」

「はい、なんとか」

今までと同じだ。どうしてか、青薔薇の祝福を使ったあとは抗いがたい強烈な眠気に襲われる。

ハリーに支えてもらいながらなんとか立ったリリアーナは、今にも落ちてきてしまいそうなまぶたをこじ開けて、ルアネを見た。

「ルアネ様、もう一度祝福をお願いできますか？」

リリアーナの声に、ルアネは大きく頷いた。

彼女はすぐに祈りを捧げ、カレンデュラの祝福で王子の状態を鑑定する。

その、結果は――、

「……国王陛下」

「カレンデュラの聖女よ、結果は？」

ルアネは昂る気持ちを落ち着けるように一呼吸置いたのち、こう言った。

「奇跡です。奇跡が、起きましたわ。病が……完治しております……！」

カレンデュラの聖女、ルアネ・エミールが公明正大な人物であることは周知の事実である。諸々《もろもろ》を鑑みてあえて言わないことはあっても、口に出したことにうそ偽りがあったことは一度もない。

一瞬の間を置いて、神殿は歓喜の色に染まった。

「なんと……！」

「ああ、ミイルズ……！　青薔薇の聖女様、感謝します」

ルアネの言葉に、国王夫妻は涙を流して喜んだ。

奇跡を起こした聖女に、国王夫妻は立場を超えて――親として深々と頭を垂れる。

そして国王夫妻に続けとばかりにみんなが――神官でさえぐうの音も出ない様子で――リリアーナの前で頭を下げた。

開戦直前のようだった緊迫した雰囲気が一転し、祝福の儀式に似合いの、あたたかな雰囲気が場を満たしていく。

リリアーナは疲れがにじむ顔に安堵の表情を浮かべ、支えてくれるハリーと笑い合った。

「眠いのだろう？　あとのことは俺や父上がなんとかするから、大丈夫だ」

「ハリー様……ありがとうございます」

寄りかかれとばかりに引き寄せられて、戸惑ったのは一瞬。眠気を誘うラベンダーの香りに、リリアーナはフゥと肩の力を抜いた――その時だった。

「お、おお、よくやったぞ！」

「それでこそ、わたくしのかわいい娘だわ！」

ドタバタと人を蹴散らしながら進むのは、リリアーナの両親、ソワレ侯爵夫妻だ。

傍目《はため》からは、娘の功績に感極まり、抱きしめんとしているようにも見える。

「お父様！　お母様！」

走り寄ってきた両親に、サティーナは助けが来たと思ったのだろう。

祝賀ムードの会場でただ一人置いてけぼりを食った迷子の子どものような顔をしていたサティーナは、走り寄ってきた両親に表情をやわらげた。

「なんとかしてください！　リリアーナが青薔薇の聖女だなんて、あり得ませんわ！」

リリアーナを指差す手が、父の手にバチンと弾かれる。まるで、「邪魔だ、退け」と言わんばかりに。

呆気にとられてポカンとするサティーナの横を、両親が走り抜けていった。

「信じていたわ、リリアーナッ」

「おまえは自慢の娘だ！」

父親に叩かれた手の甲が、ジンジンと痛む。どうしてこんなことをされるのか本気でわからなくて、サティーナは怒りで目を真っ赤にしながら、騒ぎ立てる両親の背中をにらんだ。

「なんで……？　どうして……？　私は特別な存在なのに。こんなこと、おかしいわ！」

喚くサティーナには目もくれず、ソワレ侯爵夫妻はリリアーナに手を伸ばす。

「いやっ」

まるで、水底に引きずり込もうとする亡霊の手のようだ。恐怖のあまり、リリアーナは反射的にピシャリと撥《は》ね除《の》けた。

「んなっ！」

「何をするんだ！」

立ち上がれないくらい体はだるいはずなのに、撥ね除ける音はやけに大きく響いた。

初めての反抗に、ソワレ侯爵夫妻は反射的ににらんだ。しかしすぐに、取ってつけたような笑みを浮かべる。

「どうした、リリアーナ。久々に会ったから緊張しているのか？」

「お父様とお母様よ？　まさか、忘れてしまったわけではないでしょう？」

追いすがる両親は、見ていて滑稽だった。

サティーナは今まで、こんな人たちに持ち上げられて、鼻高々になっていたのだろうか。

そして自分は、こんな人たちに愛されたくて我慢していたのだと思うと、ひどく冷たい気持ちが胸を吹《ふ》き荒《すさ》ぶ。

リリアーナは、これみよがしにため息を吐いてみせた。

明らかな敵意に、侯爵夫妻の目が怒りに濁る。

「あなた方は言っていたじゃないですか。わたしの存在は恥でしかないと」

告げる声は、自分でも驚くくらい冷ややかだった。

（こんなことを言って、ハリー様に嫌われたりしないかな）

そんな不安が脳裏をよぎるものの、蓄積された澱みはリリアーナの正直な気持ちを紡ぎ続ける。

「ほんの少しでも痕跡が残ることのないように消し去らねばならないって言いながら、わたしの部屋にあったものを燃やしていたあの夏の日……リリアーナ・ソワレは消えたのです。ソワレ家に、リリアーナという娘はもういないのですよ、ソワレ侯爵夫妻」

「こちらが下手に出ているからと調子に乗りおって……！」

カッとなったソワレ侯爵が、リリアーナの元へ走り寄り、手を上げる。

だがもちろん、ハリーが許すわけがない。

ハリーが抱きしめたリリアーナごとスッと体を横にずらすと、勢い余ったソワレ侯爵は壇上へ向かって突進していった。そして見事なまでにまっすぐ、階段へ激突する。

無様に転がる夫にすがる妻。両親の裏切りに喚き続ける紫薔薇の聖女。

まるで喜劇のワンシーンのようなお粗末な状況に、そこかしこから失笑が漏れる。

そこへ、追い打ちをかけるように国王は言った。

「たしかソワレ侯爵家からは、損害賠償の請求がきていたな。黒薔薇の聖女が屋敷を去る際、腹立ちまぎれに屋敷を全焼させていったという理由で。黒薔薇の聖女の不始末は王族が責任を取ることになっているが、この場合はどうなるのか……。青薔薇の聖女が屋敷を焼くはずがないからな。今一度、調査する必要があるだろう」

まさかそんな罪をでっち上げられていたとは知らず、リリアーナは驚く。

だが、それだけだ。悲しみも怒りも、何もない。

冷たく言い放った国王がソワレ侯爵夫妻とサティーナを睥睨すると、騎士たちは動き出した。

「うちは紫薔薇の聖女と青薔薇の聖女、二人も薔薇の聖女を輩出したのよ。それなのに、こんな扱いは不当ですわ」

ギャンギャンと叫ぶ侯爵夫人と気絶している侯爵が、引きずられるようにして連れ出されていく。

「やめて！　私は紫薔薇の聖女なのよ。騎士ごときが触れていい存在じゃないの！」

ズルズルと連行されながら、サティーナは最後まで喚いていた。

扉が閉まってもなお聞こえてくる金切り声に、令嬢たちはこぞって嘲笑を浮かべる。

「騎士ごときって……」

「まさか王子様と結婚するつもりだったのかしら」

「紫薔薇の聖女って、もうすぐ二十歳でしょう？　いくらなんでも、あり得ないわよ」

徐々に遠ざかる意識のなか、聞こえてきた悪口にリリアーナは顔をしかめた。

「こんなところ、もう嫌。ハリー様。わたし、シュタッヘルへ帰りたいです……」

「ああ、すぐにでも」

低くて甘い声音は、すごくくすぐったくて、なんだか落ち着かない。

目を開けてどんな顔をしているのか見たくてたまらなかったけれど、見たらもう逃げられないような気もして。悪あがきだとわかっていたけれど、とうとうリリアーナは目を開けなかった。

旅立ちの日だというのに、リリアーナは朝から体が重かった。

その原因は、なんとなくわかっている。

「――ソワレ侯爵家の没落？　いいえ、違うわ」

かねてからささやかれていた次女リリアーナへの虐待と、季節外れのたき火によって引き起こされた屋敷の全焼を黒薔薇の魔女の仕業だと偽装し、その負債を王族に負わせようとしていた建築物放火罪および詐欺罪でソワレ侯爵夫妻は国外追放。

跡取りであるサティーナは国王の怒りが解けるまで――国王曰く、彼女の腐った性根が直るまでは許さないそうだ――遠方の神殿預かりとなり、必然的に後継者となったリリアーナが継承をかたくなに固辞したため、ソワレ侯爵家は実質没落となった。

リリアーナとしては、王都を離れたあの日にすべて捨てたつもりだったので、両親やサティーナがどうなろうと今更どうでも良かった。

そんなことよりも、彼女の頭を悩ませているのはハリーである。

「……はぁぁぁぁ」

トランクに荷物を詰めながら、リリアーナは怠そうに盛大なため息を吐いた。

もともと数日で帰るつもりだったので荷物は少ないが、今朝は起きるのが遅かったので、あまり時間に余裕はない。

「あんまりのんびりしていると、メイドさんが呼びに来ちゃうもの」

王城にいる全員で見送りなど、全力で回避したい。それだけは遠慮したいと、リリアーナは手を動かした。しかし、その手にはどこかためらいがある。

リリアーナはここ最近、よく眠れていなかった。

それは、両親のせいでも、サティーナのせいでもなく――。

「ハリー様が近くにいないだけで、どうしてこんなに心細いのかしら……」

今、リリアーナがいるのは、王城にある客室だ。

王子を助けてくれた恩に報いたいと、国王夫妻たっての願いで、王都にいる間だけお世話になっている。

初めは、眠れないのは王城の独特な雰囲気に緊張しているせいだろうと思っていた。

しかし、一日経ち、二日経ち、リリアーナはだんだんとおかしくなっていった。

ベッドに入って目を閉じると、まぶたの裏にハリーの姿が浮かぶ。

儀式の日に初めて見た気怠い色気をまとうハリーは、リリアーナが自覚している以上に彼女の心を奪ってしまったらしい。

(くたびれた人が好きとか、変わった趣味はないはずなのだけど？)

恥ずかしさに叫びだしそうになるのを枕へ顔を埋めて押し殺していると、今度は低くて甘い声が耳元でささやいているような幻聴が聞こえるようになった。

そうなるとますます目が冴えてしまって、リリアーナはたまらずベッドの上を転がった。

夜遅く、客室付近を巡回する足音が聞こえるたび、ハリーが訪ねてきたのかもしれないと期待する自分も恥ずかしかった。

「ひぇぇ……」

手で顔を覆っても、どうにもならないことはわかっている。

それでも、やらないではいられない。少なくともジタバタしている間だけは、幻聴を聞かずに済むからだ。

「いい加減、覚悟を決めなくちゃ」

王都へ戻って、約半月。

王城での慣れない生活も、今日で終わりである。

リリアーナは今日、シュタッヘルへ帰る。

ミイルズ王子の不治の病を根治させた功績により、リリアーナはシュタッヘル周辺からフランツェ山脈の一角までの広大な土地を領地として賜り、それに伴ってロジェッタ辺境伯に任命されたからだ。

隣国エッシェとの国交は今のところ良好だが、いざという時は竜の力を借りて牽制してもらいたい――と国王は言っていたが、「苦労させてしまった分、少しでも穏やかな日々を送らせてあげたい」というルアネの嘆願が大きく影響したのだろうとリリアーナは思っている。

ろくな思い出がない王都にいることは息苦しく、それまでリリアーナのことをないない尽くしの令嬢だと嗤っていた者たちが手のひらを返したように会いたいと願い出て来ることもまた、リリアーナを苦しくさせた。

そんな中、リリアーナの気持ちを最大限汲み取る形で、国王はあらゆる便宜を図ってくれた。

神殿からの正式な謝罪や辺境伯の任命式など、きちんとやろうとしたら数か月はかかるものを半月で済ませられたのは、国王が尽力してくれたおかげだ。

慌ただしい日々と寝不足が続く中、とうとう迎えた今日という日。

もう放置はできないと、リリアーナはようやく——土壇場とも言える今——覚悟を決めた。


リリアーナが神殿から正式に青薔薇の聖女と認められたことで、ハリーは同行の任を解かれた。

彼女を献身的に支え続けた功績と、数多くの聖女たちが「是非とも護衛してほしい」と熱望したこともあり、騎士として復帰するだけでなく近衛騎士団第二小隊の隊長にと望まれているらしい。

(これは、ハリー様にとってチャンスだわ)

田舎町《シュタッヘル》でリリアーナの世話を焼いているよりもずっといい環境で働けるし、仮面の必要がなくなった今、彼を婿養子にと望む声は多い。

「辺境伯はそれなりに高い地位ではあるけれど……ハリー様を溺愛するエドランド侯爵家の皆様は、王都にいてほしいって願っているはずよ」

家族に囲まれた、ハリーを思い出す。

彼は終始不機嫌そうにしていたけれど、親しいからこその遠慮のなさがあった。

それは、ソワレ家でのリリアーナには決して許されるものではなく。だからこそリリアーナは、ハリーは自分と違うのだと思い知ってしまった。

(ハリー様とは、ここでお別れするのが一番よね)

王都に居場所があるハリーと違い、リリアーナはシュタッヘルしかない。

(一人は心細いけれど……でも……!)

ハリーが一緒に来てくれたら、どんなに心強いだろう。

貴族令嬢として生まれながら読書しかしてこなかったリリアーナは、知識を持っていても、領地運営なんてやったことがない。

シュタッヘルの人々も竜たちも手助けはしてくれるだろうが、苦労することは目に見えていた。

「ハリー様のおいしいおやつとお茶があったら、どんなことでもがんばれるのに……」

ついでに頭をナデナデしてもらえたら、もっと嬉しい。彼のスキンシップは、不思議とリリアーナを癒やしてくれるから。

不埒なことを考えて、リリアーナの頬がつい緩む。

「って、だめだめ!　ハリー様だって、幸せになる権利があるのよ」

いつまでも、引き留めていたら駄目だ。リリアーナがソワレ侯爵家から解放されたように、ハリーにも幸せになるチャンスがあるのだから。

「ハリー様は世話好きで、わたしの世話を焼くことが生き甲斐みたいなところがあるけれど……わたしでなければ駄目、というわけではないわ」

部下に慕われていたハリー。リリアーナの前は、彼らの面倒を見ていたのだろう。

騎士団に戻れば、たくさんの出会いがあるはずだ。

その中にはきっと、リリアーナなんてかすんでしまうような、出会いもあるだろう。

「だからやっぱりわたしは、一人で帰らないと」

ハリーの幸せは王都にあると信じて疑わないリリアーナは、一人、シュタッヘルへ戻ることを決意する。

荷造りを終え、そそくさと客室をあとにしながら、リリアーナはこれからのことを考えた。

(王城を出たら馬車に乗って……王都を出たところにある草原まで行けば、竜たちが待っていてくれるはず)

一人だから、不安になるのだ。

「竜たちと一緒にいれば、不安なんて蹴散らしてくれるはずよ」

にぎやかだった王都への旅路を思い返して、無理やりに笑顔を作る。

なぜか目だけはピクピクと笑うことを拒否したけれど、リリアーナは構わず出口へ歩いて行った。

「どこへ行くつもりだ?　リリアーナ」

こそこそと王城をあとにしようとしていたリリアーナを待ち構えていたのは、ハリーだった。

リリアーナの考えることなどお見通しといった風で、別れも告げずそっと姿を消そうとしていた意気地なしの彼女を責めるように、怒りの笑顔で立っている。

反射的に逃げようと踵《きびす》を返《かえ》したリリアーナだったが、すぐに追いつかれた。

あっという間に追い詰められて、気づけば中庭の突き当たりに誘導される。

「もう一度聞く。どこへ行くつもりだった？」

凄みのある笑顔が怖い。

引き留められる予感がひしひしとしていたから、だからこっそり逃げるつもりだったのにと、リリアーナは自分の非を棚上げして思った。

「どこって……予定通り、シュタッヘルへ帰るんです」

「俺を置いて？」

「そう、ですけど……。だってハリー様は、騎士団に戻るのでしょう？」

答えた瞬間、深いため息が聞こえた。

前はハリー、後ろは刈り込んだトピアリーで身動きの取れないリリアーナの肩に、ハリーの頭がノシッと置かれる。

髪を整える時間もなかったのか、ピョコピョコと跳ねた髪が首をかすめてこそばゆい。

「ハリー様……？」

「落ちてくるのを気長に待っていたら、まさか置いていかれるとは思ってもみなかった」

「置いていくなんて。それぞれが、求められるところへ行くだけでしょう」

宥めるようにハリーの頭を撫でると、グリグリと額を押し当てられる。

まるで子どものようなハリーに、リリアーナは苦笑いを浮かべた。

「俺ばかり」

「え？」

「俺ばかり、寂しいと思っているのだな。もう、いい」

苦々しいつぶやきとともに、ハリーの頭が遠ざかっていく。

その瞬間、リリアーナは衝動的にハリーの腕に抱きついていた。

頭の中は真っ白で、ただただ血の気が引いていくのを感じている。

「あ、えっと、これは、その……！」

しどろもどろで、何か話そうと思っても言葉にならない。

ハリーは腕にしがみつかれたまま、静かにリリアーナを見つめていた。

「リリアーナ」

リリアーナはその声を、最後通牒《つうちょう》だと受け取った。

名前を呼ばれ、リリアーナはおずおずと手を離す。

どういうつもりだと、怒られるのだろうか。一度は突き放しておきながらいざ離れようとしたらすがるなんて、みっともないことをするな、と。

「やはり、まだ足りないようだな」

ケーキの甘さが足りなかった時と同じように、ハリーは言った。

何を言われているのかわからず、リリアーナは探るようにハリーを見上げる。

「俺の甘やかし方が足りなかったから、置いていこうなんて結論に至るんだ」

ハリーの顔に、見たこともないほど甘い笑顔が浮かんでいる。

ほんの少し前までは苦しくて止まりそうになっていた心臓が、ドコドコと胸を突き破らん勢いで跳ね回るのを感じた。

「リリアーナ」

ハリーは背を屈《かが》めると、至近距離からリリアーナを見つめた。

深い夜色の目に、いっぱいいっぱいになっている自分の姿が見える。

「俺のことを、ほんのわずかでも離しがたいと思っていると、思っていいか？」

口を開けば心臓が外へ逃げていってしまいそうで、リリアーナはコクコクと頷いた。

必死になって頷くと、乱れた前髪を整えようとしてか、ハリーの手が伸びてくる。慣れもあって素直に顔を傾けたリリアーナに、ハリーはクッと笑うと、不意打ちとばかりに額へ唇を寄せて——キスを落としてきた。

(!?!?)

リリアーナは背後にトピアリーがあることも忘れ、額を押さえながらのけぞった。

ぐらりと体が傾いで——空が見える。天頂は青紫色で、地面へ近くなるほど薄い青になっていく空が。真ん中あたりは、意外にしっかりとした色をしている。

(なに、あれ!?)

見覚えのあるシルエットが、グングン近づいてきている。

黒い竜が羽ばたきながら、こちらへ向かってきていた。

「え……えぇぇぇぇ……待ち合わせは、王都の外だったんじゃ……」

「嫌な予感がしたからな。ここに変更しておいた」

いっそすがすがしいような極悪な笑みで答えるハリーに、リリアーナは頬を引きつらせた。

いざとなったらシュタッヘルへ連れ去るつもりだったと聞いて、リリアーナは少しだけ、ハリーを怖く思った。

「大丈夫だ、父の許可は得ている」

堂々と言っているが、本当に大丈夫だろうか。

不安を覚えるリリアーナの予想通りに、やがて竜の存在に気がついた王城中の人たちの、阿鼻《あび》叫喚《きょうかん》が聞こえてくる。

「ハリー様、本当に許可を得たんですか？　周知されていたら、悲鳴が聞こえるわけないと思うのですが」

リリアーナの胡乱げな視線を浴びてもなお、ハリーは笑顔のままだ。集まってきた衛兵たちを制しながら、中庭の上空へ到着した竜たちを呼び寄せるように、手招きする。

「ハリー様!?」

「大丈夫だ。それよりリリアーナ、花を降らせてくれないか？　青薔薇の聖女が竜と懇意《なかよく》にしているところを見てもらおう」

なるほど、ハリーの狙いはそれだったのか。

納得したリリアーナは、すぐに頷いた。

手を組んで祈りを捧げ、青薔薇の花びらを降らせる。

はらり、はらり。

青薔薇が降りしきる中を、竜たちはゆっくりと降下してきた。

リリアーナとハリーは彼らを迎え入れるように、中庭の中央へ立つ。

『お迎えに来ました』

リリアーナに向かって恭しく頭を垂れる竜たち。

それはまるで青薔薇の聖女に忠誠を誓っているようにも見えて、目にした人々はのちに「あまりの神々しさに夢かと思った」と言って回るほど幻想的な空間だったという。

「では行こうか、リリアーナ」

「ええ、帰りましょう、わたしたちの家へ」

手に手を取って、竜のカゴへ乗り込む二人。

ハリーが大事そうにリリアーナを抱え込んできたので、リリアーナは安心して、彼に身を寄せた。

聖女と騎士を乗せた空飛ぶ竜のカゴを、人々はいつまでもいつまでも眺めていた。

やがてその姿が見えなくなると――この奇跡を一刻も早く伝え広めねばと、方々へ走って行ったのだった。

あとがき

はじめまして、森湖春《もりこはる》と申します。

多くの作品の中から本作をお手に取って読んでいただき、誠にありがとうございます！

本作は、

（薔薇《ばら》と蝶《ちょう》の羽化が出てくる、おとぎ話のようなお話が書きたい！）

そんな思いから、生まれました。

大好きなおとぎ話をヒントにまず書き始めたのは、王子を祝福するシーンです。

青薔薇が降る中、前に進み出るリリアーナ。さぞ美しい光景だろうと、わくわくしていたのを覚えています。

Ｗｅｂ掲載時はヘタレ過ぎると読者様からお言葉をいただいたハリー。書籍化にあたり、彼には随分と頑張ってもらいました。イケメン度がかなりアップしたと思います。

少年だったノヴァは青年へ変更し、おかげでリリアーナの周囲がとても華やかになりました。

新たに登場させた木香薔薇《もっこうばら》の聖女、ノルマリス。旅する聖女という設定が思いのほか気に入ったので、いつか彼女のお話も書いてみたいものです。

そんな彼らに命を吹き込んでくださったwhimhalooo《うぃむはるー》様、本当にありがとうございます！　今、表紙イラストを確認しているのですが、ハリーのまなざしの尊いことといったら。リリアーナしか見ていない！　素敵！　リリアーナが身を任せるのも納得な、素晴らしいワンシーンとなっています。ひゃああ（照）。

羽化前のブサカワなハリーには、思わずはしゃいでしまいました（皆様、必見ですよ！）。重ねて、御礼申し上げます。

右も左もわからない私を導いてくださった担当編集者のＦ澤様、Ｆ津様。的確なアドバイスのおかげで、自由にのびのび書くことができました。六万字の加筆、楽しかったです。本当にありがとうございます。

そして、小説投稿サイトに連載していた頃から応援してくださった読者の皆様。

この本を手に取ってくださった読者の皆様。

本作を出版するにあたり関わったすべての方々に、心から感謝申し上げます。

皆様に、少しでも楽しい読書タイムがお届けできていたら、幸いです。

またいつかどこかでお会いできることを願って。

本当にありがとうございました。

電撃の新文芸

花《はな》の聖《せい》女《じょ》と胡《こ》蝶《ちょう》の騎《き》士《し》
～ないない尽《づ》くしの令嬢《れいじょう》ですが、実《じつ》は奇《き》跡《せき》を起《お》こす青《あお》薔《ば》薇《ら》の聖《せい》女《じょ》だったようです～

著者／森《もり》 湖《こ》春《はる》
イラスト／whimhalooo《うぃむはるー》

2023年4月17日　初版発行

発行者／山下直久
発行／株式会社ＫＡＤＯＫＡＷＡ
〒102-8177　東京都千代田区富士見2-13-3
0570-002-301（ナビダイヤル）
印刷／図書印刷株式会社
製本／図書印刷株式会社

【初出】……………………………………………………………………………………………………

本書は、「小説家になろう」に掲載された『花の聖女と胡蝶の騎士　～ないない尽くしの令嬢ですが、実は奇跡を起こす青薔薇の聖女だったようです～』を加筆、訂正したものです。
※「小説家になろう」は株式会社ヒナプロジェクトの登録商標です。

ISBN978-4-04-914806-0　C0093　Printed in Japan

ファンレターあて先
〒102-8177
東京都千代田区富士見2-13-3
電撃の新文芸編集部

「森 湖春先生」係
「whimhalooo先生」係

この物語はフィクションです。実在の人物・団体等とは一切関係ありません。

転生令嬢、日本食で異世界人の胃袋を掴んじゃいます！

敵国の俺様王子とクールで寡黙な兄からプロポーズされました

著／七福さゆり
イラスト／切符

「大好きな日本の家庭料理をこの世界でも楽しみたいっ！」

　次期国王の婚約者だった公爵令嬢エミリア。暴漢に襲われ三年間の眠りから目覚めると、妹が自分の婚約者と結婚していた。眠っている間に前世の記憶――料理に関する知識を取り戻し、日々を充実させていく。そんなエミリアの元に前世から縁のある敵国の王子と血の繋がり兄から告白され――！？　自由を手にした令嬢が日本食で人々を幸せにする、異世界転生ファンタジー！

電撃の新文芸

傷心公爵令嬢レイラの逃避行 上

**溺愛×監禁。婚約破棄の末に
逃げだした公爵令嬢が
囚われた歪な愛とは——。**

事故による２年もの昏睡から目覚めたその日、レイラは王太子との婚約が破棄された事を知った。彼はすでにレイラの妹のローゼと婚約し、彼女は御子まで身籠もっているという。全てを犠牲にし、厳しい令嬢教育に耐えてきた日々は何だったのか。たまらず公爵家を逃げ出したレイラを待っていたのは、伝説の魔術師からの求婚。そして婚約破棄したはずの王太子からの執愛で——？

著／染井由乃
イラスト／鈴ノ助

電撃の新文芸

魔女と少女の愛した世界

著／浅白深也
イラスト／海島千本

捨てられた幼子×怠惰な魔女の
不器用で愛しい共同生活。

　町外れの森に住む魔女エリシア。ある日、彼女が家に帰ると、薄汚れた服を身につけた人間の幼子が食料棚を漁っていた。手には、朝食用にとっておいたミルクパン。
　腹はたつが、殺すのもめんどくさい。だが、高値で少女を売ろうにも、教養を身につけさせねばならない。そのため仕方なく少女と暮らしはじめたエリシアだったが——。
　これは、嫌われ者の魔女と孤独な少女の愛と絆の物語。

電撃の新文芸